《人间食单》评论集

主　编　颜德义

副主编　吕　凯

天津出版传媒集团

百花文艺出版社

图书在版编目（CIP）数据

《人间食单》评论集 / 颜德义主编 ；吕凯副主编
. -- 天津 ：百花文艺出版社，2024.3
ISBN 978-7-5306-8760-4

Ⅰ．①人… Ⅱ．①颜… ②吕… Ⅲ．①书评－中国－
现代－选集 Ⅳ．① G236

中国国家版本馆 CIP 数据核字（2024）第 046268 号

《**人间食单**》**评论集**
《RENJIAN SHIDAN》PINGLUN JI

颜德义　主编　吕凯　副主编

出 版 人:薛印胜
责任编辑:赵世鑫
装帧设计:吴梦涵
出版发行:百花文艺出版社
地址:天津市和平区西康路 35 号　　邮编:300051
电话传真:+86-22-23332651（发行部）
　　　　　　+86-22-23332656（总编室）
　　　　　　+86-22-23332478（邮购部）

网址:http://www.baihuawenyi.com
印刷:三河市华东印刷有限公司
开本:880 毫米×1230 毫米　1/32
字数:180 千字
印张:8.75
版次:2024 年 3 月第 1 版
印次:2024 年 3 月第 1 次印刷
定价:58.00 元

如有印装质量问题，请与三河市华东印刷有限公司联系调换
地址：三河市燕郊冶金路口南马起乏村西
电话：19931677990　邮编：065201

回味的魅力

曹大元

我与王干相识于围棋，相熟于美食。王干等一帮作家爱好围棋，一个偶然的机会我们便认识了，但我们的友谊加深还是与美食有关。王干从南京到北京，我从上海到北京，时间长了，我们的口味都有些不南不北，或者又南又北。与纯粹的南方人和纯粹的北方人不一样，我们的口味会更杂一些，因此我们有了很多共同的语言，也经常结伴去品尝美食、评点美食。这次他让我为他的学生颜德义主编的《〈人间食单〉评论集》作序，虽然有些忐忑，还是欣然为之。

朋友们都知道，王干作为著名的文学评论家，也酷爱围棋和美食。也正是因为围棋和美食，我们成了好友。他经常找我们下棋，王干下棋和别人不一样，特别爱琢磨，还写文章探讨围棋。他的《围棋：宇宙的思维之花》不仅是一般作家写不了的，也是一般棋手难以完成的奇文。王干在餐桌上也和别人不一样，同样爱琢磨，经常会将每道菜点评一番。这可能与王干作为文学评论家的职业习惯有关。

其实在中国人的眼中，下完了的一盘棋、端上桌的一道菜，都和小说、散文、诗歌等文学作品一样，是棋手、厨师们精心打造的一件艺术作品，只不过载体不同、表现的形式不同罢了。面对一盘精彩的棋局、一道鲜美的佳肴，懂得欣赏和品味的人，内心的体验和读到一部好小说、一首好诗应当是一样的。因此，王干经常会有关于围棋和美食的评论文章面世，体现的依然是他文学评论家的才情。在十一卷的《王干文集》中，专门有一卷《闲谈围棋，热看足球》，收录有他与常昊、罗洗河等六名围棋高手的对话，谈了围棋的方方面面。在其获得鲁迅文学奖的散文随笔集《王干随笔选》中，也有三篇关于围棋的文章，其中的一篇《闲读围棋》开篇即强调"在我看来，围棋是一门艺术……是一门真正的对话艺术"，继而又强调"围棋作为一门艺术，还在于它是可以阅读的……"这显然是将围棋等同于文学作品了。王干关于美食的文章就更多了，去年专门出版的美食散文集《人间食单》就有关于美食的文章五十五篇，并在文中反复强调美食是文化、美食是艺术、美食是需要品味的……显然，王干笔下的美食，不单单是美食，而且是艺术，是人生的酸甜苦辣。

王干依然酷爱着文学、围棋和美食，仍然有关于文学、围棋和美食的作品不断面世，这不禁使我想起中国历史上一些优秀的传统文人，似乎也和王干一样酷爱着文学、围棋和美食，譬如东坡先生、袁枚先生等。在中国传统文化中，中国传统文人都与围棋、美食有着不解之缘，许多文人也同时是围棋高手、顶流美食大师。可在今天，情况却大不同了，文人当中的棋手、文人当中的美食大咖却是凤毛麟角。从这个意义上来说，王干先生血脉中还流淌着中国传统文人的情怀。有人说，同样为文学家、美食家的汪曾祺是"最后的士大夫"，看来这个结论有点为时过早了，在我看来，像王干这样的人也是可以被归入"最后的"行列之中的，因为王干身上因文学、围棋、美食而相互融合并散发出来的那一份闲适、从容与中国传统文人的精神谱系显然是一脉相承的。

而围棋、美食之所以可以在中国文人的内心世界共生共存，相互融合，那是因为它们和一切样式的文学作品一样，都是可以被反复回味的，并在这不断的回味之中，获得艺术的享受和思想的升华。我们作为棋手，要不断地读谱、打谱、复盘，这其实就是一种回味。美食更不用说，一道好菜可以令人回味一辈子。文学作品更是如此，能否耐人回味已经成为判断一部作品好坏的基本标准。回味是它们的共同特质，回味可以打通它们之间的关联，在不断的回味中可以引起我们内心的情感共鸣、思想共鸣，在对棋局、美食和文学作品的不断回味中，我们可以读懂人性、读懂人生、读懂社会，并去指引我们的言行，而这正是中国文人内心的责任和担当。从这个意义上来说，王干作为文学家和我们作为棋手，内心是相通的。

《人间食单》是王干关于美食的回味的结果，这其中有美食，也有美食之外的东西，显然是引起了大家的共鸣，不然《人间食单》不会如此畅销，也不会引来众多的读者来写读后感和书评。其实，所谓的读后感或者书评，就是对原著的一种回味，这正是《人间食单》作为原著的一种魅力和力量。如果《人间食单》不具备回味的力量，它就不会被读者们反复咀嚼。人生亦如此，一段不值得被回味的人生，很快就会烟消云散了。

《〈人间食单〉评论集》的出版，证明了《人间食单》具有被回味的魅力，也就意味着《人间食单》还会被更多的读者所阅读、喜爱。我不是文学中人，但熟悉王干，也熟悉《人间食单》里所写的内容，所以不惧简鄙，写下这篇短文，与王干和他的书友共"回味"。

目 录

1

相见恨晚，就差一杯酒了

姚法臣

　　文人，尤其是那些有名望的，自古而今，在学术或者擅长的领域之外，总有些闲笔，娓娓而道一己之情思与趣味，因文字里的烟火气，被大家津津乐道。在文学评论界纵横捭阖数十载的王干先生，若干年来，一改文学评论家的犀利文笔，出其不意地做起"郇厨"，为读者频频端上一道道冷拼热炒，实在令天下吃货们招架不住，那顺手递过来的，便是独一份的、带有王氏印记的《人间食单》。

　　颜德义兄，是王干先生的学生。因王干先生，我们见过几次面吃过几回酒，这次为祝贺老师《人间食单》（百花文艺出版社 2022 年 10 月版）出版，他和刘治先生出面组建了个"王干书友群"，呼啦啦，东西南北群贤毕集，好不热闹。没有别的意思，就是一群"干粉"，凑在一起，读好书，尝美味。如此纯粹、好玩，在喧嚣而沉默的世界里，实在难得。

汪朗先生在《人间食单》序言里说，大约十年前王干先生就在《北京晚报》写美食专栏。如此推算，王干先生写这类文字有些年岁了。京城，饕餮之徒遍地，谈美食大不易。但汪朗说："王干先生的美食文章却是越写越多，随随便便就编成了这本集子。""越写越多"，说明王先生笔勤（我曾见过王先生来青岛做客，一晚上就写出五千字，关键是一点不耽误喝酒会友）；"随随便便"，就不是一般人能做得到，那是人家生活和才情摆在那儿的。文人谈吃，可追溯到《诗经》，也可以听到圣人嘴里的"食不厌精，脍不厌细"。谈吃，得有资格，不是说我们不能谈，而是你谈的有没有汪朗所说的"魂儿"。大约是十年前，北京三联书店出版范用编辑、王世襄题写书名的《文人饮食谭》（"闲趣坊"丛书第二号），此卷精选中国现当代著名作家、文人谈论饮食方面的文章，其中包括周作人的《故乡的野菜》、汪曾祺的《家常酒菜》、陈荒煤的《家乡情与家乡味》等。谈饮食，好像最能撩拨胃口的还是"故乡"二字。王干先生的《人间食单》，可说是直接掐到吃货们的"寿堂"，此卷第一辑曰：美食的"首都"在故乡。其中《里下河食单》领衔而来，足足五十页。里下河是王干先生的老家，这些年王干先生一方面弘道于里下河，挖掘里下河文化，阐释里下河文学现象（从里下河地区走出的著名作家有汪曾祺、陆文夫、李国文、曹文轩、毕飞宇等），另一方面就是饕餮其中，大饱口福。味觉最深情的记忆总是潜藏在故乡的一隅，也总有那么一刻会被深刻地唤醒，故乡牵着游子的胃。

王干先生说"凤阳花鼓，是乞讨用的，里下河道情，也是乞讨用的"（《米饭饼》），冷不丁，我还以为"道情"是王干先生写错了。接着读，才知道郑板桥也是里下河人，他写过十首《道情》（也称竹琴、渔鼓），流传至今。我一边听着白玉蟾（宋人）作词、李建科演唱的《道情》（"白云黄鹤道人家，一琴一剑一杯茶……"），一边继续阅读《里下河食单》。

高邮的鸭蛋因汪曾祺而闻名。王干先生写高邮的鸭蛋别有滋味："我老家兴化离高邮一百里的水路，父亲一生爱吃会吃，有一次让我带上十斤家乡的鸭蛋到高邮去腌制……他说，奇了怪了，比在家乡腌得好吃。"王干先生想起年轻时曾到南京金陵饭店去看望一位曾在高邮工作过的老领导，那位领导嘱咐他，带鸭蛋来，他自己腌制，特别关照要他带土去。原来高邮地势高，"土壤润而不黏、透气，可以呼吸的鸭蛋是有灵气的"，怪不得高邮腌制的鸭蛋好吃，原来如此。

我吃没吃过慈姑？印象里好像没有。汪曾祺先生和王干先生都说："北方人不识慈姑。"汪曾祺先生说："我十九岁离乡，辗转漂流，三四十年没有吃到慈姑，并不想。"为什么呢？因为"一到下雪天，我们家就喝咸菜慈姑汤，不知是什么道理"。后来，他到老师沈从文家去拜年，吃过师母张兆和炒的慈姑肉片，顺便写："因为久违，我对慈姑有了感情……我很想喝一碗咸菜慈姑汤。我想念家乡的雪。"王干先生说，汪曾祺先生的《咸菜慈姑汤》，"让人不是垂涎，而是乡愁泛起。'我想念家乡的雪'，才是这篇文章打动人的文眼"。其实汪先生写一篇小文大概不会去想"文眼"不"文眼"的，只是王干先生在这里暴露了他文学评论家的"马脚"，也是一乐。我读到"我想念家乡的雪"，耳朵里听的是悲戚的《道情》，瞥眼看见十七年前母亲与我的合照，母亲今年已八十三岁了，不觉掉下泪来。王干先生曾请阎晶明吃过慈姑，阎说味道像他们山西老家的山药蛋。王干先生请王蒙先生到泰州讲课，吃慈姑，王蒙先生说像板栗的味道。四十多年前，王干先生曾吃过岳母做的清一色慈姑炖的汤，问："慈姑还能单独做汤？"岳母说："高邮的慈姑可以，不苦。"包括里下河人百吃不厌、百吃百香的"炒三鲜"（慈姑、豆腐皮、青蒜、五花肉），其实食客在他乡吃出来的都是沁入骨髓里的自己故乡的味道。

掩卷，我到网店下单"高邮慈姑"，跳出来的却是"高邮鸭蛋"，输入"慈姑"，产地悉数是云南的。买了三斤，我准备学做张兆和先生的慈姑炒肉片和里下河的"炒三鲜"。我曾在唐筼女士那里学到一款"盖帽菜"，那是她专门做给陈寅恪先生吃的。具体做法：鸡蛋煮熟剥皮后油煎再切片，葱姜爆香加生抽，下锅炒。我对一些老派人家的普通吃食很感兴趣，还是汪先生说得好："最要紧的是对生活的兴趣要广一点。"

王干先生的饮馔总令我心有戚戚焉。他写扁豆烧芋头，"扁豆的绝配是和芋头烧，如果加点五花肉，简直就是天上人间的味道了"。扁豆的味道，总是唤起记忆里贫穷寒酸的味道，曾经我们家房前屋后多见扁豆，我们也最恨扁豆，王干先生说单独做的扁豆有股"青帮味"，我们则谓之"青干子味"，口感涩涩的，巨难吃。一下学，见到饭桌上青寥寥、水济济的扁豆（那个时候哪有五花肉？）我就撂下碗筷，捡起个地瓜一走了之。现在扁豆刺鼻的味道好像不那么浓烈了，蒸扁豆蘸蒜泥也不像记忆里那么难吃，但房前院后再也看不到它泼实耐寒的影子了。日子就这么遥遥地远了。王干先生写自己曾在冬季到瘦西湖去摸螺蛳给妊娠期间的太太吃，令人唏嘘感动。王干先生特别写了一道朋友发明的"鱼鳔花生"，说"这是典型的下酒菜，光一盘鱼鳔花生，两人喝一壶一点问题也没有"，且谓"鱼鳔花生"堪与汪曾祺先生发明的"油条擿斩肉"（塞肉回锅油条，这是汪老自己的叫法）相媲美。鱼鳔，不腥吗？在我们当地鱼鳔是专门给孕妇吃的，据说可以压惊。王先生写"一碗蚬子豆腐汤，鲜翻整个里下河"。王先生所说的蚬子，大约相当我们这里的文蛤一类（数王哥庄东海的为最佳）。文蛤炖豆腐，汤是白的，豆腐是软的，文蛤的鲜、豆腐的香滋味全在里面。那味道足以"鲜翻"王先生所说的"蚬子汤"。"但近几十年来，却不见蚬子的踪影。"蚬子对水质要求高，容不得半点污染。是啊，王哥庄的文蛤也几乎绝迹了。我母亲不吃肉，但吃海鲜，我的一位表嫂经常赶海，挖到文蛤，就给母亲攒着（冰藏），但冰过的到底跟现挖的，味道差得太多。我想着什么时候请王干先生吃一次文蛤炖豆腐。

书中，汪朗先生和王先生都谈到《红楼梦》里的名菜"茄鲞"。汪朗先生说"茄鲞"是曹雪芹跟大家伙开的玩笑，谐音"且想"，且，长久之意。王干先生当然不做如此想，他引据元代《居家必用事类全集》"造菜鲞法"，说明曹雪芹并非虚言。王干先生在洛阳吃过一道"牡丹燕菜"，其实菜名越金贵菜品可能越普通。有一年老父亲考我："窗含西岭千秋雪，打一菜名。"我胡猜八猜，终不知所以。父亲说，就是一盘豆腐渣。而这"牡丹燕菜"，主料就是普通的萝卜丝（萝卜丝经"九蒸九晒"之后用鸡汤煨成）。我同意王干先生说的，"人的口味是随着年龄的增长而变化，随着经历的变化而变化的"。王干先生写"夜上海"和"老北京"，特别谈到上海菜不宜克隆。前年十月末，我偕妻女到浦东美术馆看英国国宝《奥菲莉娅》大展，住在和平饭店，某晚约陈子善教授吃饭闲聊，他特别为我们推荐和平饭店做的水晶河虾和本帮鳝丝。且说起当年鲁迅先生被和平饭店门童拒之门外的事，真是此店的耻辱。

王干先生写人间美食，我觉得《里下河食单》最好，里面人物写得最好、最活脱。

书里王干先生还有几篇好玩的东西，譬如《吃什么》《和谁吃》《在哪儿吃》；再譬如《点菜是个美学问题》《喝酒是个军事问题》《吃饭吃出"政治"来》，等等，这些文章里有他文学评论家的底色，抹不掉的。但散文家的本事，王干先生也偶或抖一下身子，看了特别亲切："窗外，豆秸晾晒在路上，慢慢变得金黄，冬天会成为柴火，灶火映得村姑小脸红扑扑的。公鸡羽毛则晾在农家的屋顶上，五彩斑斓在阳光下熠熠生辉。冬季，用羽毛做的毽子在女孩子脚尖飞舞，轻盈如云，那是夏天的精灵在翱翔。"

《人间食单》一书，所辑者三《美食的"首都"在故乡》《寻找他乡美人痣》《人生百态看吃相》，长短文章五十五篇，里面的插图为此卷增色不少，只是版式太规整和单一了些。汪朗先生的序言和王干先生的后记《梦见汪曾祺先生复活》是好看的文章，不能错过。其中一篇《第一次"碰头"》颇有《多年父子成兄弟》的意味，尤其父亲那句"别絮絮叨叨了，男人就是要抽烟喝酒"令人印象深刻。一篇《吃相和食相》，写的是汪曾祺小说中的"吃"和散文中的"吃"，不是所谓"食单"所能涵容的，在这里单独说明一下。

> 年年岁岁一床书，
>
> 弄笔晴窗且自娱。
>
> 更有一般堪笑处，

六平方米做郇厨。

我知道汪曾祺先生好酒，王干先生也善饮，只是不知道王干先生有否做做"郇厨"的雅兴？我是别有一番冀望"王味"的私想的。

美食家王干

蒋　泥

　　汪曾祺先生，圈内敬称"汪老"，他的公子汪朗先生，便屈居"小汪老"。"小汪老"的发明人，是王干（我们尊称为"干老"）。干老出书《人间食单》，小汪老作序《王干的"锁麟囊"》。我读后才想起来，小汪老开篇提到的，约干老在《北京晚报》开美食专栏事宜，好像是缘于我组织的一个饭局——当年是我约了《北京晚报》的编辑赵李红大姐，和干老的学生颜德义等小聚。

　　赵姐和汪曾祺先生很熟，经常约稿，我曾鼓动她写一部汪曾祺传；而干老是和汪老酒肉唱和的同乡，跟着汪老这样的大美食家，干老耳濡目染，想不做美食家，怕都不行。

　　开美食专栏，是饭桌上聊天，碰撞出来的。这才有了小汪老序言里所谓"搞个小小的启动仪式"。

不久，干老就给《北京晚报》写了《吃什么》《和谁吃》《在哪儿吃》等美文。这些文章，全收在他的《人间食单》里。

干老从家乡里下河出发，写到南京、北京、云南、青岛，写到全中国，写到政治学、社会学、美学，写到汪曾祺、谢冕、王朔，写到《红楼梦》。关联上吃，不拘一格，包罗万象。有人说，作家的许多经典、好文章，都是约稿约出来的。干老专注写吃，一发不可收，也有我等的小小劳绩，给这个世界"挤"出、"逼"出、"挖"出又一位美食家。

凡人无不爱吃。离了吃，不成为人。吃却有境界、层次。譬如饭桶、酒囊饭袋、吃货，顶级的才是美食家。芸芸众生，成不了饭桶，当不上美食家，做个妥妥的吃货，就挺美。

吃饭问题，是除了天大、地大之外的第三大。

没饭吃的人，能成为美食家吗？很难。谓予不信，请看看莫言先生的《吃相凶恶》《吃的耻辱》《忘不了吃》，想吃没的吃，千方百计创造出五花八门的吃，连煤渣子都吃。后来有吃的了，又处处遭人作难、挖苦。和吃结上了仇。惊心动魄，读来令人击节，叹为观止！

比较而言，美食家的文笔，对吃是想念、留恋、沉醉，越陷越深。可是再如何饕餮成性，尚不迷失，能找到回去的路，摸得到"家"，恰如干老在书里界定的，"美食的'首都'在故乡"——形容得多贴切啊！

每个人只有一个故乡，各自的"口味""爱好"，便都留下童年的"烙印""胎记"，不能磨灭。

出生地是吃的"首都"，它大体圈住了我们这辈子想吃、爱吃的菜单上的核心内容。因此，"人间食单"，一个地方和一个地方不同，一个人和一个人不同。

我们扬州、泰州出来的后辈，自幼所吃，离不开淮扬菜系范畴，京城聚会，多找那些口味清淡的淮扬菜、苏帮菜。若是吃四川麻辣烫，第二天大体会额头见火、满嘴长包。

中医解读《黄帝内经》时，说过类似的话，"一方水土养一方人"。一个人想要身体好，就去吃方圆百里内的东西，有什么吃什么，什么当季吃什么。这里的"方圆百里"，一般就指"出生地"。它是农耕时代、交通不便的年代，自然形成的、带区域特色的吃喝风格。对养生有指导意义。

现在不一样了，一多半的人，像你我这样的，都回不去家乡了。

身为外乡人，我们到了北方，在北京定居生活几十年，吃的东西，杂七杂八，很难分清产自何地。

网购兴起以后，吃喝的内容，也扩大到全世界，更没有了季节的概念。因为北京的冬天，和三亚的冬天，体验上云泥之别，不是一回事；我们在北京的冬天，吃三亚的时令水果、海鲜，很容易、很方便。头天网购，次日就能上饭桌。

不过，即便内容、食材上能够层出不穷，人还是会把它们处理成自己儿时喜爱的、固化的口味。哪怕手艺不好，也会去无限靠近。否则味道不对，就不好吃，吃了不舒服。

会吃、能吃的干老，吃的是美味，吃的是情趣。

他好酒不断，常给我们贡献美酒，醉意上来，滔滔不绝，说几个小时都不打腹稿，随性发挥。我和德义兄是小字辈，聆听居多，插话极少。

我注意到，干老的口味，和我稍有差异。或许因他在南京、里下河均生活过一二十年吧，他爱吃鸭血粉丝汤、盐水鸭、烧鹅、鳝丝、慈姑、水芹、大煮干丝、狮子头、鸡毛菜。里面有几样，我之前没怎么吃过，是跟着干老第一次吃的。

干老爱吃的还有螃蟹。写螃蟹最好的当是两大美食家袁枚和梁实秋，干老应该写一写螃蟹，兴化、高邮的螃蟹出名啊。据说许多时候，人们会把兴化螃蟹，装扮一番，变作阳澄湖螃蟹大卖。实际上，兴化螃蟹不弱于阳澄湖螃蟹。估计后者贵族化了，好比阳山水蜜桃、爱马仕腰带、瑞士手表，吃的不是口味，吃的是品牌，吃的是贵。

干老吃河豚不少，"拼死吃河豚"，他好几次写有关河豚的文章。我和他一起吃，依稀是在王府井的南京大饭店。那里是江苏作家来京后，定点聚会的餐馆之一。

和干老吃吃喝喝多了，发现自己都有成为美食家的风险、苗头了。这不，我刚刚发表的长篇小说《大气运》，就有人说写吃的场面一场接一场，琳琅满目，读着读着，涎水滴滴。

聚餐不便时，倘能让人在脑子里想象美食，做一回美食家的好梦，大概也算功德一桩！

干老的"食单"，应时而出，我想会有更可怕的引诱力、蛊惑力，毕竟我仅仅是吃货，他是正宗的美食家。

美食无国界

法捷耶娃

    我喜欢美食。在我的祖国波兰，常见的美食有面条、土豆，还有就是饺子。波兰的饺子制作起来特别简单，就是土豆里面加上淀粉或者奶酪，然后将其搓成圆形，再用压饼干的模具将其压出各样花式来，下锅煮熟即可。而中国的饺子制作起来就要复杂得多，从醒面至擀面皮再到和馅料，一步步都是纯手工的，非常细致，也倾注了更多的情感因素。我更喜欢中国美食。

    扬州是中国的美食之都，淮扬菜的发源地之一。我来到扬州后，喜欢上了淮扬菜。譬如扬州的人早餐必吃的干拌面，不仅色香味俱全，而且特别扛饿。再譬如红烧肉，一口下去，难以忘怀。还有就是狮子头，在不煎不炸的情况下，仅仅通过各种复杂的配料和精细的制作，就能使入口的狮子头如王干老师在《人间食单》中所讲的"百媚横生"。

我原以为美食就只是吃什么的问题，但直到我有幸读到了王干老师的《人间食单》后，我才明白，在中国人的眼里，美食可不仅仅是一个吃什么的问题，还有怎么吃、和谁吃等一系列的问题，这就有了哲学的意味。所以，我读《人间食单》，既为王干老师向我们呈现的令人眼花缭乱的家乡美食、他乡美食所打动，恨不得循着那一个个食单一路吃将过去，做一个金庸先生笔下潇洒快活的洪七公，又为王干老师通过种种吃相而给我们揭示的人生百态而感动。王干老师以一个文学家、评论家的敏锐，以自己二十多年丰富的人生经验积累，为我们梳理和讲清楚了关于饮食文化的种种问题，如吃什么、和谁吃、在哪儿吃、如何点菜、如何喝酒、饭桌上的"政治"，等等。这些都是我们司空见惯但从未认真思考过的问题，也是古代中国文人关于美食的著作中基本没有涉及的问题，他将我们日常的饮食活动抽象出来，上升到了哲学的高度和文化的层面，丰富和提升了源远流长的中国传统饮食文化。这一点非常了不起。

当然《人间食单》中还有很多温暖的细节、日常生活中的点点滴滴，特别能打动人。如《里下河食单》表面上看给我们呈现的是一个个食单，实际上却是作者对家乡的怀念，那字里行间飘浮出来的味道实际上就是故乡的味道、母亲的味道，所以，王干老师说，美食的"首都"在故乡。还有，《人间食单》的素材时间跨度达二十多年，人生能有几个二十年呢？可是，王干老师作为有心人，以深厚的文学功底和对生活的热爱、美食的热爱，生动、细腻地为我们呈现了他二十多年来的生活轨迹、对美食的观察、对人生的思考，这样一种对文学的坚守、对生活始终充满热爱的人生态度，令人敬佩而感动。

中国是一个地大物博、胸怀宽广、热情友善的国家，人与人之间、民族与民族之间都非常团结，我想其中一个很重要的原因就是以食会友。朋友与朋友之间，朋友的朋友与朋友的朋友之间，没有一场友谊是可以躲得过美食的，一杯咖啡、一杯清茶、一餐美食，都可以迅速地拉近彼此的距离，所以《人间食单》中也才有了"寻找他乡美人痣"的生动故事。虽然在《人间食单》中没有专门写外国美食的章节，但书中也提到了咖啡、可乐等与西方有关的饮食，这也说明，西方的美食也早已融入到了中国百姓的人生食单之中了。我来到中国之后，虽然是一个西方人，但在中国的美食面前，从没有体会到什么叫陌生、什么叫差别，我沉浸在中华大地上各式各样的美食之中，深刻地体会到了作为人这一物种所共有的对美食的热爱与追求。我相信，在王干老师的《人间食单》面前，无论是中国人还是外国人，无论是男人还是女人，大家都无法抗拒美食的诱惑，都可以在一篇篇透着食香的文章中找到共鸣，这也许就是美食的魅力所在吧。我也期待，王干老师能有关于西方美食的作品问世。

所以，特别希望大家通过阅读《人间食单》能够像王干老师一样，放慢生活的脚步，用心去体味美食以及由美食而延伸出来的种种生活情趣给我们带来的快乐，让我们在本没有意义的人生之路上，体会到更多的意义和快乐。

人间有味是乡愁

王开生

　　算起来，熟识王干先生的时间并不太长，满打满算，才不过两三年的光景，感情升温却似乎有点"急湍甚箭，猛浪若奔"之势。除了文学这个要件之外，善饮好茶，乐于美食，兼谙书法，是彼此的共情点。俗话说，物以类聚，人以群分，大概就是这个道理。

　　知名文人撰写美食类散文，近现代我最中意的两位，一位是梁实秋，他的《雅舍谈吃》，是我常年的床头读物之一；另一位是汪曾祺，我喜欢他的散文，胜过小说。王干先生是资深汪粉，文学大咖，他的新著《人间食单》，既是"汪味"饮食文化脉络的延续，也是他致敬汪曾祺献上的家乡土礼。文章本身，耐读，有嚼头，手捧一卷，不忍释手。汪梁之后，王干之青已远胜于蓝矣！

余生也晚，未得汪梁亲炙，幸识干老，他就在身边，就在桌上。作家写美食，多从家乡食物起笔，幼时味蕾的形成，终其一生不曾改变，虽说日久他乡即故乡，但他乡没有那碗叫乡愁的食物。《人间食单》散发出的乡愁之味，引人入胜，也让我们这代无家乡可寻之辈，泪目，羡慕。

人尽皆知，高邮的咸鸭蛋，让汪曾祺先生写活了，也写绝了，写出了咸鸭蛋界的天花板。《人间食单》上来就是一篇《高邮的鸭蛋》，另辟蹊径，在天花板上开了一方天窗。文末一段"我们从高邮带着一小口袋土来到金陵饭店，杜老接过塑料袋，居然用食指蘸一小块含在嘴里，连说：高邮的土，香啊！"这是文章的文眼，道白了高邮咸鸭蛋好吃的秘籍，也感人。这篇散文我曾在王干先生的微信里读过，前月他来青岛，喝酒闲谈中，我借着酒劲儿特意问过此事。我说："汪曾祺先生写了高邮的咸鸭蛋，您还敢再写？"王干先生习惯性地缩了一下头，呵呵一笑，说："我是写的高邮的鸭蛋。"四两拨千斤，把我的来言轻松化解。我追问："杜老真的会把泥土放进嘴巴里尝？"王干先生一脸认真："真的。他果真把土掬到嘴边，舔了一小块。"我不再作声。我想，这样意外又生动的细节，和敲开空头筷子下去吱吱冒油的咸鸭蛋，异曲同工，一样令人咀嚼难忘。

我知晓里下河这方地名，始于 2018 年。是年春节，我举家在扬州欢度，适逢"扬州宴"餐厅推出"汪曾祺家宴"，获邀出席，餐厅主厨陶晓东大师烹制的"汪豆腐""慈姑汤""软兜长鱼"等一桌土菜，声言出自家乡里下河地区。那顿"家宴"，从构思到出品，出彩，堪称完美，至今余香萦绕心头。我向来对扬州地区的美食青睐有加，昔年间往来十余次，自认为食过的土菜既多又全。读了《人间食单》中罗列的里下河地区美食，方知我尝过的，尚不及半，这又勾出我胃中的馋虫来。

王干先生是美食家，也是书法家。书中《汪味》一文中的汪味馆，门头招牌即是其在高邮所题。如不出意料，恐是酒中或酒后之作。一来，酒至酣处，放松警惕，字好求；二来，王干先生书法精妙之处，往往在酒后得以发挥到极致，我们莫奈花园的招牌，即是典型代表作，老辣酣畅，亦不失文气，如今已悬挂在酒店最显眼位置，面朝大海。行文至此，忽记起一事。大约是前年的一天傍晚，王干先生在朋友圈中晒出一幅照片，图中是一家餐厅的门头牌匾，上书"祺菜"二字，让大家猜猜是何人所题，言明猜中者奖励《王干文集》一套，土酒两瓶，好像还有腊肉啥的若干。我一个激灵，立马第一时间把答案奉上。答曰：祺，是汪曾祺先生的字；菜，乃王干先生所书。一刻钟后，王干先生公布答案：青岛王开生猜中。自此一段时间里，我十分留意快递小哥的到来，每每忍不住主动询问有无我的包裹，毕竟，脱颖而出一次不易。然我梦寐以求的一干奖品，如黄鹤一去，至今杳无音信。

《人间食单》这本书的出版，我多少也算有所贡献。书中《太平角的咖啡馆》一文是我陪着王干老师的采风之作，那天我们喝了各式各样的咖啡，王干老师和几家咖啡馆风韵犹存的老板娘风趣地搭茬聊天，妙语连珠。此外，书中至少还有一两万字，是王干老师在青岛莫奈花园小住时完成的。王干老师有一特点，平日吃饭喝酒聊天，绝不耽误码字，且有字数目标。愈是在外地，笔头愈勤，精品愈多，砍柴磨刀两不误，此非常人所能。据此两点，军功章上，该有我的一角。

《人间食单》中有一篇《偷月饼》，写得极唯美，也感人，读着读着，眼眶竟有些许湿润，我想我的奶奶了。奶奶自小把我拉扯大，老人家曾是我最亲近的亲人，一晃眼，她走了整二十年了。

在我看来，《人间食单》写出了人间美食百态，但缺憾之处亦十分明显，王干老师数度来青岛，遍食胶东美食美酒，然此书中并无只言片语，或许王干老师在憋着劲儿，或许还得再深入再挖掘，或许是王干老师有意卖的关子，放长线钓大鱼。要知道，青岛特产71度的小琅高，一直在期待着他来品尝呢！

有些家乡菜消失了，幸亏还有《人间食单》这样的作品，冒着人间的烟火气息，传世。

好吃的王干和他的一本书

苏　北

王干还是好吃。他写吃的这本书大约是他所有文字中最好的。这是一本灵性之书，大约是王干一见到吃就眼睛放光，人的灵魂就上升了，灵性就四散开来。

多年前零星读过王干一些写吃食的文章，一篇写高邮随园的小文，给我印象极深。这次读《人间食单》，原来是《高邮美食地图》里的一篇。重读之下，仍有可圈可点之处，在写到高邮名菜醉虾时，他说醉虾带着一股浓烈的"里下河的水香"，水香是什么滋味呢？是的，水是有香味的，只是我们生活在城市，尝多了自来水的"氯香"（一股氯气的味道），不知世上的水也是有香气的。看欧阳修写的《浮槎山水记》，论到水，欧公说，"爱陆羽善言水"。陆羽将水分为三类：山水上，江次之，井为下。又云："山水，乳泉石池漫流者上。"这里的"乳泉漫流"，成了上善之水的代名了。王干这里的"水香"，极妙。也可为世上之"水记"，添上一笔了。从此我们要知道，水也是有香气的——不仅仅是女子有香气。

《高邮美食地图》一文中，王干谈到诸多文化名人"论馔"之语也甚妙。谢冕先生的"天下第一美食在随园"（是说随园的红烧鳗鱼好），诗人洛夫的"随园四绝"（除鳗鱼之外，还有软兜鳝鱼、雪花豆腐和清炒虾仁），王蒙之问"淮扬菜什么特点？"王干之答也甚妙：刚出土，刚出水，刚出锅。

是的，文人之吃多是别致的。汪朗、王干界首之行，吃"湖菜"主要是靠"碰"，因为下湖打鱼是不确定的，只能是打到什么吃什么，或是鳊或是鲫。口福好的话，碰上一只大甲鱼，也是可能的。

而大煮干丝，也只是淮扬菜中之"小白菜"——平常得不能再平常了。在高兴宝（高邮、兴化、宝应）地区，各县是都会做煮干丝的，而只有内行人才能吃出分别：这是高邮的，这是兴化的，这是泰州的……就像我们听口音一样，听山西人说话，外乡人只会笼统地说，"俺是山西的"，而山西人是能够听出，你是榆次的我是上党的。

《里下河食单》应该是这册书中最美妙的一篇了。这篇长文在《人民文学》发表之初，我就读过一些，将之转到我的朋友圈时写上了一句：这些文字是对得起《人民文学》的。

现在拿到新书，重读此文，仍然大为感慨，王干写"里下河"诸篇时，仿佛有文曲星附身，灵鬼捉笔代书。可以说，《里下河食单》中的诸篇，是足以传世的。原来汪曾祺先生感叹：人之一生，能有一句话留在这个世上就不错了。现在王干先生有此一篇文字，也足矣！

我重读时，仿佛那些文字仍是新的。我每每感叹：极美！字行之间，纸都已被我画得稀烂，天头地角也被我填满了批注的字。它为什么好呢？

米饭饼、高邮鸭蛋、慈姑、烂藕、扁豆烧芋头、螺蛳、河蚌咸肉煲……这十六篇文字，它既写出了吃食的温暖，又写出了生之快乐，生之艰辛，写出了里下河的风俗之美，写出了人情之美。文字不时会给你惊喜，神来之笔随处可见。

《米饭饼》的开篇关于"高田"和"水田"的描写，关于"道情"和"淮剧"的描述，可谓一份微型的里下河地理志，那些旁逸出的文字，并不违和，仿佛水之泽地而流，自然生动。对童年米饭饼的深情，也让人动容。这里我就引上一节吧：

> 小时候，经常见到母亲将米粉加水然后投入馊了的粥里，放一个晚上，第二天早晨，摊在铁锅上，一会儿工夫，米饭饼便摊成，一进口，一股酸酸的甜，沁入口中，空气里也散发着米的清新和芬芳。孩子和大人的一天，就从早晨的清新和酸甜开始。

这些文字是可以触摸到温度的。从这份酸甜中，也分明能感受到一种辛劳，一种岁月窘困的滋味。

《高邮鸭蛋》也甚妙，所有文字皆有"效率"，文尾关于给老书记送鸭蛋，老书记嘱咐，给我带一点高邮的土来，真是神来之笔。送去的鸭蛋老书记要亲自腌，但必须是高邮的土腌高邮的蛋才香，文尾老书记用食指蘸一小块土放嘴里，说了一句："高邮的土，香啊。"

这一句，真是充满深情，那既是对高邮鸭蛋的深情，更是对高邮这片土地的深情。

《烂藕》完全可当成一篇小说来读，这是一篇汪曾祺式的笔记小说。作者劈头就是一句：

那个在寒风中卖藕的人哪里去了？

这像是追问，又像是自语。卖藕的宝应人在氤氲的热气中慢慢清晰了起来，那种讨生活的艺术，那一份善良和辛酸，入夜的卖藕人睡在柴火堆上，也许想家了，他会吹一会儿手边的唢呐，调子中似乎有哭腔的味道。这篇短小的文字似乎能够写出一个人的一生似的。文末的"吹唢呐的卖藕人，是个哑巴"，又一惊人之句，完全在意料之外。用汪先生赞铁凝一篇小说的话说，叫"俊得少有"。

这是一篇完美的小说。一篇经典的笔记小说。

《慈姑》一篇，也甚好。它从容写来，娓娓而谈，仿佛是一则里下河地区的《慈姑小传》，杂知识里有风俗画，回忆过往中蕴深情。岳母一句，"高邮的慈姑可以做汤，不苦"，一个勤劳能干的高邮女性形象呼之欲出，而文末的"岳母去世多年，她的这道菜我还记得"，平淡文字中又充满深情，这份文字，不是一种久违了的归有光的味道吗？

我这样一篇篇写下去，这则应征短评不就要形成万字论文了吗？我其实是愿意这样一篇篇写下去的，它对我也是一份快乐呢。但现在必须打住，我写以上这些目的只有一个，就是想告诉大家，这是一本美妙之书。

笔颖楼里的人间食单

董小潭

　　泰州人都知道"海陵八景"之一的"凤池笔颖"，说的是文峰塔倒映在凤城河的一潭碧波当中，如椽之笔，喻示海陵千古风华，文脉昌盛。自政府将笔颖楼修葺，部分用以出售深巷美食，将此景生生拉回人间烟火深处，不少人慕名而至，为的是尝那兼顾淮扬与粤式风味的混搭美味。近期，俊红说新开了家"人间食单"，我一听颇为惊讶，心想这丫头反应倒也快，不会是把干老的新著做成体验店了吧。如此造访，果然是一席人间至简美味佳肴。

　　《人间食单》里的第一个章节，当属里下河食单。俊红本是水乡的女儿，显然是逐字读了干老的美文。还原一道菜很易，但把整个食单还原，是要下功夫的。干老文里的吃食非名非贵，但每篇都是俯拾皆是的记忆。前菜四款：米饭饼、炖烂藕、醉三仙、高邮鸭蛋。炒菜有荤素各一：秧草、慈姑。烧菜有五：扁豆烧芋头、螺蛳、河蚌咸肉煲、小公鸡炖毛豆、鱼鳔花生。汤有两道：蚬子汤与神仙汤。脂油菜饭压轴。饮品为米饮汤。款款十六道，皆属于里下河劳动人民的餐桌经典，成人肠胃里的几许乡愁。

米饮汤类似里下河人的母乳，大家都曾吮吸过，比牛奶还要金贵。以此开场，喝一口，温润，细腻，黏稠，有稻谷气，又营养，又本色，像极了演出开场的序白。的确，干老文章里的那篇《米块与抹布》，终究是那个年代的局促记忆。如此易化处理，妙极。

米饭饼是作为米饮汤的伴侣上桌的。看到这焦黄的米饼，不免感慨。我父亲中年时仍喜欢将隔夜的米饭发酵，和上干面，第二天早上把一盆米泡儿，用筷子搅和搅和，大油，下锅，"滋滋"就涨成了厚厚的一张米饼，咬一口蓬松又筋道，有股子淡淡的馊甜味儿。如今父亲步入老年，每日靠老母以流食喂养。此刻自动带入了亲情，温热得很，一张米饭饼不免让我泪目。

入了冬，笔颖楼里的热气就从青砖重檐底下四处散发。俊红年轻时跟先生做国际贸易，常去南方，煲汤她是拿手的。如今，一根莲藕到了她手里，就与茨实、桂花、冰糖做了伴，以文火慢炖。糖水烂藕盛在小盅里，烫手，暖心。

醉三仙，分别是醉蟹、醉虾与泥螺。糯米酒养蟹，红酒醉虾，都是现做。泥螺是黄海一带的，瓶装。三者拼在一起，三仙不醉人自醉。我在长篇小说《天滋》里，曾经写过一道菜——醉泥鳅，指盐商之子用茅台养泥鳅七天，每日换酒一次，直至泥鳅吐净肠肚，通体酥软，无论红烧、清蒸、油炸，都是极品。

说到高邮鸭蛋，不能忘了扬州老鹅，俊红家住扬州，每天从四季园买了带来。高邮文游台浓缩了苏东坡、黄庭坚等名家游迹，李一氓曾题"湖天一色"，汪曾祺遂以"稼禾尽览"对之。而老鹅呢？则用陈年老卤，三年以上老鹅卤之。老鹅食草与玉米，皮下无脂，肫小，而子鹅则皮肥脂厚，肫大。鸭与稼禾为邻，鹅浮大湖之上，终究对得住声名远播的斯人斯湖。

慈姑，这道"泰州小炒"又名炒三鲜，笔颖楼下足了功夫，五花肉是土猪肉的下五花（指肚下的五花肋条），安丰的老百页，本地青蒜。爆火急炒，上桌后，盘子里仍滋滋冒着油气，绝妙下酒菜。

秧草，原先不过是田埂上蓬蓬簇簇的一丛草，早年常用来喂猪，现在成了减肥菜。因其粗纤维，擅刮油。秧草包子出自古月楼，风靡全国各地。本邑不少名店都有秧草烧河豚，一人一客。在这里，最入味的还是一人一炉秧草羊肉，既滋补，又清减。

扁豆烧芋头，这道菜的两种食材都是里下河地区常见的，扁豆挂在家前屋后，多为紫色或白色。里下河人爱喜庆，紫色扁豆居多。殊不知，白扁豆更可入药。龙头芋是地里的扛把子，扁豆烧芋头多用子芋。龙头芋在冬天可卖大价钱，只有到了过年，才会隆重地推出龙头芋，切成细格子，与豆腐油渣烧成芋汤，寓示着全家来年遇好人。巴秋曾有画作，就是一块老龙头芋与五只子芋，为此，我曾写了《吃芋头，遇好人》一文。里下河人把爱的人恨到极点，就咬牙切齿道："把你凿扁啊搓圆啊！"大抵就是从这道菜里衍生出来的。

水煮螺蛳，又叫"氽螺蛳"。"氽"字的精妙之处，在于从沸腾的高汤里一氽而过，其火候掌握皆基于量的多少。其高汤制作，均用葱姜及散养土鸡的鸡架、鸡爪、大筒骨、火腿、鲜猪手熬制，辅以紫苏或甘草、桂皮、花椒、栀子等中药材。汤鲜，嗦螺蛳是须带些汤汁的，那螺蛳在唇边的灼烫感及螺肉和汤入口的鲜美至今不能忘记。

河蚌咸肉煲，汤色乳白，五花咸肉微红。河蚌是精心挑选过的，带子绵长，吸盘肥厚，蚌身咬在嘴里有着跳跃感。这道菜里须加少许入冬新腌的咸菜梗，味儿更正。正如宋人刘学箕所说："缕银丝，取意无厌。羹须澹煮，滋味重添。"

小公鸡炖毛豆与东北的小鸡炖蘑菇，有南北异曲同工之妙。未啼的小公鸡仔是大补，适合长身体的男童食用。毛豆性平，有草木之气。如今大厨用砂锅加了砧肉，让这道菜又添无限新意。

鱼鳔花生，女士必点，是道功夫菜。鱼鳔要从菜市场上搜，青鱼的鳔大而肥厚，草鲲次之，鲢鱼再次之，黑鱼的鳔则短而厚。所有的鱼鳔儿，形似两节头的莲藕，又弹又软又筋道，可谓刁钻又矛盾。花生一式。上河花生，下河水鲜，一上一下，一南一北，一干一湿。沸腾开来，美容又美味，是里下河食单里的扛鼎菜。

蚬子汤，有韭菜蚬子汤，或咸菜豆腐蚬子汤。大凉。至味。下饭得很。想起迎江桥北老通扬运河边上，之前还有一溜边儿的几十口大锅，从河里捞上来的蚬子、螺蛳直接下锅"响"（水煮，蚬盒张开露肉）。然后用铁丝篮子筛落蚬子肉、用牙签挑出螺蛳肉，就近拿到菜市场卖。里下河人形容人得意，就说"鲜翻煞格咧"。

神仙汤以酱油、猪油与胡椒粉制成。这道汤属于里下河人的集体记忆，但凡五十开外的人，几乎没有不曾喝一口神仙汤的。至于脂油菜饭，里下河一带称酸饭，自带点想象力，泰兴一带则称肉丁菜饭，有着老区的直白。二者的共情之处是，由于太香，每人得装一大碗，瓷实得很，扒一口饭，再用筷子点一点自制的辣椒酱，那种从口腔到胃的满足感，须打个饱嗝才算圆满。

古人说"我有一瓢酒，可以慰风尘"，到了笔颖楼，则成了"我有一道菜，足以解乡愁"，干老若返乡到此，估计又当浮一大白了。

意造本无法，但河蚌要配猪肉才好吃

薛静虹

　　读王干老师的《人间食单》是一种享受。网上大家把吃饭时爱看的影视剧比作"电子榨菜"，我虽远算不上"会吃"，但能吃也爱吃，又免不了为了保持身材而控制饮食，于是最近常常啃着全麦面包，把老师的文章当作"纸质鱼子酱"。

　　感悟太多，几乎不知道从哪里下笔才好，索性总结出我在这本书中所尝到的四味——乡土味、中国味、文人味和文人书法味，暂且咽下口水，逐一道来。

乡土味

　　王干老师开篇便写故乡美食，写兴化的芋头粉。我想起小时候常听老人家说吃芋头遇好人，当时就觉得很能理解。芋头水煮后剥皮，黏糊糊的还要蘸白糖，小孩子吃得满手都是，自然牵住好人的手就会黏着放不开。现在市面上流行的都是荔浦芋头，个头巨大，理论上也可以当铅球掷出打晕好人后带在身边，但不免缺乏一些含蓄之美。

王干老师写宝应的荷藕从明代起就闻名遐迩。夏天时，我常寄荷花和莲蓬给朋友，一样用来看一样用来吃。新鲜莲子是很好的零食，清甜嫩脆到难以形容，一粒粒剥着吃比嗑瓜子有意思。

除此之外，还有脂油菜饭和小公鸡炖毛豆等等，都是我从小吃到大的菜，但直到读王干老师的文章时，我才意识到这些食材和菜式是如此值得写。馊粥所做成的饼中的米粒也可以是记忆里的珍珠，是美食中的钻石。

从前我总觉得家乡美食没什么好说的，和外地朋友聊到淮扬菜时，对方要么是笼统地觉得这里的菜又甜又淡样式乏味，要么是因为有些了解而肃然起敬，来上一句："国宴不就是淮扬菜吗？"

在那些时刻，我的心情总是尴尬混着自豪，既懒得跟他们解释，也没有信心能解释得透。

现在想来，其实是因为当时的我没有与故乡"和解"。

在国外时，这种感受尤其鲜明。

中国味

有次陪朋友去伦敦的高级餐厅吃饭，她点的前菜，主角是道蔬菜，由两位服务生郑重地从精致小推车上的炖锅里取出放进盘中。珍贵蔬菜圆溜溜，有个小尾巴，我看着眼熟，尝了一小口，大惊失色，虽然口感比记忆中要细腻些，但这不就是慈姑吗？

侍酒师给这道菜搭配的是一支 2006 年的干白，口感顺滑，有蜂蜜、杏仁和成熟桃杏的甜美气息，以及来自维欧尼葡萄馥郁迷人的花香，适当的酸度和矿物质味又使酒体保持着平衡而轻盈的结构。格里叶堡是法国最小的法定产区，只有大约三公顷，坐落在著名的北罗纳河谷。

我还在咧着嘴傻乐，抬头对上侍酒师的眼睛，心里想，这么厉害不还是用来配慈姑。

我当时想起本雅明曾把童年的经历类比成疫苗接种——在成年后的流亡岁月中，一次次激起他的思乡之痛，但也一次次保护他免疫于空虚和遗忘。

而一粒小小的慈姑，竟让我在伦敦的法国餐厅里找到了故乡。

挑甜点时，我又仔细看了菜单，再次大惊失色，原来那道菜并不是慈姑，而是洋蓟。不同于我所熟悉的平常做法，厨房用了极嫩的洋蓟，去掉所有叶子，只留最中心一小块，而我所尝的那一小口又恰好是富含淀粉的部分。

我坐在华丽得有些过分的餐厅里——那里曾经是克里斯汀·迪奥（Christian Dior）在伦敦的工作室，一下觉得自己被抽离开，那一点点虚假的归属感所带来的幸福感也跑得无影无踪。我在心里嘲笑着自己一厢情愿搞出来的乌龙，想来也只有我会把慈姑这土东西当个宝。

现在读到王干老师的书，突然释然，王干老师把答案就印在封面上——"恋家爱国，从一箪一食开始"。

我又查了资料，发现慈姑（arrowhead）本身也有许多亚种，被称为 Chinese arrowhead（中国慈姑）的是三叶慈姑（Sagittaria trifolia）。欧美常见的亚种是宽叶慈姑（Sagittaria latifolia)，原产地在美洲，是当地土著重要的食物来源，所以也被称为"印第安土豆"，因为鸭子爱吃，又有个小名叫"鸭子土豆"，但海狸、北美豪猪和麝鼠也爱吃。

全世界动物和人民都爱吃慈姑，可以证明这确实是个好东西。我也应该自豪，说明祖国的食物在我心里就是全世界最好的，不管出现在哪里都没有什么不对，完全够得上用鹅肝（用黑醋栗腌制过，佐上加了杜松子的苏玳果冻）和苏格兰螯虾当配菜。

如果要说唯一不对的地方，那就是法国厨子不懂砂锅炖菜最该配的是我外婆炒的茭白肉丝。

文人味

王干老师提到北京烤鸭时写的是大鸭梨，我非常自豪，我也喜欢大鸭梨，又便宜又好吃，可见我们都是有品位的实在人。但不同的是，王干老师最后把平民烤鸭延伸到了共产主义理想。

老师在全书唯一一次直白地流露出厌恶情绪，就是写到燕子丹斩美人手送荆轲的典故。老师一反平常淡然愉悦的笔调，愤然问出"如此视人民、视女性如草芥的王朝，岂能不亡？"。

这些在其他地方是看不到的，我想也许这就是"文人味"。

巧的是，百度"文人味"三字，出来的第一篇文章就是讲汪曾祺汪老的。

汪老写吃已是公认的一绝，但我最近一次看汪老的书是看《汪曾祺说戏》，他从编剧和作家的专业角度认真写戏文赏析和菊坛掌故，也写自己在特殊时期身不由己言不由衷的往事。

我看汪老作品的感觉，正像是听戏，也像看画，是马致远加上关汉卿。宋画意境清旷寂寥，却会轻柔含蓄地平等对待一只新生的雏鸟与一截残雪中的枯木，而元人泼辣畅快的表面下，底色终是悲凉隐忍的。

王干老师的文风与汪老有些相似，但汪老写小说更多，我之前一直不知道该怎样形容读汪老小说时的感受，这次终于在王干老师《汪曾祺小说中的"吃"与散文中的"吃"》里找到了答案——是一种"惨淡经营的随便"。

可能因为王干老师的主业是文学评论，总让我感到有种疏离感，如果一定要形容的话，我觉得王干老师写的东西像书法——文人书法。

文人书法味

王干老师遣词造句也与常人大不相同，尤其引起我注意的是他对"凉"字的用法。比如《吃饭吃出"政治"来》的结尾，老师写以前读不懂鲁迅小说"吃人"的深意，尤其读不懂《药》里面那个人血馒头的含义，"等读懂了，心凉如冰"。

王干老师还有篇写《红楼梦》里的茶事，如数家珍旁征博引，像篇学术论文，最后淡淡写道"绿过，闲过，最终还是凉，凉，凉"。

这两句里的"凉"字几乎让我心惊，仿佛剑锋凛冽，轻巧刺穿现实的虚妄假象。

而对于最该用上"凉"字的乡村秋夜，老师在开篇却是这样描写的：

"月亮升起来了，黄黄的，像一个薄薄的金黄月饼。地上，黑的、白的界限清清明明，树影摇摇晃晃。村庄上静得很，庄心河银晃晃地流着，水脆脆地唱着。"

我自出生起就在城市里长大，从没有过这样的经历，但读得落下泪来。

我自己都觉得不可思议，又把那篇分享给朋友。对方也很喜欢，开玩笑说如果是迪士尼来讲这个故事的话，大概要花十个亿拍出一个半小时的动画长片，但效果还不及王老师三页纸。

老师写文章并不为煽情，却隽永动人，也并不为说理，却能轻易引起人的思考。

我脑中闪现出苏东坡的一句诗"我书意造本无法"，突然意识到，老师的作品就像文人书法。

书法是苏东坡本人最不重视的一块，但其书法作品又是公认的无上珍品，是因为融进了他本人的哲学审美与生命力。

王干老师写吃也是随手，结果好得不得了，这是因为王干老师做人好。王干老师写作看似随意无法，实则是法在其中、不拘古法。

馒米饭可与珍珠钻石相比，是因为下笔之人笔力千钧，随时都可点石成金。

文人审美：在美食背后呈现点点光亮

老 克

　　几天前，收到王干的新著《人间食单》，迫不及待地就读了起来，书中写美食，写故乡，写南京和北京，许多场景让人都非常亲切。我只能说，这不是一本简单写美食的书，而是一本让人"乡愁四起"，用"味蕾"复活人生记忆的书。

　　说实话，我以前对写美食的散文，心里是有些看轻的，总认为写得再好，充其量也是副刊上悠闲的文字，哪能与那些历史文化大散文比。而这次阅读王干《人间食单》，改变了我的偏见。事实也是，美食折射大千世界，折射人性的心理，与我们的生命状态一路相随。

　　一、复活记忆。在《里下河食单》这篇文章里，王干写了"米饭饼、高邮鸭蛋、慈姑、烂藕"，仿佛一下子把我拉回那个清贫苦寒的日子里，某种程度上，这些食物，是我们里下河老百姓集体的记忆符号。

我们透过"米饭饼"，看到的是惜物和节俭，过日子的不容易；王干写"高邮鸭蛋"，则强调"高邮土"才是腌制好鸭蛋的关键，文中杜老"尝土"的细节，那份乡情几乎会让人落泪；王干写的"慈姑"这种食物，对里下河人民是有恩的，听我的父辈讲，历史上每每遇到大灾年，正是"慈姑"救活成千上万的人；而写"烂藕"，哪里是写食物，王干分明是写卖藕人，那个喜欢用唢呐吹淮剧的哑巴，四处漂泊，入夜就睡在人家的柴火堆上，想家了就吹一段淮剧的调子。其实，像"烂藕"这样的题材是可以写小说的，不过，从这篇写美食的短文中，已经让人读出了小说的苍凉味道。

《里下河食单》中让人印象最深的是，写那位打篮球的姚姓高中同学，在饥饿年代，因为个子大、饭量大吃不饱，就到学校食堂打义工（可以吃点残羹余汤），没想到偷喝一碗粥时，慌乱时竟将蒸馒头的纱布掉进锅里，掩盖了"偷粥"的尴尬，不过这个细节很是酸楚，让人怎么也笑不出来。

历史是镜子，王干写故乡美食的文字，不仅是复活乡愁的记忆，更是像一口故乡的井，把你拉回生命的原点。说实话，这些年来，我们对许多事情已经麻木了，人生是需要参照物的，所幸有故乡美食这样的"井水"，如此甘甜，让人清醒，让我们继续有了赶路的力气。

二、敏感味蕾。王干的童年和少年时期是在兴化水乡度过的，文中记叙他童年在河边抓虎头鲨和螺蛳，用火烤青虫，游水一个猛子扎下去就能捞上一捧蚬子，这些让我十分羡慕。我甚至觉得自己小时候没有他"野"，以致写不出像他这样接地气的散文。

众所周知，食材是做好美食的基础。要把美食说透，了解食材的来龙去脉，能把美食谈到一个更高层次。王干写鱼鳔花生，写河蚌咸肉煲，写江南三鲜，特别入味，就是童年和少年打下过"天然"的底子。

王蒙先生曾经问王干，淮扬菜有何特点？王干回答："刚出土，刚出水，刚出锅。"不愧为有底子的评论家，这"三刚"真是抓住了故乡美食的"麻筋"。

在《高邮美食地图》一文中，王干提到高邮的"一招"，让我感觉十分亲切。二十世纪八十年代，高邮人提到县城的"一招"和"二招"，没有谁不知道的，而在那时候，王干就认识"一招"的孙大厨和他的徒弟张建农。说实话，在那个年代，能真正跟厨师交朋友的文人，还真不多。这本书中，王干写到高邮的"汪味""随缘"和"祺菜"等餐馆，提到与许多大厨有密切的交往，难怪他写美食如此驾轻就熟，正是因为有了大厨和美食家的双重眼光。

王干当年在北京期间，曾有机会多次到汪老家蹭饭，我相信这种耳濡目染，肯定会影响王干审美的格，也会影响他对美食的态度。书中写到王干在扬州吃脂油菜饭——正是他的提议，开席之前先来一份脂油菜饭，道理很简单：只有在味蕾最敏锐的时候，才能体会脂油菜饭的妙处——从这点来说，王干倒真是深得汪先生的审美精髓。

如今我们在生活中，会遇到许多茫然无助的东西，有时候真要靠亲情和友情来滋养自己，甚至享受一次美食，就可以抛弃许多不快。从这个意义上来讲，用味蕾来感知世界，享受人间的乐趣，就是对自己生命最好的抚慰。

三、文人审美。江南文化有个特别的属性，凡是出彩的东西，都是文人参与的：园林、昆曲、古琴、苏绣、明式家具、紫砂壶等，美食也是如此。像苏东坡、张岱、袁枚、李渔、汪曾祺……他们都是传播美食文化的高手。

在我有限的阅读中，觉得散文大致分三种层次：就事论事，记录生活的轨迹；发现光亮，写出事物背后的东西；文人审美，将描写的点放在历史上来审视。

我在阅读这本《人间食单》时，总会感受到有种气息在文字里涌动着，让自己莫名其妙的就会被打动，后来才发现文字中有种叫"文心"的东西，或者是一种文人的"审美"，时不时就会出来打你一下。

在这本书中，王干不但写了汪曾祺、洛夫、谢冕、汪朗等许多文人对美食的态度和趣事（对汪曾祺先生着墨最多），还写自己在全国各地游历时，对美食的思考和审美感受。

比如写爱清洁、不堪污水的蚬子，写在工业污水中如鱼得水的小龙虾，两种对比，从而得出"鱼犹如此，何况人乎"；比如在云南临沧普洱车间，看见那些年复一年、手工用大石头压茶的女工，写出"在茗香飘溢的茶楼会所里，其实也有劳动妇女的汗水在飞"；比如写太太在北京办公大院发现"马兰头"，挖回家包了汤圆，"水里一煮，那青涩的绿，盈盈飞扬——能不忆江南"……这类有感而发，在书中几乎比比皆是，我以为这种"文人审美"，这种在美食背后呈现的点点光亮，才是散文中最值钱的东西。

养眼养心是书香

李国清

　　有的作家，我是先读到他的作品，才知道其人。有的作家，我是先知道他的名字，才去读其作品。汪曾祺，我读到他的短篇小说《受戒》，就特别喜欢，汪曾祺这个名字就深深地留在我的心里。王干，早年知道他是评论家，在南京《钟山》当编辑，又调到北京《文艺报》。再先后任《中华文学选刊》主编、《小说选刊》副主编。从《散文海外版》公众号看到王干散文集《人间食单》的出版信息，想起《王干随笔集》在2010年获第五届鲁迅文学奖，就在网店购买一本，这才读到他的作品。

　　一个"食"字显然是这本书的意象核心。食既指美食，也指吃。作家既写故乡的美食，也写异乡佳肴，还从味道到营养入手，写吃什么，怎么吃，在哪里吃，和谁吃。谈得有滋有味，有声有色，让读者如临其境，跟着作家享受丰盛无比的精神盛宴。如果说美食是实在的，不仅看得见，还通过吃感到鲜香美味，那么在王干笔下的美食，却用文字加上他的审美想象，使这美食变为视觉的，让读者产生想象里的真实，这些文字的"美食"，通过阅读，就能养眼养心，享受它们洋溢出的浓郁的书香。

从《点菜是个美学问题》《喝酒是个军事问题》《吃饭吃出"政治"来》《马铃薯的文学素》等篇名来看，作家似乎在有意拔高"点菜""喝酒""吃饭"这类生活日常的意义，包括"马铃薯"这样的食材，与文学相连，也让人费解，但如果你一篇一篇认真地读下去，知道点菜要在价格合适、荤素搭配上把握；聚会喝酒，要慢喝，用酒智打击最强对手，让自己立于不败之地；通过国宴、家宴、婚宴、寿宴等，谁主谁次，谁左谁右，谁陪，谁埋单，谁先敬酒；从马铃薯在山西叫山药蛋，从山药蛋想到山西文学的山药蛋派的代表人物赵树理，从汪曾祺写《马铃薯》的散文，充分地证明点菜、喝酒、吃饭、马铃薯，蕴含着美学、军事、政治、文学素的深层意味。这显然是从日常生活提炼出的深层次意蕴，这是作家可贵的发现，若没有这种发现的眼光，就写不出这种化平凡为神奇的文字。

把喝与吃写得淋漓尽致的，应该是《晋江的土笋冻》和《"贪吃蟹"谢冕》。前一篇写一种用沙虫做的"土笋冻"，这是一种软体蠕虫，别名叫土笋，作家描述了熬制方法和吃到嘴里的感觉。这都不重要，重要的是作家与文友的相遇——晚饭后在电梯内相遇，对方提着两瓶喝剩的酒，两人居然不约而同说再喝。于是有人拿来土笋冻，作家写道："太下酒了，我大呼一声，和老黄连喝几杯。老黄也不推却，我们仨不知什么时候，把老黄箱子里的酒全都打开喝了。"后一篇写九十岁的诗歌理论家谢冕能吃。吃生蚝，王干说自己最多时吃过五只，而谢冕，居然一口气吃十七只。作家写道："十七只，意味着什么？堆起来像个小土丘了，十七只生蚝的肉也有一公斤的量了……"这样的喝与吃，表现出性格的豪放和生命力的旺盛，是作家和理论家不为人知的一面，这样的情景显然是会让读者欣赏的。

就个人而言，《红色聚餐？我吃"开国第一宴"》满足了我的好奇感，它让我第一次见到国宴的菜单，同时知道北京有家菜馆有这国宴的复制，并见到席供人数及价格，尽管作家对菜单持怀疑态度，我宁信有不信无，也许有一天我去北京会去寻找这家菜馆。如果说国宴菜单满足了我的好奇心，那么《怪吃》则激起我的亲切感，比如其中的鱼腥草，就是我儿时也常吃的折耳根，它生在田间山上，用辣椒、酱油、醋生拌，很好吃。我原以为只是南方甚至贵州人喜欢吃，想不到在文中见北方"女作家迟子建每餐必点此物"。生鸡血，作家在贵州参加笔会时，他感到"味道鲜美无比，远远胜过我们常吃的豆腐脑。……我吃（其实是喝）完一碗，又要了一碗……"还有炸竹结虫、炸蚂蚱、烤青虫，都是"怪吃"一类，它们虽然可吃，虽然鲜美清香，毕竟是贫困年代的需求。作为作品，这"怪吃"就有独特的审美意味。

最奇妙的是《里下河食单》里的《神仙汤》。什么是神仙汤？文中写道："三种调料组成：酱油、猪油、胡椒粉。先放酱油，再加猪油，然后开水一冲，再撒点儿胡椒粉，一碗色香味俱有的神仙汤就完成了。"现在丰衣足食的孩子看到会笑起来，这叫神仙汤？显然有上当受骗之感。但在贫穷岁月，客人来了午饭没菜，自己吃咸菜，这是做来招待客人的好东西。这种美味，到了没有饥饿的年代，再也不存在了。

《偷月饼》和《"酒酿"颂》，是生活的两个面。《偷月饼》的妙在于"偷"，月亮出来了，作为孩子的王干出发了。去干什么？"偷月饼！偷东西，肯定不是好人，连狗见了也要咬。但在红蜻蜓故乡，却是古朴淳厚的乡风。"中秋晚上，每家焚香敬神，在家门前小桌上供上月饼和煮熟的老菱，一根整藕，点上香，作揖说吉利话，然后回屋。黎明时，月饼不见，全家都高兴。月婆婆是五保户，她在供月亮时，喃喃自语，然后进屋，好像在叹息。当我和小胖、弟弟把月饼、菱角拿走，慌张中把碗碰倒在地，"月婆婆的白发在窗口出现了，我们好像看见了她的笑容"。月婆婆孤单得凄凉，她的笑容，让她的故事富有生活悲剧的美。《"酒酿"颂》却是通过母亲做酒酿的过程及成败，歌颂了生活。文中写道："如果酒酿成熟了，那些原先用筷子捅出的圆孔，一个个溢满了乳白色的米酒汁，泛着甜蜜的笑……""记得有一次夜里，我被一阵浓郁的桂花酒香惊醒。……一家人，都被这酒酿的芳香催醒了，索性起来尝几口，那味儿在舌尖上舞蹈。"这是对幸福生活的礼赞，不仅有浓厚的甜度，还有让人喜悦的温度。人间的冷暖，在两篇作品里得到充分的展现。既有生活实感，也有象征意味。

《南京的菜》《高邮美食地图》《里下河食单》，都是写美食。在《南京的菜》里，作家称南京菜为"平民的菜"，盐水鸭是南京的名菜，但家家户户都可以每天吃它。他说，有些本来平民可以享受的东西一经"贵族化"后，平民就没有口福享受了。在《高邮美食地图》里，作家对汪味馆、随缘馆、湖菜馆的环境、厨师、菜的特点进行介绍，如数家珍。当然，代表这本书最高水平的是《里下河食单》，这篇作品有54页，由米饭饼、高邮的鸭蛋、慈姑、烂藕、扁豆烧芋头、河蚌咸肉煲、鱼鳔花生、脂油菜饭、米块与抹布、醉蟹醉虾泥螺、蚬子汤、秧草、神仙汤、小公鸡炖毛豆、水瓜等十六种具有地方特点的食物组成。作家不仅写它们的制作过程，还写它们的历史，并写出它们的味道，比如写米饭饼，称它为"是记忆中的珍珠，是美食里的钻石"；比如写高邮的鸭蛋，是"全中国的人民都知道高邮的鸭蛋，就像知道镇江有醋，茅台镇有酒……"；比如写螺蛳吃前要在清水里泡几天，"它的呼吸的模样像孩子调皮地眨着眼睛……"；比如写"醉蟹被汪曾祺先生称为'天下第一美味'，是美食中的美食，极品中的极品"，妙语连珠，像结集小说，分开看，独立成篇，合起来是个整体。《里下河食单》是散文里的精品，不仅显得意味厚重，而且艺术性也很强。

作为读者，我喜欢汪曾祺的作品，能做到的就是在刊物上见他的作品找来读，在书店见他的小说集买回来看。而作为作家的王干，却与他交往，与他对话，写出一篇又一篇关于他的感人的散文。读《"美食家"汪曾祺》《赤子其人　赤子其文》《梦见汪曾祺先生复活》，就感到汪曾祺出现在眼前，我不觉得陆文夫不是真正的美食家，汪曾祺才是真正的美食家。因为陆只会写美食而不会做美食，而汪既能写美食也能做美食。

汪曾祺不仅善于品尝美食，也擅长烹调，年轻时走南闯北，尝到多地特色风味，并把这些写进他的小说和散文里。同时，对美食他独具慧眼，在宴会上，大家吃大鱼，他却吃小鱼。大家尝小的，果然比大鱼鲜美。有作家见汪曾祺吃什么，就跟着夹什么，果然没有错过美味。

汪曾祺做好菜，喝两杯，然后劝王干喝酒吃菜，王干写道："他在一边看着，似乎那桌上的菜不仅是他的作品，连我在内也成了他作品的一部分……快一点钟了，我赶紧告辞，他将我送到电梯口，说，下次来北京再喝吧。没想到，这竟成了诀别。"

夜晚，王干在校编《人间食单》，有多篇作品写到汪曾祺。累了，入睡，居然梦见汪曾祺。汪曾祺来到王干老家周庄镇的老宅，见到王干的祖父、祖母，他们接待了汪曾祺。祖父祖母要留汪曾祺吃饭，汪曾祺还笑眯眯地问王干，有没有醉蟹？王干说有并去找，但没有找到。汪曾祺说，没有醉蟹，我就回高邮吃饭了。王干一急，醒了。

如果说王干前面是在用散文的笔调写他与汪曾祺的交情，那么《吃相和食相》就是对汪曾祺小说和散文中的"吃"进行比较评论，王干认为汪曾祺写小说非常用心，写散文漫不经心，说汪曾祺散文中的"食相"是对生活的感受和爱，小说中的"吃相"反映出世道与人心。王干认为汪曾祺美食散文的文化底蕴深厚，有纵深感，哪怕是短小之文，都能写出古今南北的来龙去脉，在汪曾祺的散文《端午的鸭蛋》《故乡的食物》《切脍》等作品里能找到佐证。同时，汪曾祺的情感与其价值观密切相关，写美食的目的是把自己的爱灌注在作品中。以食为视窗以展现世道人心，写食也是写人，吃相不是表象，也不是表情，而是心相和灵魂相遇，这些在汪曾祺的小说《落魂》《黄油烙饼》《金冬心》《职业》中能找到证明。这种"食相"与"吃相"在王干的这本散文集里也如此，这充分地证明他与汪曾祺近似，我不认为他是对汪曾祺作品的补充，我认为他是对汪曾祺作品精神的一种发扬，虽然他学了些汪曾祺的套路，但他也耍了汪曾祺不会的刀枪，比如评论。王干在性格上奔放，汪曾祺内敛，比如写《点菜是个美学问题》《喝酒是个军事问题》《吃饭吃

043

出"政治"来》这类文字就是王干这种性格的人所擅长的。又比如，汪曾祺喜欢画画，王干喜欢书法，正如齐白石所言："像我者死，不像我者生。"王干不会在吸收汪曾祺作品精华时成为汪曾祺第二，他不会失去自己，而是使自己变得生机勃勃。

"世事洞明皆学问，人情练达即文章。"我知道贾宝玉不喜欢这对联，但我喜欢。我觉得用它描述《人间食单》里的文章合适，我觉得用来描述王干也很合适。我不知道王干会不会喜欢它，我把它抄在这里，算为拙文画个句号。

在舌尖上回乡

黄清水

2009 年在杭州学画，冬日的晚上回宿舍的路上无遮无挡，寒风吹得两腿紧绷，迈不动步子，牙齿紧咬，耳畔的风呼呼刮着。靠近滨江路社区时，人声渐消，米酒汤圆的香气囫囵灌进我的胃里，我突然就饿了。那时几乎所有的摊位都收摊了，巷口的米酒汤圆摊却仍旧一阵阵升起白汽，在寒冷的夜里好像是冰雪遇热水之后升起的雾气，使人一阵迷糊。这样的场面后来再没有出现过。王干在《烂藕》里描述藕摊的情景异常生动，他将其描述为看不够的风景，并说这股人间烟火气是"卖烂藕的大锅没有锅盖，热气高高地升起，回旋，是冬日小镇上最温暖的所在"。

这种温暖，体现在作者对故乡的记忆——采藕人在淤泥中

045

的寸心莲意——卖藕人一生的轨迹。我不知道里下河的烂藕是怎样的味道，绵、软、酥、脆，咸的，甜的？在世上已知的十万种味道之中另辟蹊径，是王干的风格，他的味蕾有别于其他食客，落笔在纸上，竟将善吃爱吃的人诱惑了一番。作者从里下河的土壤里道出烂藕的味道是"沉稳和醇厚，浓郁的香气和淀粉的糯黏"。他言简意赅透露出烂藕的深层味道，而不是浮现在表层的酸甜苦辣咸，他遵循记忆里幼时的香味与味道，在一片藕上回乡，跟随味蕾一次次去挖掘远去的时光和味道，那藕经过时间的洗礼，塑造，已然完成了他忠实的记忆，那种经年累月积淀下来的味道，自然具备了"沉稳"的特性，如窖藏的老酒般"醇厚"起来。时间往前推进，在那个年月里，饥饿是许多人越不过的一道坎，人们对食物的向往不亚于航空局对星空的探索。

他在《米饭饼》里介绍米饭饼的由来：旧时里下河人苦中作乐，多余的大米粥放一夜馊了以后不舍得倒掉，就将大米粥作为酵母，和上米粉，制作出米饭饼。特定年代形成的一种风味，对于拥有特殊记忆的一辈人来说，不只是味道的碰撞，更是与旧时记忆和故乡人事的联系。他实写米饭饼，虚写里下河的"人间"。他用独特的视角，描述里下河地区的水田和高田，以此区分食米饭饼的人群是怎样的一群人——跑去上海讨生活的苦力和乞丐。朴实的笔触里有鲁迅先生描写孔乙己怎么走来的影子，王干把一盏聚光灯精准对准这群人，但不多花笔墨在他们身上，这是高明的一点，若是笔墨一多就会抢去米饭饼的风光。于是，他笔锋一转，从淮剧转到旧时里下河生活的艰难中，再到他母亲制作的米饭饼，他写道"孩子和大人的一天，就从早晨的清新和酸甜开始"。我感到异常奇怪的是，在文中他没有表现出同龄人所固有的那种"穷酸样"——对食物的异常兴奋和贪图。后来有幸见到王干，彬彬有礼、温文文雅的样子，满足了我心目中对于文人的设想。他讲话慢条斯理、谈吐幽默、谦逊、睿智，脸上始终洋溢着风雅的笑。后来听他的课，他讲汪曾祺的作品《陈小手》，细致入微，见微知著，讲到团长觉得怪委屈时，短短几字写活了一个军阀的霸道和无奈。王干是汪曾祺的铁杆粉丝，这本《人间食单》可以说是他向汪老的致敬之作。

《人间食单》的主线几乎是围绕故乡美味——他乡味道——烟火人间、百味人生着手写，时间跨度久远。他对美食的讲究，从怎么做到怎么吃、如何吃，将人情世故一一串联起来，构成了一幅幅别样的人间烟火卷轴。"那个在寒风中卖藕的人哪里去了"，是诘问读者也是问自己，作者在字里行间寻找乡愁、乡音、乡味，也在寻找自我。当他返乡时，这句话是喟叹，也是悲伤的寒风。最后他说"吹唢呐的卖藕人，是个哑巴"，一语道出卖藕人的悲惨身世。一个写作者对最底层人的同情，其实也是对自我的救赎。在《河蚌咸肉煲》里，王干也算是对自己的身世做了一笔交代："咸肉河蚌炖的汤，是有钱人家才喝的。普通人家只有春节才会腌制一点儿咸肉，你看到冬月里门口挂着白里透红的咸肉，都是有背景的人家。"后面又以父亲与伯父的对话点出了咸肉河蚌汤与自己家的渊源。小的时候父亲经常喝，但家道中落以后，父亲的记忆自然随着年岁的增长忘得一干二净，而"祖母一边擦泪，一边给我加汤"，这一笔也微妙精彩。我们常说隔代亲，实则是"他们看到了你的孩子，仿佛又看到了小时候的你，于是把从前对你的爱，加倍在你的孩子身上再来一遍"。这是网络上对隔代亲的理解，化用在这里，祖母对孙子的疼爱其实也是弥补对父亲的"亏欠"，这种亏欠并不是说老辈人真的亏欠儿女，而是他们下意识的行为和思维。

在《人间食单》里有很多这种温情时刻。《偷月饼》里写月婆婆的善良，因为供奉的月饼较往年少了，心生愧疚，回了屋里暗自叹息，为什么少了，交代是搓绳的价钱低，只能买四只，笔锋一转，"我们"一下一下挪动身子靠近小桌，将四只月饼捧到手上，"慌忙之中就将两只碗碰倒在地"，这无意的一笔，将月婆婆复杂的心境写明了，她由悲转喜，像是得到了月公公的祝福，一种希望陡然涌出。《第一次"碰头"》里写到母亲被父亲训了之后，转身走了。"父亲捡起扫帚打扫我吐在地上的污物，还叮嘱我：'以后喝酒先吃点儿东西填下肚子，空腹容易醉。'我那一刻觉得父亲前所未有地慈祥和柔软。"这种落差、反转一下子就将故事性提了起来，人物一下子饱满起来，尽管只有寥寥几笔，却足见功力，近乎四两拨千斤之气。《青岛太平角的咖啡馆》里，"喝咖啡是给心情放个假，而阅读本身才是精神的飞跃"，这样温暖的句子和卞之琳的诗相得益彰，他由此说"大海是温暖的，阅读是温暖的，也和咖啡一样迷人"，甚至他还认为"这是带不走的风景"，对于咖啡的见解与认知一下子超过了所有人。

《人间食单》里面的文章，可以当散文随笔读，亦可以当小说读。王干本身是小说家和评论家，所以他所写的文章会恰到好处找准一个镜头，一镜直下，或穿插着几个插曲，这样的好处是，让读者津津乐道其中隐藏的名堂。而对于味道的捕捉，他有自己敏锐的直觉，米饭饼是"一股酸酸的甜，一股甜甜的酸"；高邮名菜醉虾是"里下河的水香"，水香是怎样的味道，他引述了欧阳修的说法："欧公说，'爱陆羽善言水'，陆羽将水分为三类：山水上，江次之，井为下。又云：'山水，乳泉石池漫流者上。'"水有香气，自王干始。

在味道里漫游回乡，或云游他乡，是王干这些年一直在干的事，他走走停停，流连于各地美食，写福建的鸡汤氽海蚌的味道，只有两个字，清甜。概括得极为精准，在海边长大的人，深知海味往往以最为简单的方式烹饪才能吃出海鲜的鲜和甜。对于八宝饭的评价是"淡淡的咸，咸中又有点淡淡的甜，甜而不腻，咸而不齁，有一种清爽的口感"，他所给予八宝饭的评价，八九不离其味，直抒胸臆。而在对神仙汤的评价中，他似乎更为看重的是汤中荡开的"那股傲娇的气息"，若无，则神仙汤灵魂"若有所失"，这种对味道的终极解码，不是资深吃客说不出半分见解，或者失之千里。高邮的鸭蛋腥味重，究其原因在于"高邮麻鸭要自己在水面上或者水面下觅食，而高邮湖与大运河广阔的水面为麻鸭提供了大量的螺蛳、小鱼、小虾等活物，吃了这些活物下的蛋，自然会格外的腥气"。写高邮鸭蛋若没有出彩之处，一动笔就已失分，怎么写都无法超越汪老，王干则将鸭蛋另辟蹊径，在高邮的土上做文章。高邮的土，土有什么味道啊？"杜老接过塑料袋，居然用食指蘸一小块含在嘴里，连说：高邮的土，香啊"。这种点睛之笔，把人对于故乡的眷恋写得淋漓尽致，却又不落俗套，率真中有真性情。小说家的见地，用在散文中倒也相得益彰，故而末尾再多一个字都是多余，仅此正好予人遐想。

风味总是与地域有着紧密的联系。我初到云南时，几个朋友和我出去吃火锅必点洋芋（土豆）和茨菇（慈姑），他们的叫法让我一度怀疑此土豆非彼土豆。而慈姑是首次见，煮熟，咬着酥软，味道平淡，倒与"长在地下的山药蛋"相似，较之板栗，略输一筹。我不知当时云南的慈姑是从哪里运输来的，至今不知。现在交通方便，南方人可以吃到北方当季的果蔬，北方人也可以吃到南方人种植的果蔬，方便之余，人对食物的欲望反倒低了许多。王干在《慈姑》里介绍了几种吃法，我未曾尝试过。他最后提到了去岳母家吃饭的场面，"我问，慈姑还能单独做汤？她说，高邮的慈姑可以，不苦"。是啊，我们每个人内心深处，始终会觉得故乡的是最好的，至少主观意识上，"我的"即是最优。在《扁豆烧芋头》里，"里下河的青扁豆好像特别有味道，我离开家乡之后也吃过其他地方的扁豆，但味道都不如家乡的浓"。是家乡的扁豆真的好吃吗？可能不是。我们忠实于最初的味蕾记忆，像数据存储于硬盘之中，每到一个地方吃到相同的风味时，自然而然会与记忆里的风物相对比，一比，记忆永远占据上风，并非记忆里的风味极度好吃，而是当时形成的固定思维让我们误以为好吃。每逢在家，烧芋头时，母亲只要夹上两口，一吃，肯定会说：小时候的芋头，不是这个味道，那时的芋头入口有满嘴的粉糯酥绵。现在的芋头清脆，咬着像啃青瓜一样。

诚然，这是母亲记忆中的错觉，那时不一定会比现在好吃，但那时食物匮乏短缺，一顿等不及一顿，故而什么都好吃。

南方水网多，江南地区尤甚。《螺蛳》里写道："没菜了，到河沟里去捞一捞，荤菜就来了。"在这里应该加上善捞螺蛳者。螺蛳遍布全国各个地方，只要有江河湖沟渠的地方，肯定有螺蛳，这个庞大的家族对于栖息地毫不挑剔，对腐烂物情有独钟，如果到了江河边上，看见一小坨一小坨红色的籽粒，那便是螺蛳的卵，成千上万贴伏在水岸边，或者荷叶上。所以有人总结经验，去摘取几束山姜属的花卉，用绳子捆扎后，放入水边，两天后，就能收获到螺蛳，似乎螺蛳对此异常迷恋。王干在文中写到吃螺蛳要"嗍"，螺蛳的味道仅在这一字上体现，如果要用牙签去挑，则味道输了一半。他将其"称之为舌尖上的舞蹈"，这是很多嗜好螺蛳的人没有想到的比喻，形象、贴切、生动。这样平常的风味，在王干的笔下也出奇巧妙灵性，我甚至想到了我儿子吃螺蛳的场面，我给他挑出来螺蛳肉，他偏不吃，自己拿一只在嘴里"嗍"，嗍半天嗍出一团肉来，一副成功人士的模样将螺蛳拿到我的面前，镇定自若地等待我的鼓励。那样的场面着实好笑。

许多时候，不是我们对食物异常苛刻，而是出走半生后，觉得还是最初的好，具体好在哪里，不言自明。终其一生，我们大致都在寻找乡愁中的一种味道，那种味道并不因为你有无离去原乡，而是在时间的进程里，我们逐渐疏离对人事的距离，那些久远的人，在时间的罅隙里逐渐淡化，造成我们的一种空缺，迫使我们绞尽脑汁想起，而能被想起的风味，已经是被记忆美化过的，所以觉得那时好。纳兰容若的两句诗异常贴合，一句是：当时只道是寻常。另一句是：人生若只如初见。或者回到文中，王干说："我心里暗喜，这正是我要的味道，因为当年母亲做的脂油菜饭，油也是肥肉熬的。"

读其《人间食单》，深知人间百态，世情冷暖，当时寻常未觉好，而今物是人非后渐增韵味。我们对乡土的记忆，就是对味蕾的记忆，味蕾所熟知的味道，一定叫作故乡。所以我觉得一个好的作家，终其一生都在回乡的路上。王干在舌尖上回乡，他也虔诚皈依于故乡的风味，并且不离不弃。

人间有味是真情

雪　樱

　　导演陈晓卿说过，人间至味，最好吃的永远是人。王干的最新散文集《人间食单》无疑生动诠释了这句话。他以小说家的灵巧之手驾驭散文，掌勺烹饪，流连于家乡与旅途之中，行走于传统与现代之间，用诗心和童心端上一道道热气腾腾的菜肴，饕餮又暖胃，慰藉又疗心，给人以精神的富庶和灵魂的滋养，他也提醒我们多坐下来关注对面一起吃饭的人，学会惜福，懂得感恩。

　　全书共分三辑，分别是"美食的'首都'在故乡""寻找他乡美人痣""人生百态看吃相"，一条主线脉络赫然可见，那就是故乡、他乡、吃相。我最切身的感受莫过于汪曾祺的余味缭绕其间，如汪曾祺之子汪朗先生在序言里所说："有些内容就是对老头儿文章的补充和诠释，可以对读。"所谓"对读"，不是单纯横向比较，而是指向精神流脉的传承与弘扬。比如《高邮美食地图》，品尝汽锅鸡好像回到西南联大读书时光，到随缘餐厅感受"1986年的老味道"，去界首镇饭店体验湖菜的鲜味，这种感受好像穿越时空跟着汪曾祺先生回了趟老家，定格与往事碰杯的瞬间。比如《里下河食单》一文，精悍、厚重、意蕴悠长，堪称全书的灵魂诗眼。对于北方人来说，他笔下的食单有些陌生，却因直抵心灵又引发共鸣。说高邮的鸭蛋，首先想到汪曾祺《端午的鸭蛋》，又讲述自己腌明前鸭蛋的经历，忆及当年去南京采访给高邮老领导送鸭蛋，应他嘱带去一小袋高邮的土，对方用手蘸起一块放进嘴里直呼真香；论美食的创新，汪曾祺的油条擩斩肉，对应老家的鱼鳔花生，"在咀嚼花生的同时自然也就咀嚼了鱼鳔的筋道和绵软，与花生米的清脆相得益彰"，这与文学创作异曲同工；在岳父家第一次喝纯慈姑汤，在伯父家第一次吃咸肉河蚌煲，当年母亲用肥肉做的油脂菜饭，曾经在家用小半碗菜籽油炒的秧草，再也喝不出家乡味的"神仙汤"……里下河的文学地图跃然纸上，活色生香，烟火氤氲，照鉴人性。按图索"味"，他写的是家常的美味，亦是游子的灵魂供给，唤醒我们灵魂深处的感恩情结。

人间有味是真情。南淡北咸，西辣东甜，酸甜苦辣，尝遍天下味道，最终的落脚点不过是人情的味道。一个"情"字，贯穿全书，是力透纸背的有情有义，契合汪曾祺的美学精神，即"我把自己所有爱的情怀灌注在喜好美食的文章中"，也是温暖众生的人性暖意，即"文学要有益于世道人心"。有亲情之味。王干第一次"碰头"喝醉了酒，父亲的慈祥与呵护，儿时去月婆婆家偷月饼的窃喜与顽皮，童年里泰州河畔吃冰棍的奢侈与难忘，第一次去北京花一毛钱买烤红薯的暖意，读高中时在泰州下坝码头用五分钱买一碗米饭，搬运大叔给的萝卜干"清脆的香甜，在空中划出一道绝妙的弧线，我有些醉了"，以及在汪曾祺太太施松卿故乡长乐镇体验感恩村宴的大快朵颐，点滴皆是"思乡与蛋白酶"的发酵与渗透，诠释亲情的脉脉深情。

有性情之味。但凡热爱美食、喜欢做饭的人，都是性情中人，率真、坦荡，有情趣。王干的独特之处在于打通文学、书法、美食的边界，用心用情守住传统文化的根脉，同时在细微之中发扬光大。一道晋江土笋冻，他直呼"晶莹剔透，甚至像孩子们的果冻一样可爱"；一趟安居古城之旅的三次品茶，把茶文化、休闲文化、生活的真谛诠释得生动恰切；一次在青岛太平角喝咖啡，他看到不同的风景，读来身临其境，唇齿留香。正如他《人生中的三种颜色》中所袒露的心声，"青年好酒，中年宜咖啡，晚年品茶"，与其说这是不同阶段的心境，毋宁视作一个人的活法。

有文学之味。当美食能够吃出审美，吃出诗意，意味着有了人文底蕴和精神高度。喝酒、红颜、点菜，随便一个话题，王干都能笔下摇曳生姿，让人眼前一亮，教人感叹，吃饭吃出来的门道，不啻大学问。这大学问，是马铃薯故乡的文学情缘，是"冷香丸"的特殊功效，是"吃不到葡萄说葡萄甜"的生命哲学，还是谢冕"贪吃蟹"的旺盛活力，王朔开酒吧的青涩记忆。不得不说，近年来美食题材的文学热度不减，但题材同质化扎堆，内容浮浅化凸显，有如"添加了些无用辞藻的菜谱，没有魂儿"。相比之下，《人间食单》以素手做羹汤，用诗心酿新酒，延续"汪味"的审美和匠心，讲述一段段或长或短的动人故事，用味蕾打开一扇窗户，窥见人性之美、生活之美、心灵之美，给予我们昂起头走路的勇气。

品读这本书的过程中，我不禁想到一幕熟悉的场景，那就是学者摩罗描述汪曾祺的文字，提到一个少年和一个场景：少年有时在祖父的药店撒娇，有时在父亲的画室陶醉，他说这个少年简直是纯洁无瑕身心透亮的天使，那个高邮小城则是一个幸福和乐的温馨天国。童心、诗心是对故乡和生活的净化，何尝不是人类的本来面目呢？王干做到了，纯粹、童真、无瑕，一如里下河那个吹唢呐的卖藕人，虽然生活艰辛，但他吹奏的曲子轻盈、欢快而诙谐，和烂藕的风格很搭，给人以向上向善的精神力量。

一箪一食，一饭一蔬，构成生活的主旋律。美食是生活，是社交，也是情感通道。《人间食单》弥漫人间烟火，涤荡五味人生，使我们俯瞰时代与社会，看到多元复杂的生存状态，看到活蹦乱跳的生活本身，以及通过美食对人与人之间关系的理解，从中获得追求幸福生活的信心和底气。

在场旁观皆美

初清华

被王朔戏称为"中国文坛奔走相告委员会主任"的鲁迅文学奖得主王干的新作——散文集《人间食单》，2022年10月由百花文艺出版社出版，甫一网售，京东即告售罄补货，三个月内接连入选中国出版传媒商报11月严选好书、2022年度百道原创好书榜"生活图书类榜单"和"文艺联合书单"第72期。2022年11月中旬《散文海外版》杂志和王干书友群联合组织"《人间食单》书评征文"活动，截止到12月31日，仅一月有余，已征得书评70余篇，其中部分书评已被传统纸媒如《北京青年报》《新华日报》等各级报纸副刊发表，或"汪迷部落"、中国作家网等网络平台刊载、转载。一时，《人间食单》虽不至洛阳纸贵，也可谓雅俗共赏，老少咸宜，蔚为大观！

究其所以然，窃以为主要得益于作者驾轻就熟的春秋笔法和其融会贯通、冲淡隽永的文化品格。《人间食单》中，无论是故乡故事的在场，或是他乡史话的旁观，春秋笔法均赋予不尽之意于"食"外。而以"食"为视窗透视人生百态、世道人心，不仅是作者对文化散文传统的继承，信手拈来，融古今于须臾，会雅俗于箪食，更是其冲淡隽永文化品格的体现。恰如苏东坡词作《浣溪沙》所言："雪沫乳花浮午盏，蓼茸蒿笋试春盘。人间有味是清欢。"

《人间食单》分为三辑，第一辑"美食的'首都'在故乡"中，《里下河食单》《高邮美食地图》《偷月饼》《烧饼与咸生姜》《初吃河豚》《江南三鲜》等篇，均可视为资深"汪迷"的致敬唱和之作，虽同为"在场"（王干评汪曾祺美食散文语）式美食散文，以美食为由捡拾记忆遗珠，却又相得益彰。比如同样是写鸭蛋的故乡记忆，都有咸鸭蛋的吃法描述，汪曾祺《端午的鸭蛋》重在写端午节的民俗，是小孩子过节的群体记忆：道士送符，贴黄烟子，吃"十二红"，挂"鸭蛋络子"；而王干《里下河食单》里的《高邮的鸭蛋》，却是纯粹的个人记忆，从同为客居北京的"高邮"人起笔，到对汪先生名篇《端午的鸭蛋》文笔高妙处的品评，再到自己腌制经历的反思，咸鸭蛋也因此有了父亲和杜老的味道。又如汪曾祺写《咸菜慈姑汤》，从咸菜到慈姑，重在时令寒冬时节，虽也忆及沈从文旧事，略增一点儿暖意，以"我想念家乡的雪"结篇，乡愁泛起，所及之处却无人着落，终是凉凉；王干《里下河食单》里的《慈姑》，单从篇名用"慈姑"，就明显更有温度。行文亦由汪先生《咸菜慈姑汤》文起，忆及文友名家阎晶明、王蒙对慈姑口味的评价，而终于岳母烹制的纯慈姑汤。文中无一字赘述母婿情谊，岳母

"慈姑"形象跃然纸上。结尾"岳母去世多年，她的这道菜我还记得"，令人不仅潸然。

虽为忘年之交，王干与汪曾祺的交往，可谓同气相求。文中常见他对汪老赤子之心的赞赏，他自己又何尝不是襟怀坦荡的老顽童呢？如果说汪老的美食文章，符合香港美食家蔡澜"美食＝乡愁＋滋味"的判断，《人间食单》中更多的是：美食＝亲朋故交的情谊＋滋味，或可视为皮里阳秋与春秋笔法的差别。

米饭饼、脂油菜饭、酒酿，是母亲的味道。"夏天大米粥吃不完，过了夜，就有一股馊的味道……用馊了的粥做酵母，和上米粉，可以做出很好的米饭饼"，"一股酸酸的甜，一股甜甜的酸，沁入口中，空气里也散发着米的清新和芬芳。孩子和大人的一天，就从早晨的清新和酸甜开始"，化腐朽为神奇，贫苦的儿时生活也因母亲对生活的热爱而酸甜可口。鸭蛋、冰棍，是父亲的味道；螺蛳、水瓜、咸生姜，是孕妇妻子和女儿的味道，咸菜慈姑汤是岳母的味道，河蚌咸肉煲是伯父与祖母的味道，鱼鳔花生、米块与抹布的故事，则是好友冬华的味道。作者着力于白描每一道菜品的日常属性，故事信手拈来又点到为止，昔日之苦呼之欲出却又戛然而止。深情，含蓄而隽永。

《人间食单》里的春秋笔法并未止于家人亲友，还有《烂藕》篇中的卖藕人、《偷月饼》中的月婆婆、《泰州的河》中卖冰棍的大妈。卖烂藕的都是宝应人，他们往往穿着长筒靴，因为冬日里踩藕，水很冷，他不善言语，"不吆喝，但带着一把唢呐，来代替吆喝"，他喜欢吹扬剧和淮剧两种调子，白天给顾客听的是扬剧，调子轻盈、轻快略有诙谐；入夜后，睡在大灶边的柴火堆上，会吹淮剧的调子，"淮剧调子本来有点哭腔的味道，唢呐吹出来更显苍凉"，卒章显志，"吹唢呐的卖藕人，是个哑巴"。月婆婆则是一个盲人老姑娘，一个独居的"五保"，靠搓绳卖几个零用钱，从每年中秋总要供十几个月饼，到只够买四个月饼，虽日益拮据，仍遵守着中秋供月饼的习俗，却每次都被孩子们偷光光。残疾人的不幸与自强，都隐于看似闲笔的叙事中。还有那被尚不识愁滋味的童年的"我"视为"抠门"的卖冰棍大妈，"气温在三十八摄氏度左右，她的后背已经湿漉漉的，不停地用毛巾擦汗。忽然，她弯下腰，在路边的池塘，用手舀水喝，呼哧呼哧地，连喝几口"，却对于童年的我想用四分钱买五分钱的冰棍的无理要求，虽先拒绝，在"我眼巴巴地跟着她，她见没有其他人了"，终还是赔本卖了。文中无一字无病呻吟的矫情，或是忆苦思甜的说教，仔细品读却让人不免百感交集：欢哉？痛哉？悔哉？

作为科班出身且集媒体人、评论家、作家多重身份于一身的王干，无疑是熟谙"这种知识性极强的具有历史纵深感的写法后来被称为'文化散文'的路数"，从他用"在场"和"旁观者"，"强烈的参与感"与"食客的嫌疑"，来评价汪曾祺美食散文与周作人《故乡的野菜》、梁实秋美食散文的区别可知，出版散文集《人间食单》，绝不只是要给消费时代的吃货们提供一份可供按图索骥的生活图书，春秋笔法蕴藉并辐射出作者对生活的热爱和美学追求。

如果说第一辑"美食的'首都'在故乡"，是通过在浸润了丰厚情感汁液的特定空间"故乡"场域里抚今追昔，彰显出淮扬菜的美学标准"刚出土、刚出水、刚出锅"，强调带有农耕文明温度的新鲜、火候；第二辑"寻找他乡美人痣"，则呈现出作者即便是处于旁观的立场，也要有强烈参与感的在场者姿态，试图在消费时代钢筋混凝土铸就的他乡都市文明中，安放其饱含热情与格调执着于建构的文化湿地。仅从《"凤鸣三仙"诞生记》一文，就可见一斑。

根据文末所标注写作时间和地点，可以推断新菜"凤鸣三仙"的诞生，是在 2019 年 8 月中旬从云南武定到四川会理途中的一个路边店。看到云南特产——鸡枞菌，和厨房边上的菜房里陈列着的新鲜毛豆和青椒，本为食客的作者竟然"忽发奇想，就和服务员说，青椒、毛豆、鸡枞炒肉丝"，令身为本地人的服务员惊讶，司机小谷说没有这个吃法，就连大厨都"有些不解"，"我走过去对大厨关照：鸡枞、青椒、毛豆炒肉丝，急火、爆炒"，结果是"我们几个人，连声叫好，要勺子舀着吃，等想起来拍照时，盘子里只剩下一小块了"。最后命名为"凤鸣三仙"：凤，因为每只鸡都想成为凤凰，三仙则是毛豆、青椒、肉丝"三鲜"的"仙化"，"鸣"则是爆炒时的响声。于是，鸡枞菌的吃法，除了传统的火锅、菌子汤和油鸡枞外，又多了配三仙爆炒一种。推陈出新之余，还有了可与松茸、松露比肩的如此雅名。

从福建的《感恩村宴》《晋江的土笋冻》，到浙江宁波光明村的《明府鲞》及永康胡库村的《胡公饼》，又或是《知青饭店》《在安居古城喝茶三次》《〈茶馆〉与消失的楼外楼》《青岛太平角的咖啡屋》等，与第一辑大不同之处在于，第二辑选文更着眼于他乡食境的文化意义书写。同是在安居古城喝茶，能勾起青莲居士古意联想的青居别苑得喝普洱，老普洱的味道，该是老城的味道；在作为移民文化符号的湖广会馆，则着墨于描述妈祖文化和古戏台景观混搭，看戏得喝耐泡的岩茶；而在船舫上喝绿茶，重在水而非茶，不免要大肆渲染安居古城水运码头的身份，暮色浮动下涪江、琼江两江交汇处的江岸江景，

"半江瑟瑟半江红"。诚如他在《为何现在的小说难见风景描写》文中所言，"我们对文学的记忆，都与优美的风景相关"，如果说思想是文学的光，风景描写就是小说里的湿地，"鲁迅、茅盾、老舍、沈从文等现代作家笔下的浙东、京城、湘西等地的风俗景观和人文景观，成为一个地区的文化符号和精神写照"。基于此，或许也可以说，第二辑里诸文中的风景描写也是散文集《人间食单》里的文化湿地。

《明府鲝》里的光明村在保存乡村文明的基础上，又建立了现代化文明，堪称新农村或新城市的典范；《晋江的土笋冻》烹制方法是传统的，但食材却是非常现代的，"这样把传统和现代、自然和创新融合起来的美食手段，算不算晋江经验或者福建经验"；《知青饭店》成为城市的一道风景，成为城市食谱中的一道口味，很多知青饭店便是依照这种风味的模式去做，颇有一点儿微型博物馆的味道；楼外楼在北京落不下根，是因为楼外楼的根在西湖，在杭州。秀丽的西湖边，楼外楼的生意还是那么红火，我看见很多人像我二十多年前一样，在拿着号，排队，在等待西湖醋鱼、宋嫂鱼羹这些被写进教科书和历史传说里的精神食品，等等。这些文化湿地中，都浸润了他对传统与现代、平民与贵族、个人与群体等文化冲突的思考。

第三辑"人生百态看吃相"，更是集中展现出作者对本民族"吃"文化的全方位思考，并向传统文化更深处追溯。语言冷静节制之余，充满人性思考、文化探究、哲理明辨，呈现出融会贯通、含蓄内敛、冲淡隽永的文化品格。无论是《酒桌上的红颜》里对古今"秀色可餐"、红颜佐餐现象的分析思考；《吃饭吃出"政治"来》辨析出吃文化的伦理、道德、生理需求外的政治演绎：统治者用烹调来表达治国理想，《硕鼠》里百姓也用

"无食我黍"来表达政治诉求，鲁迅小说《狂人日记》里"吃人"的政治深意；《吃什么》探究老百姓吃节的文化习俗，每个节日都与特定食物相关联，光吃节日还不够，又添了红白喜事、贺晋、贺退等，文末落笔于今时"吃会所"，点出"会所常常吃的不是菜，不是味道，不是情分，是人脉，吃人"。"吃人"二字，结束得简短有力，又惹人联想，回味无穷。至于其后论及汪老其人其文及美食交往的《吃相和食相》《"美食家"汪曾祺》《火腿笋片汤》《赤子其人　赤子其文》等压轴诸篇，及对《红楼梦》里的茶事和一粒看似闲笔的"冷香丸"的透析，读来竟颇有解谜揭秘之趣，掩书余味在胸中。

犹记初识王干老师于 2005 年国庆节的最后一天，彼时恰逢晓月刚赴美留学他心情最不爽而进行自我封闭时。连续几天联系约访谈都无回应而生的嫌隙，甫一见面，就被他如稚子般清澈诚挚的眼神，温润而爽朗的笑容，知无不言、言无不尽的坦诚一扫而空。十七年来，蒙其不弃，受益良多。虽无缘得常见，但因文缘、吃缘种下的忘年情谊未曾消减半分。读书如阅人，其新作《人间食单》的春秋笔法和冲淡隽永的传统文化品格，是作家王干的另一副面孔。而如何能如他般只取传统精华却不受桎梏，独辟蹊径而创意不断，还需继续研读，寻找答案。

王干的才气、文气和侠气

崔 燕

1988年11月至1989年1月，著名作家王蒙与青年评论家王干陆续进行了十次文学对话，对当时活跃文坛的众多实力作家作品进行了真诚友善的点评和客观冷静的预测。他们的对话以单篇形式甫一发表，便在文坛引起强烈反响，结集为《王蒙王干对话录》出版，广受欢迎，不断加印和修订再版，文学青年几乎人手一册。

时隔三十五年，2023年的这个夏天，王蒙先生与王干先生相聚青岛，再次对新时期文学的现场进行深情回望。两人在青岛的文学对话，被加入2023年12月份即将修订出版的第六版《王蒙王干对话录》。

28 岁被尊称"干老"

文学批评给予作家成长的力量和体恤的共情，这体现了一个评论家对文学作品的甄别能力和审美思想以及强烈的独立意识。出版《王蒙王干对话录》并在文坛引起轰动的时候，王干只有 28 岁，王蒙也只有 54 岁。作为"《新时期十年文学大观》的简写本"，这本书当之无愧地被载入中国二十世纪末文学批评史。莫言、余华、贾平凹、张贤亮、马原、汪曾祺、陆文夫、张洁、铁凝、王安忆等一个个作家构成的群像，成为当代文学重量级的时代图景。从那时起，还不到 30 岁的王干，作为"京城文学圈的突然闯入者"，就被尊称为"干老"了。当然，这种"老"是用来形容他文字的老练、老辣，以及通达的性情指向，即王干的少年老成和人情练达。

对话是一种带有平视色彩的交流。实际上，进行《王蒙王干对话录》的时候，王蒙与王干不仅有年龄上的代沟，还有着如今看来基本不可能实现的对谈条件——那时王干还是一个从江苏刚到北京的基层文学工作者，而王蒙不仅是著作等身的大家，还是当时的文化部部长。

眼界高时无物碍，心源开处有波清。"父亲辈的王蒙结识儿子辈的王干，仰仗的是爷爷辈的胡乔木。"当时胡乔木偶然看到了王干写莫言作品的评论文章，对他非常欣赏，遂将其推荐给了王蒙。于是，便有了之后的文学佳话。

"记得当时王蒙先生邀请我进行对话是一个周末，他费尽周折找到我地下室招待所的电话。听到王蒙的声音，不敢相信，居然梦想成真。因为我当时有一个梦想，就是希望有机会和我的偶像王蒙先生一起谈经论道。"回忆起当年的情景，王干坦言，当时内心里很害怕"对"不起来，当不好配角。好在王蒙先生的学识和魅力，如醍醐灌顶，让他开窍了，对话十分精彩。

"当时王蒙先生很客气地提出了一个要求，就是对话的录音由我整理。我至今还收藏着当年的录音磁带。"这个"惯例"保持至今，此后每次新的对话还是王干来整理，不同的是录音会完整地保存着。

从二十世纪八十年代末开始，王蒙与王干成为亦师亦友的忘年交。三十多年来，无论是正式"对话"还是文学活动，一个眼神一句话，二人彼此心领神会，更是一种"金风玉露一相逢，便胜却人间无数"的精神默契。今年4月份，王蒙更是亲临江苏泰州，为"王干书屋"揭牌，加持这个王干故乡的文化地标。

两个月后的6月中旬，"王蒙先生从事文学创作七十周年系列学术活动"在中国海洋大学成功举办。王干与另一位作家赵德发作为驻校作家的聘任仪式，成为这一系列活动的第一幕开篇。聘任仪式后，王干作了《王蒙的现代性反刍》学术报告。这期间，王蒙与王干又在中国海洋大学进行了一系列新颖而鲜活的当代文学对话，作为《王蒙王干对话录》最新修订的补充，内容一以贯之地充满"与时俱进的当代魅力与人物弧光"。

这种超越时间与空间的"对话"，是对文学的当代内核与时代边界的叩问和致敬，亦是对彼此年轻岁月的崭新链接。年龄对他们来说，只是一个数字，他们的目光始终明亮，他们的精神始终飞扬蓬勃着新鲜灿烂的活力、光芒和好奇。

"王干，我跟你说，你不要偷懒！你还有70%的空间需要努力。"在王干书屋的揭幕仪式上，已近九旬的王蒙不忘"鞭策"这个他眼中的"毛头小伙儿"。实际上，如今的青年作家，更多人愿意把"干老"叫作"干青",因为王干在文化上"出其不意"的惊喜与机智,是一种最好的青春表白。

"王蒙与海大（中国海洋大学的简称），是海与海的融合。海大是一所有学术传承,有学术风景,人才辈出的高校,它本身就是一片海;王蒙先生,他也是一片海,是文学的海,文化的海,也是智慧的海。海与海的融合,产生的不是'化学反应',是'核反应';海与海的相加,不是1+1=2,而是'海的平方',海的'N次方',海的'海方'。"在"王蒙先生从事文学创作七十周年系列学术活动"上,王干真情告白:王蒙与海大的结合,是我们现代教育的传奇,形成了文学与科技璀璨交映的平台,"海纳百川",犹如"星链",覆盖了海洋、大地和天空。

将"太平角的咖啡"推向全国

自 2002 年以来,中国海洋大学聘请了著名作家王蒙先生为首席驻校作家,并先后聘请了毕淑敏、余华、迟子建、张炜、尤凤伟、莫言、贾平凹等 12 名当代著名作家为驻校作家。

"这枚红色的校徽对于我来说,是沉甸甸的,在我心中占据很重的分量。"虽然此前受聘为多所高校的教授,但王干还是很"得意"于中国海洋大学驻校作家这个新身份,他说:"赵德发兄是正宗作家出身,我是后来者。我完成了自己的人生三部曲:评论家、编辑、作家。其实我最早的梦想就是作家,一直被评论家甚至青年评论家的帽子戴着,如今是脱帽作家了。"

手持学校给配备的宿舍楼钥匙,王干从位于中国海洋大学麦岛校区 54 号的作家楼,自在地出入,他说:"那是回家的感觉。青岛对于我来说,从此更有一种类似故乡的亲切与松弛。"

近年来,以文学为轴,王干与青岛互动绵密深刻,几乎每年都会来青岛几次，或讲座，或签售，或笔会，或展览，或会友，不一而足。他的讲座，成为很多青岛作家和文学爱好者里程碑意义一样的节点；他的签售，在青岛掀起了此起彼伏的"王干热"，青岛作家姚法臣便是打响了炙热的《人间食单》全国读后感征文"第一枪"的作者；有着书法家身份的王干提议，成立了以作家为主体的"琴岛作家书画院"；王干评价青岛作家王开生是"中国作家协会会员里写美食最好的作家之一"……

因缘际会，他在太平角驻足的辰光相对较多，因此也就有了那篇为青岛城市宣传代言的《太平角的咖啡馆》一文。这篇不到两千字的散文，以隽永、唯美的笔触描摹了当下青岛的时尚、浪漫、青春，将青岛最美网红打卡地之一的太平角推向了全国。早年，寓居在青岛的梁实秋、老舍、闻一多、苏雪林等文学大家曾留下了一篇篇与青岛有关的文章，余音绕梁至今，成为青岛脍炙人口的城市宣传文本。王干这篇文章，去年8月在《光明日报》洋洋洒洒刊发以来，广为流传，被视作二十世纪三十年代以来，最有温度的名家写青岛的篇章。如今，"太平角"和"咖啡馆"已经代入为青岛文旅的两个大IP，给这座城市带来的流量与影响力不可限量。

"来到太平角，不喝一杯咖啡，好像没到青岛一样。啤酒是青岛的特产，到青岛必须喝啤酒，但啤酒可以带回去喝，青岛啤酒在哪里喝味道依然不变。太平角的咖啡是没有办法带回去喝的，喝咖啡是需要风景的，或者说是需要环境衬托的。在太平角喝咖啡，你能感受到的必须'在场'……"王干在太平角感受着独特的咖啡文化，他的《太平角的咖啡馆》在起承转合间，展现着青岛的风格、风情、风物与风景。

"在太平角的咖啡馆采风时，我也在场。我们喝了各式各样的咖啡，干老和几家咖啡馆的老板娘风趣地搭茬聊天，妙语连珠。此外，《人间食单》书中至少还有一两万字，是干老在青岛莫奈花园小住时完成的。"青岛作家王开生是王干在青岛的文友，莫奈花园的招牌即是王干书写。《太平角的咖啡馆》一文被王干收录在他的新著《人间食单》中，可见王干对青岛和太平角的钟情。

"我觉得青岛应该大力宣传咖啡文化。"王干说自己常回老家吃家乡菜，在老家待一段时间后会特别想吃青岛的戗面馒头，他说："王哥庄大馒头很有嚼劲，我喜欢，尤其吃过几次包子后会想念。我还喜欢吃青岛的馒头片蘸末货酱。"

当代文学的"常青树"

"文字活泛如蝴蝶，气韵爽然如晨光，道行深幽如潭水，格局早已逸出小文坛，放眼大文化。"王干是科班出身，毕业于扬州大学中文系。1979 年在《雨花》开始发表作品，著有《王干随笔选》《王蒙王干对话录》《世纪末的突围》《废墟之花》《南方的文体》《静夜思》《潜伏我们周围的》《潜京十年》《尘界与天界：汪曾祺十二讲》《人间食单》等学术专著、评论集、散文集。他曾任《文艺报》编辑、《钟山》编辑、《东方文化周刊》主编、人民文学出版社《中华文学选刊》主编和《小说选刊》执行主编。2010 年获得第五届鲁迅文学奖。他的文学路子很宽，既搞文学创作、文学评论，又是资深的文学编辑，而且都达到了相当的高度。

光芒四射的才气与文气，一口软糯的南方普通话，是王干典型的"搭子"标签。其实，王干骨子里的侠气，是另一种无形而珍稀的"气场"，令其超脱了素常的文人行事和世俗的羁绊规范，形成一种独特而宽阔的王干文学现象。他的文学历程为这个时代留下了足够多的现场文本，尤其在早期的文学评论中，严丝合缝地印证了当代文学的发展轨迹。

"王干就像一个头羊，率领着江苏的群羊，一拨一拨地冲向中国文坛牧场。"作家徐坤曾在一篇文章里这样写道，有那么几年，江苏文坛咕嘟咕嘟成串往外冒新人，除了跟新人们自己的刻苦努力有关，还跟王干这样有代表性的编辑分不开。

的确，在编辑岗位上，王干除了联系名家，还发现和扶持了大量业余作者。他策划的"联网四重奏"活动，由《钟山》《大家》《作家》《山花》四家有名的刊物共同拿出版面，推介文学新人，这个活动持续了几年，成为文学界引人瞩目的事件。很多活跃在当今文坛的青年作家，多多少少都被王干的"慧眼"关注过。

这是新时代中国文学评论界的一个独立而丰富的存在。从二十世纪九十年代开始，经过多年的文学批评实践，王干已经建立起他自己独立于京派、海派两大文化脉络之外的，一种新型的批评写作文体，即南方的文体。王干在《寻找一种南方文体》的自序中如是写道："南方的文体不是一个流派，也不是一个'主义'，更没有宣言，它是评论的一种状态，一种犹如蝉之脱壳之后的新状态。南方的文体是一种作家的文体，是一种与河流和湖泊相对应的文体。"

王干的《人间食单》是近年来美食类散文随笔的高光之作，去年底出版以来，引起各大媒体及读者的广泛关注，迅速登陆全国多个文学图书榜单，甚至有圈内人将这本书誉为"汪作"之后最有味道的美食文集。

其实对于王干来说，能够在文学上取得如此成就，便是受到了汪曾祺的影响。1987年11月，因为参加全国中篇小说评奖，王干被北京《文艺报》相中，到了北京。此后，他便有机会登门拜访汪曾祺，并一起切磋文学和美食。王干幸运地成为除汪曾祺家人外，品尝汪曾祺手艺最多的人。王干说："我和汪老交往的时间很长，与他的家人也十分交好。汪老的文学成就我只能高山仰止，但就他对美食的热爱和书写来说，我是有信心做传人的。"

被誉为"汪曾祺美食传人"的王干非常谦逊，他的专著《尘界与天界：汪曾祺十二讲》，对汪曾祺的小说、散文、书画艺术等进行了深入细致的解读与阐述。该书既有较高的学术水准，又以"讲"的形式实现了雅俗共赏，帮助读者全面理解汪曾祺其人其文。该书中，除了对其作品的论述之外，也分享了他与汪曾祺深厚的交往。

6月19日，"曹雪芹家族、《红楼梦》和大运河文化"学术研讨会在扬州召开，王干与国内外多位红学家在这个研讨会发表了演讲。无论多忙，王干每晚临睡前都会读一读《红楼梦》，他说："这种感觉非常美妙，就像谈恋爱一样，我和《红楼梦》之间，总有说不完的话，越说越多，永无止境。"

其实关注《小说选刊》的读者们都有印象，多年前王干就开始了"从《红楼梦》说起"的专栏。他很早就读《红楼梦》，从2009年开始解析《红楼梦》，从"意象化""任性""青春与沧桑"入手，各种令人耳目一新的巧思与观点，带领读者领略了另一个迷人而特别的"大观园"，让"红迷"们重新体会"每一次读来都有新感觉"的《红楼梦》之妙。

近日在青岛，王干向记者透露，正准备出版《红楼梦》研究的著作，是一部关于《红楼梦》原型批评的作品。对于这部"新红学"作品，圈内人颇为期待，有论者认为："从近处看，它已经成为中国戏曲发生艺术转型的一个前沿和重点；放远点看，它有望成为中国传统文化实现当代转化的一个缩影和代表。"

枝叶关情的江淮饮食文化史

刘根勤

干老又出书了，《人间食单》，洛阳纸贵。

干老新书付梓之前，大多发表于各种报刊，可称字字珠玑，篇篇锦绣，广为传播，脍炙人口。现在汇集成册，蔚为大观。

作为认识他二十四年的老朋友、小兄弟，一则以喜，一则以忧。

所喜者，大河上下、长江南北的老饕，尤其是卤汀河东西、蚌蜒河南北的"好吃精"（顾维中同志语），又有宝典捧读，又有谈资无限，此乐何极！

所忧者，干老成名四十余年，依然如此勤奋，让后进者如我，情何以堪？

再者，三年前，干老出文集十余卷，我写过万余字的评论，那种欲仙欲死之感，无时忘却。

尽管如此，我还要勉为其难，再作冯妇。

古往今来的杰出人士，多好酒食。原因很简单，"民以食为天"，不能吃喝，又能干啥呢？典韦饮啖兼人，所以能以一当百；尧舜、孔子、郑玄、卢植、蔡邕都是能饮数斗乃至"一石""百觚"的酒量，所以为圣贤。

写作美食而能开宗立派的，首推苏子。民国当推汪老曾祺。汪老之后，美食写作者如过江之鲫，但难免"炫技"与"直白"之讥，要不字字修辞琐碎矫情如深宫妇人，要不浅薄直白舍"鲜甜爽滑"别无他语如市井大妈，美食之三昧，远矣。因此，我以为干老的美食写作，可拔头筹。

读干老的文章，极其愉悦，首先是"味"觉上的享受，也就是说，这书可以当菜谱。

新书三辑："美食的'首都'在故乡""寻找他乡的美人痣""人生百态看吃相"。干老的学生颜德义说了，其中"故乡系列"最好。青岛的姚法臣先生也在《相见恨晚，就差一杯酒了》里，对干老的故乡情结，予以深刻剖析与高度赞叹。

比如苏北人再熟悉不过的"神仙汤"，其实是猪油葱花味精胡椒酱油加开水。那是物资匮乏年代的特有产物，干老却写得让人垂涎。

早几年，个个讲减肥与养生，对白花花的猪油与"黄将将"的炸猪油渣弃之如敝屣，这是典型的"忘恩负义"。在饿得前心贴后背的年代，这两种东西不啻天赐。

所以干老说了，什么佐料最重要？饥饿。老家话说，饥饿好下饭。

干老说到慈姑，特别提到他岳母煮的慈姑汤，强调高邮的慈姑不苦。我很向往，小时候吃的慈姑，有苦尾子。汪老曾说过，慈姑要炒肉，浓淡结合，方是上品。1997年我去台湾省亲，在台北遇到祖父的高邮朋友，提到家乡的慈姑，他们说也想吃慈姑，心心念念。

在书中，干老说："凤阳花鼓，是乞讨用的，里下河道情，也是乞讨用的。"里下河属于黄泛区的南端，过去有逃荒与乞讨的传统。《板桥道情》与淮剧都有这种气质，也因此诞生了许多相关食品，比如酸酸甜甜的米饭饼。

干老的这些记忆，枝叶关情，忧伤而温馨。

其次，读此书，如读刘鹗的《老残游记》，如读郑逸梅的《文坛掌故》，如与干老促膝谈心，携手出游，既开眼，更开心。

干老少年成名，交游广阔。尽管如此，他的朋友还是少不了曹雪芹这样的古人。干老写"茄鲞"，透露出江苏文人对《红楼梦》的熟悉与积淀。

在当代文坛，干老堪称枢纽人物，无论与前辈如汪老、王蒙乃至更大的人物，还是文坛上的诸多同辈，又或是许多后起之秀，无不倾心相交。他们的交往，如水银泻地，无孔不入。既有奇文共欣赏，更有把酒言欢动辄浮一大白。他们一起浪游，"寻找他乡的美人痣"，一起讨论社会、文学与生活，一起点菜、买菜、做菜、品菜、写菜，仿佛一条美食的河流，河流中，每个人都是一朵美丽的浪花。

所以，汪老之子汪朗将《人间食单》称为干老的"锁麟囊"，这话意味深长，不但是说干老的宝贝很多，而且愿意金针度人。

这个比方，也折射出干老源自汪老的京派气质，他是里下河的鳑鲏，沿着运河北上京师，成为一条过江龙。他提升了里下河文学天花板的高度。

最重要的，读此书，能健"脑"益智。

干老的"人生百态看吃相"，不过几万字，却浓缩了他的各种人生智慧，观照着社会、文化、历史。

比如他的《吃什么》《和谁吃》《在哪儿吃》，堪称"王三篇"，涵盖了食物、朋友、环境这美食三要素，可以说蔑以加矣。

他说"点菜是美学问题""喝酒是军事问题"，这都是至理名言。点菜能看出一个人的阅历与气质，更能看出他的组织能力。俗话说，众口难调，潜台词还是可以调的，做不到大家都满意，但至少可以不让人不满意。至于喝酒，更是平衡"礼"与"情"的最佳工具。

所以，《人间食单》始于文学，基于时代，至于教化。这是一部以江淮为中心放眼全国与世界的简约饮食文化史。

干老的文章，我熟悉不过。他的"饮啄自在，放旷逍遥"的人生态度，也是我所深羡的。读此书，我感叹莫名。许多题材，我早就想写而来不及写或者没有底气去写，现在看来，我可以袖手旁观了。

美食里的人间烟火

颜德义

　　中国的饮食文化源远流长，从食材的选择，到烹饪的技艺、餐具的考究、文学的表述，异彩纷呈，不一而足，构成了中华优秀传统文化的重要组成部分。而在中国传统的饮食文化中，一直并行着两条不一样的文化路线：一条是人民的、日常的，即以关注人民大众日常饮食为主要文化表达的路线，其代表人物有苏东坡、汪曾祺等，这类美食文化所呈现出来的美食就是百姓的日常，与百姓生活活息息相关，因而也是最受人民欢迎，最具生命力的，东坡肉历经千年而历久弥香就是铁证；另一条是官宦的、小众的，即以描写官宦人家、文人雅士的精美饮食为主，其代表性作品有《红楼梦》《随园食单》等，这类美食及其所衍生而来的饮食文化是高高在上的、深不可测的，远离人民大众的，也是生命力相对孱弱的，《红楼梦》《随园食单》里的菜肴再精美，今天又有多少道流转于百姓的餐桌上呢？王干先生家乡曾经的哲学流派"泰州学派"坚定地主张"百姓日用即为道"，道出了中国饮食文化之所以源远流长的真谛。

王干先生的《人间食单》无疑是第一条文化路线的延续。透过《人间食单》里的人间烟火，我们看到了作者对百姓日常饮食生活的高度关注，对人民群众对美好生活向往在饮食方面具体体现的精准把握，这就是艺术创作的人民性，也是《人间食单》的人民情怀。具体来说，体现在以下几个方面：

第一，写出了百姓的饮食日常

《人间食单》共三部分、五十五篇文章，绝大部分写的就是普通百姓日常的饮食生活。既有关于菜肴制作过程的描写，也有关于饮食习俗的叙述，既有关于儿时饮食的记忆，也有关于当下美食故事的表达，共同构成了一幅幅生动的百姓日常饮食生态图。这幅饮食生态图既杜绝了《红楼梦》里薛宝钗口中"冷香丸"所折射出来的封建官二代没落的孤傲，也摒弃了《随园食单》里袁枚笔下"蒋侍郎豆腐"所透露出来的旧文人躲在象牙塔里的精致。

作者出生于里下河，成长于里下河，对里下河有着割不断的乡情、亲情，因此，书中描写里下河的美食也是最多，最用情的。但其眼里的里下河美食，都不是什么高大上的菜肴，而只是平常人家的家常菜。如在《扁豆烧芋头》一文中，开头即说"家家都会有一挂扁豆"，是的，在我的家乡里下河，不仅"家家都会有一挂扁豆"，而且，家家都会烧一手好吃的扁豆烧芋头。在《螺蛳》一文中，作者说"螺蛳最平常"，但"里下河的人却把螺蛳当作一道荤菜"，反映的是里下河人民在日常饮食中就地取材的能力，那房前屋前小河小沟里的风物都成了百姓餐桌上的日常美食。作者也有着长时间在南京生活的经历，于是南京百姓最日常的家常菜都成了作品中的一部分，如《江南三鲜》里的菊花脑、芦蒿、马兰头，《南京的菜》里的盐水鸭、拌洋花萝卜等，南京的百姓哪家的餐桌上缺得了它们的身影呢？

　　以上是关于食材的介绍，还有一些是关于菜肴的制作方法和制作过程的描写，也是百姓日常的重要组成部分。如《酒酿颂》里对母亲制作酒酿全过程的描写，我们能真切地感受到"有一次在夜里，被浓郁的桂花酒香惊醒，一家人索性起来尝几口"的快乐。《咸生姜》里母亲为满足四个孩子而学做"拐姜"的故事——生姜本平常，但有了母亲的爱和用心，就显示出无价，所以作者说："因为早餐中有了'拐姜'，那一年的春节，每顿早茶，胜似夜宴。"

　　当然，更多的作品是将美食与当地的习俗、人生的故事融合在一起的，如《偷月饼》反映的是故乡里下河一带中秋祭月的习俗，里面的儿歌"凉月巴巴，照见家家……"唱出了里下河多少代人民儿时温馨的记忆，让我们仿佛一下子又回到了儿时那个月色如水的中秋夜、那座稻花飘香的农家院。而《时间深处的泰州》里送给作者一块萝卜干的热心搬运工人、《卤汀河》里顶着烈日卖冰棍却要去河里捧水喝的俭朴老大妈、《第一次"碰头"》里父亲对待作者喝醉的态度都是里下河人民生活的真实反映，这样一种反映也未尝不是几千年来中国百姓面对困苦依然快乐的日常生活的精神写照。也就是因为有了这样一种乐观、快乐，中华民族才能几千年来生生不息，绵延不绝。

第二，紧扣着百姓的饮食需求

王干先生在《人间食单》新书分享会的直播中曾说，他之所以要出这本关于美食的散文集，是因为人民群众对饮食的高质量追求也是小康社会的重要标志、中国式现代化的重要组成部分。《人间食单》中的许多文章都反映了人民群众从"吃得饱"转向"吃得好"的价值追求，也反映了作者对高质量饮食文化的一种肯定和呼唤，这显然是小康社会、中国式现代化在饮食领域的具体反映。

如在《湖菜》一文中，王干先生强调：食材好，是一切美食的基础。海鲜也好、河鲜也好、湖鲜也好，讲究的就是出水鲜。淮扬菜为什么好吃，就是因为"刚出土、刚出水、刚出锅"。这里显然反映的是人民群众对新鲜食材、卫生食材、健康食材的追求，也与我们各地政府正在打造的菜篮子工程、食品安全工程、绿色食品工程等不谋而合。再如王干先生在《随缘》一文中写道：随缘的菜，格高是求道派。所谓求道，就是讲究菜的品质和韵味，不迁就市场。他还举了一个例子，有一天，随缘的大厨拿出了绝活，做了一道"朗月映松"，一个鹌鹑蛋配着一个小海蜇，透明的鹌鹑蛋像一轮明月，海蜇像松枝一样，寓意松鹤延年。这也将人民群众对美食的追求提高到一个更高的层次了，一方面，人民群众已经不再满足于对各种食材的简单加工，另一方面，我们的餐饮从业者也在通过自己的努力在引领和塑造着更加高品质的饮食文化，两者的相互作用，是中华优秀饮食文化得以历久弥新在新时代的生动实践和真实写照。

《人间食单》中专设一辑叫"寻找他乡美人痣",这辑占全书近三分之一的篇幅,介绍了作者对故乡之外各类美食的探究和体验。改革开放后,人民的物质条件改善了,生活水平提高了,更多的中国人开始走出家乡,走向全国,甚至走向全世界。一方面,他们要去学习、工作,开眼界、长见识,另一方面,他们也希望能够去体验不一样的生活、不一样的文化,当然就包括饮食文化,这是中国人民由富到强的标志,也是追求高品质生活的具体体现。北京的烤鸭、云南的米线、晋江的土笋冻,还有青岛太平角的咖啡等,这些都是得益于改革开放,全国人民才得以在口中津津乐道的他乡美食。"一骑红尘妃子笑,无人知是荔枝来",封建时代的皇家吃一颗新鲜的荔枝都那么费劲,可今天的中国,今天百姓的餐桌,全国乃至全球的新鲜食材,哪一样不都是可以轻松而得呢?

第三,拓展了百姓的饮食理念

在中国传统文化中,饮食从来就不仅仅只关乎吃什么、怎么吃的问题,而是关乎着人生哲理、治国理念,如《道德经》第六十章就强调"治大国若烹小鲜",再如孔子主张"君子食无求饱,居无求安,每于事而慎于言"等。在中国民间,也有着"吃相看人品"的传承,并据此衍生出了众多关于饮食方面的规矩、讲究。

王干先生的《人间食单》既然是讲饮食,就避不开以上的话题,但他有自己独特的视角,他以作家特有的敏锐将日常餐桌上的各类行为加以归纳、总结,形成了自己关于饮食文化的独有理念。这些理念是对当下人民群众饮食生活的高度概括,更是对中国传统饮食文化的丰富和拓展,既意趣盎然,又精准深刻。

如他在《高邮美食地图》里强调:"美食是乡愁,也是节日里快乐的元素。"这是从精神层面对美食的重新定义,突破以往关于美食的物质层面的定义,是关于饮食文化的再创造。

再如他在文集中关于吃什么、和谁吃、在哪儿吃以及"点菜是个美学问题""喝酒是个军事问题"的阐述,都不是讲的具体的吃的问题,而是深刻的关于吃的文化的问题。这些问题,百姓在生活中都或多或少地遇到过、思考过,但几乎没有人从文化的层面、人生哲理的层面对其加以归纳、提炼,而王干先生做了这方面的有心人。

他在《吃什么》一文中感慨:"吃什么是物质贫困时期困扰人们的大问题……可现在生活好起来了,我们也常常为吃什么而犯愁。"这里面充满着中国人的辩证法,同样是面对"吃什么"而发出的感叹,但背后想要表达的含义却截然相反。

他在《和谁吃》里强调"吃饭不是问题,和谁吃是个问题",这是富裕起来的中国人民饮食活动的真实写照。在物资贫乏时代,饭都吃不饱的时候,只要有饭局就会抢着去,哪里会想着"和谁吃"的问题,但在今天的中国,中国百姓早已超越了吃饱饭的阶段。"仓廪足而知礼节",人们更多地开始关注和思考吃饱肚子以外的问题,这也是历史的进步和必然。

而《点菜是个美学问题》则纯粹是关乎中国人的处世哲学了。他在文中说:"菜单意味着什么?选择。选择是一种自由,也是一种限制。"是的,在中国百姓的日常饮食中,谁拿到了菜单,也就意味谁就被赋予了一种选择的权利,可这样的选择又是十分艰难的。我们都有过这样的经历,费了九牛二虎之力点出的一桌菜,却不见得人人都喜欢,真的是吃力不讨好。这就是中国人生哲学的奥妙所在，让你得到了什么，必将也会让你失去了什么，点菜也是一样。所以，作者感慨：美学的复杂性在于审美的不可量化和简单复制。中国的美食也是不可量化和简单复制的。由此，作者得出结论："美食其实是厨师、食客、点菜人之间的合理组合，他们构成那道看不见的黄金分割线。"是的，中国的人生哲学强调的是和谐，要让一桌饭吃出和谐来，没有厨师、食客、点菜人之间的配合，定是枉然的。

《人间食单》的第三辑"人生百态看吃相"基本上讲的都是上述问题，讲这些需要智慧，也是需要热情的。它看起来是个小问题，其实是个大课题。民以食为天，一切关于百姓日常饮食的思考、总结、提炼都是天大的问题。

为人民而创作是社会主义文艺创作的永恒主题，透过《人间食单》这本小小的文集，我们看到了新时代的作家们在这一主题下的探索与努力。我们也有理由相信，新时代的伟大变革，会让我们的作家们更深刻地感受到时代的召唤和人民的伟力，也会有越来越多的浸透着人间烟火气、抒写着人民情怀的作品呈现于读者面前。

《人间食单》与《觅食记》

洪砾漠

　　《人间食单》和《觅食记》都是 2022 年出版的饮食题材的散文集。这两本书，哪一本更好呢？

　　王干与谢冕存在"交集"，《人间食单》中有一篇《"贪吃蟹"谢冕》，王干专门向读者介绍谢冕饮食方面的特点，通过谢冕贪吃蟹等事情说明谢冕的生命力旺盛、消化能力强。

　　《觅食记》中有《江都河豚宴记》《一路觅食到高邮》《随园八珍记》等篇，都是写王干家乡及其邻地的人事和饮食特色。《一路觅食到高邮》一文写道："一路觅食到高邮。由于叶橹先生的精心筹划，我是吃到了一桌极好的美食。那家饭店取名'随园'，可知自命不凡。"《随园八珍记》一文开头写道："随园菜馆是高邮城里一个饭庄的名字，数次造访，印象甚佳，我细心地记下了它所在的街名：高邮菊花巷西侧。菜馆主人张建农，中年人，儒雅。他有心追随袁枚先生美食的传统，硬是把自己门脸不大的食馆叫作'随园'。我知道袁枚不仅是大学问家，是大文豪，也是一位美食家，他的《随园食单》记载着他的烹饪主张与经验，已经成为经典。张建农景仰前贤，置却诗文不论，只谈美食，硬是把袁老先生的美食学问做到了实处：他的随园菜馆的淮扬菜，堪称真传。"①

王干在为谢冕《觅食记》一书写的跋《觅食与觅诗》一文中写道：

> 我与谢冕先生属于"味同嗜者"，几次相聚对饮，他夸赞甚至有点炫耀的便是高邮菜，而且是高邮一家藏在小巷深处的"随园"小店，非资深"吃货"不知。这让我很吃惊，也很欣喜。我爱高邮菜，属于乡土情结，属于娘胎里就带来的口味。谢冕先生出生福州，近六十年来一直在北京生活，与高邮几乎没有交集，只能说明他的味蕾之鲜活、品位之不同凡响。他对高邮菜的热爱已经到了如痴如醉的程度，最经典的故事就是他让老同学孙绍振改签航班，带孙绍振去高邮"随园"尝大厨张建农的手艺。
>
> 这让我特别感动，爱菜如此，近乎痴也，童心毕现。张建农是我的朋友，他的师傅老孙我也熟悉。原来高邮菜和扬州菜相差无几，被淹没其中，孙师傅多年实践创新，在1986年奠定了高邮菜在淮扬菜中的

① 谢冕：《随园八珍记》，《觅食记》，北京大学出版社2022年1月1版1次印刷，第213页。

地位，他的好多菜现在扬州厨师也悄悄搬用。张建农传承的就是当年孙师傅的真传，他烧的红烧鳗鱼确实是一绝，甚至比他的师傅还要地道，也是谢冕先生最钟情的一道菜。①

由此可见，王干与谢冕的人生不仅存在"交集"，而且《人间食单》与《觅食记》还存在"互文"关系。

所谓"互文"关系，指两篇以上的文章或两部以上的著作之间存在相互补充、相互映照、相互验证、相互依存的关系。比如《人间食单》一书中的《高邮美食地图》与《觅食记》一书中的《一路觅食到高邮》《随园八珍记》，以及汪曾祺发表在1986年第5期《雨花》杂志上的《故乡的食物》存在"互文"关系。

我在阅读《人间食单》和《觅食记》的时候，往往产生很多联想。比如，《人间食单》一书中的《里下河食单》一文中说："高邮的鸭蛋好吃其实是高邮的咸鸭蛋好吃，咸鸭蛋和普通鸭蛋的区别在于，一个腌制过、一个没有腌制过。很多人没吃过没有腌制的高邮鸭蛋，我吃过。"②我由此联想起周海婴先生著《鲁迅与我七十年》一书中关于上海小贩卖高邮咸鸭蛋的一段文字："夏天闷热，傍晚居家习惯在弄堂里一边纳凉一边喂小孩儿吃饭。萧珊总是很有耐心，一边看着小林吃饭，一边在旁唱儿歌。遇到卖咸鸭蛋的小贩经过，就买下几只，小林吃得越发顺

① 王干：《跋 觅食与觅诗》，谢冕《觅食记》，北京大学出版社2022年1月1版1次印刷，第246—247页。
② 王干：《里下河食单》，《人间食单》，天津：百花文艺出版社2022年10月1版1次印刷，第7页。

当。沪上卖咸鸭蛋的小贩都手提一个竹篮，浮面有三四只外壳开口的淡青绿色的高邮咸蛋，去壳的地方漂出一汪红油，很是吊人胃口。在那个柴米油盐样样昂贵的年代，一只油汪汪的咸鸭蛋对于爬格子的文化人家庭，不啻是美味佳肴了。"①周海婴这里写到的是他1946年至1948年间在上海市霞飞路霞飞坊（弄堂）里见到的邻居巴金夫人陈蕴珍（萧珊）照看生于1945年12月16日的女儿李小林吃晚饭的情景。由此可见，王干关于江苏省高邮咸鸭蛋在全中国很有名气的说法确实不虚。

《人间食单》与《觅食记》两本书有以下四个共同点：

一、两本书都是写大众饮食的。

俗话说，民以食为天。两本书写的都是大众饮食、平民饮食。这样的作品与广大的社会基层老百姓的生活息息相通，能够引起广泛的社会反响，引起读者群体的思想振动和共鸣。

二、两本书都极富思辨性。

饮食男女，饮食争论是人们日常生活中最普遍的话题，遍及街谈巷议……王干、谢冕在文章中说这好，说那好，未必不引起一些人反对甚至极其反感。王干、谢冕在文章中好像在反复同别人发生争议，同别人辩论是非曲直。比如，谢冕、王路、胡长青有一年同登泰山，事后，王路发微信说："谢老师不咸不吃，不甜不吃，不油不吃，83岁能步行登泰山。"谢冕不得不争辩说：其实，本意应当是"该咸不咸，不吃；该甜不甜，不吃；该油不油，不吃"。这是谢冕"三不"主义的本真话语，极富思辨性哲理。

王干在《人间食单》中的《吃什么》《和谁吃》《在哪儿吃》

① 周海婴：《鲁迅与我七十年》，上海：文汇出版社2006年7月1版1次印刷，第122—123页。

《点菜是个美学问题》《喝酒是个军事问题》《酒桌上的红颜》《吃饭吃出"政治"来》……几乎都饱含着思辨性哲理，仿佛在与别人争论谁是谁非一样。

三、两本书都有极高的文化品位。

王干、谢冕写饮食文章都不是专门写饮食的，而是借写饮食来反映时代风云的。曾几何时，社会上流行着一些口号"革命不是请客送礼，不是吃吃喝喝"，人们不敢在公开场合谈论吃喝，不敢写饮食文章。如今，饮食著作的大量出版，说明那个时代已经过去，人们的思想认识也向前前进了一大步。

王干、谢冕饮食题材作品的文化品位实在高。他们不媚俗，不趋炎附势，不装腔作势，不狐假虎威，不"怒发冲冠"……他们与读者平起平坐，坐而议论饮食，语重心长，侃侃而谈。

四、两本书的叙事语言通俗易懂，多半采用大众口语，简洁、精练、隽永。

《人间食单》和《觅食记》中的生僻字、冷僻词语比较少。有些方言中的特色饮食不得不用冷僻的汉字和词语来记载，这是情有可原的事情。即使如此，两本书读来仍然朗朗上口，没有拗口的感觉。

我原本想将王干的《人间食单》和谢冕的《觅食记》做一番比较，判断一下哪本书更好，可是细细读来却发现王干和谢冕的人生有"交集"，两本书存在互文关系，还有不少共同特点。如此这般，我倒是为难了，不能抑王（干）而扬谢（冕），也不能褒王（干）而贬谢（冕）。

两本书分不出好坏，比不出高低。

《人间食单》让我回到故乡

周万亮

　　会吃的不一定会写，会写的不一定会吃，王干老师既会吃，又会写，他的《人间食单》，不仅仅是一席席美食盛宴，更是一幕幕童年记忆和家乡味道。我的老家扬州距王干老师的故乡兴化很近，里下河、大运河、邗江、潊湖、邵伯湖、高邮湖、扬子江滋养着这片富饶的土地，淮扬菜是美食集大成者，而百姓餐桌则是因时制宜、因地制宜的智慧结晶。

　　读《人间食单》，有一种特亲切的感觉，因为王干老师写的菜我老家也有，因为他小时候做的事我也做过。那天，新书刚到，当天我就拜读了一半，夜里做梦都是童年踩"歪子"（扬州将河蚌叫作"歪子"）、抓鱼虾的场景。鱼和蚌抓得太多，我用手机给家里打电话，希望拿个大竹篮来装，怎么也打不通，一着急，醒了。当年哪有手机!

读《人间食单》让我梦到了"歪子",还让我想起了王老师写到的其他家乡美食。

自家饲养、宰杀的猪肉要经过冬至后一个多月的腌制、暴晒,此时的室外温度、空气湿度、阳光强度对晒咸肉是最好的。记得老家的屋檐下有好几个铁钩子,专门用于年末晒咸肉之用,如果铁钩子不够,还会临时绑扎一个一人多高、三米多长的木架子,挂上十来个铁钩子。每天日出后将咸肉拿出来挂上,太阳落山前再收回家里,这是我寒假期间的必修课。这个时节的扬州,室外比室内还暖和。坐在大门口,一边看着书,一边晒着太阳。一挂挂咸肉,看着时的富足感、提着时的厚重感……此刻仿佛咸肉就在我眼前。

晒好的咸肉,红白相间,不干不湿,油亮油亮的。扬州平时吃肉,叫"烧肉",但大年前后都叫"烀肉",我们周家是年三十开始烀咸肉,有些姓氏家族是腊月二十九开始,这好像是祖祖辈辈流传下来的。烀肉一定用家里灶台最靠里的那口大锅,准备一大堆两尺长短的劈柴,锅里是满满当当的咸肉咸猪头"厚柱子",扬州将厚厚的"后臀尖"叫作"厚柱子",其形状、其丰腴,呼之欲出。而一个"烀"字,颇有大口吃肉、大快朵颐的豪迈,这是否也是"南国之秀"的扬州兼有"北国之雄"的体现呢!

大年三十晚的团圆饭一定是满满的一大桌,而印象最深的就是最后才上的"头菜汤"和放在一席中央的一大碗慈姑红枣烧肉。扬州并不产枣,平时我们也不吃枣,只到年前才采买少量备用。慈姑种在浅浅的水田里,冬至前后,慈姑的叶经过霜冻后变得枯黄,水田里半干半湿,浅表有一层若即若离的薄冰,穿着胶鞋、戴着手套,拿着铁锹,顺着桔梗挖下去,一锹一个，一锹一个，带着泥，带着芽，一个个完整的慈姑就"出土"了。扬州将慈姑的芽叫"钻子"，细细的，尖尖的，确实像极了"钻头"。"钻子"味道一般，但少了"钻子"，慈姑的色香味就少了"形"。枣，单吃，偏干；慈姑，单吃，偏苦。扬州过年大菜——慈姑红枣烧肉，干的枣、苦的菇、"烀"的肉，珠联璧合相得益彰。因为枣的数量较少，孩子们会握着筷子盯着碗"找"枣，找到一颗，仿佛是一大发现，美滋滋的。

小公鸡炖毛豆。公鸡现挑现抓，毛豆现拔现剥。毛豆即青春期的黄豆，随意地种在田埂旁、水渠边，不占地、不耗肥。家里来了亲戚，父母吩咐着去拔一抱毛豆。毛豆根茎上带着土，豆秸和豆荚上沾着露水。坐在小板凳上，顺着豆秸从下往上，一层一层地、一个一个地剥，少顷，一碗带着薄如蝉翼豆衣的毛豆剥好，下锅、大火，与小公鸡爆炒、快炖，"青春"的碰撞，毛豆瞬间变成了"肉"豆，那个香啊！

扁豆烧芋头。扬州的扁豆七八公分长、两三公分宽，一边是直线，一边是弧线，像是拉抻长了的下弦月。北京所叫的扁豆，在扬州似乎叫"刀豆"。扬州扁豆，也分湖绿色和紫红色。扁豆与毛豆一样，不择土壤，给点阳光就灿烂。记得菜园子——老家叫作"菜岗子"——的篱笆上，总是爬着几架扁豆，刚开始，一根主藤蔓，不动声色，很快便枝繁叶茂，子子孙孙地蔓延开来，紫红的扁豆花、白色的瓠子花、黄色的南瓜花（老家将南瓜叫着"番瓜"），将菜岗子变成了百花园。瓠子、南瓜的花有实空之分，只开花不结果的为空花。扁豆花，白中泛紫，一簇簇、一丛丛，甚是喜庆，而且是清一色的实花，有花必有果。比较而言，我更喜欢紫红色的扁豆，不仅颜色紫得纯粹，而且带着油亮的光泽。

芋头，分为旱芋头和水芋头，我老家种的主要是旱芋头。每株之间要保持足够开阔的距离，要有足够的水分、足够的阳光、足够的肥料。记得那个时节下午放学回家，放下书包后的第一件事，就是赶紧给芋头、南瓜、瓠子、大椒、茄子浇水。慈姑的叶是嫩绿的，而芋头的叶是深绿的，两者都是高高的，晶莹剔透的，有一种冰清玉洁的质感。挖慈姑时，是一颗一颗的，小而精致；挖芋头时，则是一塘一塘的，大而粗犷。其貌不扬的芋头去了皮，立马换了容颜，白中泛红，如出水芙蓉一般。切开后，更呈圣洁的乳白色。洁白的芋头遇上湖绿或者紫红的扁豆，再放上两勺猪油几粒荤油渣，荤素搭配，又糯又香，既可当菜，又可当饭。

王干老师说，当年到各地开会时，不少文友喜欢逛百货大楼，汪曾祺先生则偏爱逛菜市场。那些水灵灵的、带泥沾露的瓜果蔬菜，一定让汪老想到了里下河菜园子、菜岗子的勃勃生机。

什么是"家乡"，什么是"脚踏实地"？故乡的土地最实，父母的教诲最深，家乡的味道最美！想当年，作业繁重，一旦走进菜园子、菜岗子，浇浇水，理理藤，看看新开的花新结的果，我学习的压力就少了许多。只要走到田埂上河堤上，望望绿油油的麦浪、金灿灿的油菜、沉甸甸的稻穗，我前进的动力就多了几分。

一箪一食是故乡，故乡的物产是富饶的，故乡的味道是甜美的，《人间食单》让我回到故乡！

发现日常生活的诗意

杜学文

　　王干是一位非常敏锐的评论家。这自不必多说。不过他的兴趣、文字并不仅限于此。很早他就有小说发表。当人们逐渐认识一位小说家时，他就成了一位评论家。不过当人们知道他是一位评论家时，他还写了许多散文随笔。可是当他成为一位散文家时，我发现他应该是一位红学家。曾听他谈《红楼梦》，使我怀疑自己是不是读过这部伟大的著作。我以为《红楼梦》是小说，但好像它也可以算是一部社会学著作、一部民俗学著作、一部医药学著作、一部文体学著作、一部哲学著作。更可能的是，它应该也是一部美食著作。王干说自己写有一部研究《红楼梦》的书稿。据说他的字也非常好，有什么什么之风。他对足球也有极大的兴趣，写有许多讨论足球的文章。可是现在，我要说的是他对美食也颇有心得。除了这里要说的《里下河食单》外，还有许多其他的相关文章。比如，他说"点菜是个美学问题""喝酒是个军事问题"等等，都是写与美食有关的生活现象。而在《里下河食单》中，主要是写某种食物与人的关系，如米饭饼、鸭蛋、慈姑、芋头、烂藕等等，读来妙趣横生，饶有兴味。

1

人们对中国的饮食有很多研究、描写。也有人从文化的层面对中西饮食之异同进行比较，也算是比较学中的一支。对我而言，这些都很深奥。这是因为我只会把饮食当作止渴御饥的手段，没有从更多的角度去思考领会，也没有积累许多相关的知识。读《里下河食单》，突然感悟到一个问题，就是中国的饮食具有某种自然的规定性。或者说，中国的饮食与中国传统文化中强调的基本法则"道"是一致的。它必须遵循大自然的法则。大自然为我们提供了什么，我们才可能把什么作为自己的食材，并在此基础上升华为所谓的"美食"。美食是饮食的升华，是在满足人们饥渴需求之后的审美升华。王干虽然也经历过那些物资比较贫乏的时期，但在他的这个食单中，更主要的是描写食物与人的关系。这些食物，并不是简单的物质结构，而是体现时空规定性的自然产物。或者说，在一定的时空关系中，才能生产出一定的食材。比如他写《高邮的鸭蛋》，就特别强调在高邮这样的空间中，鸭子的生长与其他地区，比如与北京的鸭子之生长是不同的。高邮水网茂密，鸭子是自己在水中生存，要不停地寻找能够食用的东西，如螺蛳、小鱼、小虾等，这与北京单纯靠人喂养的填鸭是不同的。高邮的土壤也有其特殊性，这里地势高，土壤润而不黏，用来腌制鸭蛋的时候可以透气。这样的腌鸭蛋有一种特别的香味。王干说，"可以呼吸的鸭蛋是有灵气的"。

由于自然条件不同，即使生长出同一品种的食材，其味道也各有其异。但在不同的自然条件下，也可生长出味道相近的食材。在《慈姑》中，王干把几种食材进行了比较，说大自然很神奇，生于水中的慈姑，长在地下的山药，还有结在树上的板栗，"味道居然如此相近，穿越海陆空的限制"。这种限制是大自然的一种规定。当然这种规定也并不仅仅体现在空间上，还存在于时间中。如在《烂藕》中，王干依时间的变化写不同季节中的藕。夏天的时候，可以吃到藕芽；秋天是采藕最好的季节，因为这时的藕最为肥硕；而到冬天，则要"踩藕"，即用脚"踩"的方式找到沉在水塘底部淤泥中的藕。不同的时间中，人们吃到的藕是不同的。并不是谁想吃什么就吃什么，而是时间规定了人们吃什么。比如，夏天的时候，水瓜是最解暑的。其他的日子里就不一定了。而在《蚬子汤》中，王干说，"蚬子是和春天一起来到我们的生活中的。暮春三月，春韭碧翠，蚬肉白嫩，二者相逢，佳肴一道"。所以春天到来的时候，里下河人家的门口堆着小山似的蚬子壳。也就是说，春天的到来决定了人们可以吃到新鲜丰硕的蚬子。

如此来看，人是怎么生存的这个问题就需要进一步探究。表面上看是人自己做出的选择，而实际上是大自然规定了人的行为。当人的自主性随着劳动技能的提高越来越增强的时候，人类就出现了一种错觉，以为世界是为自己设定的，人可以通过自己所谓的"智慧"来改造世界。这在一定的程度上是可能的，但却不是根本的，更不是绝对的。反而，人在根本意义上是由大自然创造的。人不仅是大自然中的一种存在，而且也是由大自然的法则所规定的。当大自然生成了人可用的食物后，人才有可能维持自己的生命。也就是说，大自然希望人能够存在，于是也生长了可供人类食用的食材。但人类并不是想吃什么就可以吃到什么；想什么时候吃就可以吃。人必须按照大自然的规定来适应自然才能使生命得到维持、延续。

2

但是，正因为人具有自主性，就可以在一定的程度上改变自己的生存境遇。当远古人类依靠直觉进行采摘的时候，人类的主动性就非常薄弱。当人类逐渐寻找、摸索出大自然的某种规律后，自主性就得到了增强。于是，诸如神农氏炎帝这样的英雄就出现了。他带领族人不断地寻找可食用的植物，将其果实反复在土地上试种，种植农业就形成了。种植农业的出现为文明的形成奠定了基础。随着文明程度的提高，人的自主性不断增强。人们以为可以通过努力超越自然之限制。而实际上却是人类通过努力终于发现了一种大自然中本来就存在的法则。这种法则可能在一定的条件下没有显现出来，但是并不能说明它不存在。只是人类不知道而已。当人类需要掌握这种法则的时候，大自然要求必须付出艰辛的努力。人类的食物逐渐丰富多样起来也是同样的道理。为了更好地生存，人类进行了各种各样的尝试，并且也在这种尝试中付出了代价。其结果就是，人类逐渐地拥有了更多更理想的食材。当然，《里下河食单》并不专注这么严肃的问题。只是我们可以从中看出一些端倪，从食物的变化中感到人的某种主动性，以及这种主动性的限制。

高邮的咸鸭蛋是非常好吃的。但是并不是在什么时候、什么地方都可以吃到。如果你曾经在高邮吃过这里的咸鸭蛋，而且对此喜爱深刻，就会陷入"吃"的困境。因为条件改变之后，很可能就吃不到了。王干追述了一件往事，说到南京拜访曾在高邮工作的朋友。朋友最希望的就是能吃到高邮的咸鸭蛋而不是随便什么地方的咸鸭蛋。为此，他要王干给他带高邮的土，自己来制作。这里王干写了一个细节，十分动人。他说这位朋友竟然用食指蘸了一小块高邮的土含在嘴里，连说"高邮的土，香啊"。这朋友虽然身在异地，但可以发挥自己的主动性，让人捎来高邮的土以腌制咸鸭蛋。但是，这种主动性也是有限的。这就是必须有高邮的土，并且有人能捎过来。

在《里下河食单》里，王干写了一些过去不曾有但属于今人自创的菜。据他的描述，这些菜也甚为甘美。比如"鱼鳔花生"，是用鱼杂中的鱼鳔与花生米做的。我知道自己家乡有一道传统小吃叫羊杂。少年时听大人们说起羊杂，感觉是非常不凡的美味，但我不知道还有鱼杂。那些属于内脏的鱼杂，在我们那里是要扔掉的。但王干却说，尽管这些东西上不了台盘，但还是要吃的。他特别介绍了友人华"创作"的这道鱼鳔花生米，"味道称得上耐人寻味"，在咀嚼花生的同时自然也就咀嚼到鱼鳔的筋道和绵软，与花生米的清脆相映成趣。如果再配以美酒，亦是乐事。王干在这里还介绍了汪曾祺先生自创的油条摭斩肉，认为这道菜好吃的秘诀是"旋吃"，也就是马上就吃的意思，不能放得时间长了。这种菜品的发明创造，也是人的主观能动的体现。人正是因为具有了这样的主观能动才能不断地改变自己，改变自己的生活，包括饮食。这正是人类之所以能够进步的主要原因。

3

对吃的态度当然也反应出人生的态度。不是说爱吃，或者胡吃海塞就是热爱生活。而是说，能够从各种各样的食材之生长、烹制中发现了生活的意义才是一种美德。《里下河食单》并不是仅仅告诉我们里下河有什么美食，而且从美食中揭示生活的情趣、意义，体现出浓烈的审美意味，似乎也有点哲理蕴含在内。人们对待吃的态度，反映了对待生活的态度。即使是平凡的日常生活，一天与另一天似乎也没有什么差别，但在这漫长的时日中要活出情趣，活出价值，在吃的种种细节之中也能够生动地体现出来。

在很多时候，生活并不如意。但人们仍然要活下去。百年前，英国著名的哲学家罗素来中国，寻访考察了很多地方。回国后写了一本书，叫《中国问题》。他十分感慨地说，从来没有见到一个国家的人民如此乐观。他说那些在山上当挑夫与轿夫的人们，工作辛苦，生活艰辛，但是只要一休息下来，就会相互开玩笑。他们总能在生活中寻找到乐趣。由此，罗素对中国、对中华民族有了更为深刻的认识。而那些关于吃的故事，也往往表现出人们的这种品格。《烂藕》中写了一位在小镇的街上买烂藕的聋哑人。"烂藕的味道，带着里下河土壤的沉稳和醇厚"。而那位卖藕人，则沉默着以自己的方式卖藕。他不吆喝，也不用秤，而是靠自己的刀来切。别人买了他的烂藕，会开心地笑。生意清淡时，就吹唢呐，是轻盈欢快的扬剧。有时也有比较苍凉的淮剧。他有些神秘，有些与众不同。但这烂藕给儿时的王干以快乐，亦给卖藕人以希望。里下河的水中有很多河蚌，儿时的王干们可以随便在河中摸到。能随便摸到的还有很多——蚬子、螺蛳、虎头鲨、泥鳅，等等，都是家中的美味。这为他们贫瘠的生活增添了许多乐趣、许多信心。这些捕获均可为菜。但制作各有不同。有些工序复杂，对水、火、时间、季节的要求也不一。大致来说就是繁杂得很。但是由于能够做出让人喜欢的美味，人们在烹制时仍然充满了耐心。王干也介绍了这些菜品的烧制程序、方法，以及享受这些美食的感觉。比如"扁豆烧芋头"，是绝配。而芋头要泡在水里，还要去皮，与扁豆一起爆炒。起锅后，"不仅扁豆味道鲜美，芋头也出奇地香，糯而又甜，那时夏天的味道在舌尖游荡"。

能够从食单中发现诗意，发现日常的美，需要有对生活的爱。王干就是一个对生活充满热情，并且能够时刻发现生活之魅力的人。他当然首先是一位评论家，但涉及的领域很多。从专攻的层面看，似乎分散了很多精力。但对生活的爱，不仅难以抑制王干的表达，反而激发了他更多的表达。似乎他的精力总是充沛的，他总是有各种各样的想法、念头在心中闪现，并要立刻去做。我们不知道他是在什么时候写了这么多的各种各样的文章，组织了这样那样的活动。他时刻在生活着——不是在活着，同时还完成了各种各样的文字。他有一篇不长的随笔，叫《马铃薯的文学素》，看标题就会感到其思维的丰富与跃动。当然也是与吃有关的。不过谈的不是里下河的食单，而是马铃薯，或者说山药蛋这种由洋入华的食材。他介绍马铃薯在不同地区的叫法，但突然就转到"山药蛋派"的创作。但他又不是为了说"山药蛋派"而说山药蛋，还是要归结到食材上，说在大同吃山药蛋，"烤烧炖煮，都有嚼头"，并且使他对"山药蛋派增加了更直接的认识"。更有意思的是他介绍宁夏西海固有"三宝"，竟然是洋芋、土豆、马铃薯。反正都是

"山药蛋"。但是王干说，知道这些后让他对马铃薯这个普通的植物"肃然起敬"。这种对食物的敬意就是对生活的敬意，是在发现日常生活之诗情后生成的神圣之绪。生活是不可能缺少美的发现的。

镌刻在味蕾上的多重价值

唐应浍

　　《汉书·郦食其传》云："王者以民为天，而民以食为天。"一是讲天下为君之道，二是说庶民生存之本，千百年来，都已成为妇孺皆知的共识。可见"食"的意义何其重大。万物生长靠太阳，芸芸众生首选食。吃食如此重要，估计大多数情况下源于人们对于饥饿的担忧和排斥，抑或是礼仪之邦对于人情世故的提炼与光大，以至于民间相互问候时第一句话常常是："吃过了吗？"由此，在东方进化史上，便诞生了一个又一个美食家：孔子、苏轼、金圣叹、袁枚、张岱、曹雪芹……现当代还有汪曾祺、梁实秋、蔡澜、陆文夫等名流，包括而今始终站立在我们身边的王干。

　　这不，王干给我们奉献出了热气腾腾的《人间食单》。

《人间食单》是美食界不可多得的新著。华夏文明有着上下五千多年的历史纵深，有着千万平方公里的辽阔疆域，作为一个餐饮文化大国，中华大地美食无限。考古材料证明，早在河姆渡和半坡氏族的时候，我国就形成了南稻北粟的耕种格局。至春秋战国时期，中国传统饮食文化中南北菜肴风味便表现出明显差异，到如今更是形成了具有一定亲缘承袭关系的"八大菜系"。和我们司空见惯的菜谱不一样的是，《人间食单》大多没有铺陈具体的制作过程，而是在与之相关的人物、环境、习俗、文化等方面进行必要的补充与扩展。具体而微的操作，可以参见《随园食单》，可以翻阅《味蕾上的故乡》之类的地方菜谱，可以借鉴《红楼梦》中关于冷香丸、茄鲞的做法，这不是《人间食单》的任务。《人间食单》有它自己的个性。书中不单单是涉及了各类菜系的主打品种和味觉风格，还向我们介绍了各地不同的特色小吃，乃至这人间独一无二的自行配制，比如高邮的界首茶干、蒙自的过桥米线、永康的胡公饼、晋江的土笋冻、光明村的明府鲞，比如湮灭在历史长河的里下河神仙汤，比如汪曾祺自创的炸酱面拌油鸡枞、羊油烧麻豆腐、油条搋斩肉和王干发明的"凤鸣三鲜"，这些都是不可忽视的过往与当下，自然要收录在案；书中不单单呈现了某种菜系煎炸炒炖蒸的知名菜品，只要是能"进口"的，均不吝笔墨地进行勾画圈点，比如油炸花生米、菜泡饭这类中国老百姓最爱吃的十道菜，比如鱼腥草、生鸡血、炸青虫这类让一般人避之犹恐不及的怪吃，比如美酒、咖啡、茶水、可乐，甚至有那烟气烟碱量0.5毫克的中南海牌香烟（文中戏称为"点五"），这些于大范围的食文化而言算是另一种层面的拾遗补阙，大有裨益，文集也一一笑纳；书中不单单是告诉大家这里有某种菜，那里有某种肴，更多的是让大家知晓这种菜肴在不同时期的不同味觉与记忆，在不同地域的不同组合与微妙。比如《高邮的鸭蛋》中说"在南方的美食文化中，讲究明前明后：明前茶，珍贵；明前的河豚，鲜美无毒；明前的咸鸭蛋，嫩，没有空头"；比如《马铃薯的文学素》中说"山东的宜做成土豆丝，东北的适合乱炖，西北的烤着吃香"，大同的"烤、炒、炖、煮，都有嚼头"；比如说高邮汪味菜之所以被热捧，新杭州菜、上海菜之所以流行以至火爆，扬州炒饭竟然添加了火腿肠之类，其中不乏对传统的承继，更多的是对惯常的突破，对淮扬菜系的改良以及对粤菜、湘菜甚至东北菜的拿来主义等等。这些是任何一本菜谱都尚未科普的学识经验，是绝大多数食客未曾检视过的经营技巧，而《人间食单》如数家珍地记载了。那么请问：谁还敢贸然否认《人间食单》在美食界的地位呢？

《人间食单》还是思想界百姓情感的独特领悟。必须承认，人们对于美食的深刻留念，往往离不开故乡的印迹，离不开饥饿的记忆，离不开家庭的熏陶。汪朗说得不错，王干写到的咸肉河蚌煲，为何祖母为我加汤时不忘唏嘘"多喝点，你小时候没吃过"。只因为父亲其实是"小时候经常喝的啊"，只因为家族曾经的辉煌与中道沦落。在我看来，家乡或者故土，于王干而言，最起码有两个——自己的衣胞之地兴化和夫人的出生之地高邮。因而在他的作品中，这样的痕迹便随处可见：《高邮的鸭蛋》结尾说，"高邮的土，香啊"；《慈姑》的结尾说，"岳母去世多年，她的这道菜我还记得"；《脂油菜饭》结尾说，"我心里暗喜，这正是我要的味道，因为当年母亲做的脂油菜饭，油也是肥肉熬的"。而《神仙汤》一文的结尾说，"失去的是什么？饥饿感"，则再次印证了饥饿时光啥都是美食的真理。要不，那位皇上怎么会念念不忘菠菜豆腐做就的"珍珠翡翠白玉汤"？由是观之，我们也就不难理解，为什么他给高邮"随缘"题字"1986年的老味道"，为什么汪曾祺在《咸菜慈姑汤》一文结尾写"我想念家乡的雪"，王干说这是汪老这篇美文的文眼，为什么《水瓜》一文，他这么动情地结尾："离开家乡四十年了，再没有吃到家乡的水瓜。回到家乡也没有吃过。思念如水。"而此书的第三辑"人生百态看吃相"，可谓将作者的独特领悟演绎到了巅峰。《人生的三种颜色》中说，不同群体、不同心情、不同年龄、不同空间，喝的颜色都是有差异的；《吃什么》中说，"会所常常吃的不是菜，不是味道，不是情分，是人脉，吃人"，道出了某些"吃"的别有用心，流露了对某些"吃"的深恶痛绝；至于点菜的美学问题，喝酒的军事考量，吃饭的政治因素，包括那"春晚慎说一句话"的告诫等等，则让我们再次见识了王干的憨直和憨直的王干。

《人间食单》更是文学界灼灼闪光的异彩明珠。王干的文字，向来不同凡响，在冷静的人性思考、文化探究、哲理明辨之余，总能给你文学的惊喜，这兴许是鲁迅文学奖获得者应该具备的才能。他说，很多宾馆和马路边的米饭饼，"味道有点酸，甜得有点硬"。一个"硬"字，写出了甜得过度，道出了甜得勉强，点评恰到好处。他说，"没有腌制的高邮鸭蛋有一股腥味，味道很不严肃"，"严肃"一词，暗示了腌制的纯正与地道，明确了未腌的异化和别扭；他说，做醉蟹"不能用钢丝刷子，螃蟹会疼"，这个"疼"字，不但让我们看到了他的幽默与博爱，还让我们体悟到了文字的无穷张力，让人遐想不已。如果再细究书中各篇的行文风格，则颠覆了我之前对写作习惯与架构程式的肤浅理解。可以说，王干的每一篇散文，处处随性而为，从不刻意，但又形散而神不散。《明府鲞》的首句就是："去光明村的路上，我竟然吃到明府鲞。"第二段的首句又是："在光明村，我们吃到了明府鲞。"啰唆吗？一点不啰唆，这彰显的是他对那份美食的讶异与厚爱，不重复不足以表达。《烂藕》的最后写道："吹唢呐的卖藕人，是个哑巴。"是不是有点欧·亨利的小说风格？《赤子其人 赤子其文》，在看似杂乱的回忆中，细说与汪老的相识、相知与相爱，师徒情深跃然纸上，令人动容。我想说，这很可能是他回忆汪老的最好的文字了。你看，王干的文字，差不多每一章节的谋篇布局都让你意想不到，纵横捭阖又娓娓而谈，率性坦诚又余音绕梁，信手拈来皆成文章。

如同千里马遇到伯乐，伯牙适逢钟子期，当美食邂逅王干，美食便开始发光，读者也就开始唇齿留鲜，鼻翼绕香。很幸运，因为王干，我们对美食有了诸多簇新的认知和若干特别的感触。这也许就是《人间食单》镌刻在你我味蕾上的 N 重价值，也许就是《人间食单》所散发的魅力吧。

你要写故乡，就不能只写故乡

安文哲

我是很爱看美食文章的。

文人写美食，往往不仅是在谈吃，还在写个人记忆、写故乡、写各地的风景文化。他们通过美食将记忆与文化相连，用平常的一饭一食，写遍世俗烟火的色彩、味道与温度。

这一点，在《里下河食单》篇中，得到了充分体现，这也是我在《人间食单》一书中，读起来觉得最有滋味、最有共鸣的一篇。

王干先生写故乡，并没有只写故乡。

他写的是岳母做的慈姑汤，写的是母亲用肥肉熬油做的脂油菜饭，写的是吃怕了的秧草、久不见的蚬子汤……

没有一个字句特意提到故乡，但字里行间满满的是对故乡的怀念。

他写高邮鸭蛋，在花大量篇幅介绍了高邮鸭蛋的做法、滋味及汪曾祺先生的观点后，笔锋一转，写到了高邮的土——高邮鸭蛋之所以这么"质细而油多"，是因为"高邮地势高，土壤润而不黏，腌制的时候可以透气，可以呼吸的鸭蛋是有灵气的"。

于是，"高邮的土，香啊"就成了这篇文章最后的注脚。

你看，在游子心中，故乡的土，都是和旁处不同的。

他写寒风中卖烂藕的藕摊，先是问"那个在寒风中卖藕的人哪里去了"。

这一问，似乎也问出了我对故乡小贩的回忆：

常年在小区门口炸鸡柳的胖老头儿，围着满是油渍的脏围裙，摊子旁固定着一只黑色的收音机，收音机从早到晚咿咿呀呀唱着戏。时而是"他年得傍蟾宫客，不在梅边在柳边"，或者是"汉兵已略地，四方楚歌声。君王意气尽，贱妾何聊生！"

听戏倒也不耽误他干活，动作麻利得很，粗短的手掌浑然不怕烫，总是把手放在滚烫的油面上测量温度。

家长觉得他不爱干净，不许我吃他炸的鸡柳，但我耐不住他家的炸鸡柳味道好又便宜。每到周末，我都会和朋友凑零花钱去买一份。

离开家乡后的每次返乡，我都会特意在他那里买一份炸鸡柳回味童年，他隐约记得我是那个围着他要求"多放辣椒，炸透一点"的小胖妞儿，张嘴对我笑着。

但今年回老家的时候，我却发现他的摊子不见了，周围的人也全然不记得那个在这里卖了十多年炸鸡柳的胖老头儿。

我在这样的共鸣和伤感中，读完了王干先生写的《烂藕》。

"那个在寒风中卖藕的人哪里去了？"

王干先生这一问，问的何止是卖藕人，他也在写回不去的少时年岁，他也在写回不去的旧时故乡。

你看，即使是毫不起眼的小摊贩，原来也承载着王干先生对故乡的回忆。

若说这整篇《里下河食单》中最动人的篇目，我觉得还是《河蚌咸肉煲》。

那个肉按计划供应的困难年代，一碗咸鲜味美的河蚌咸肉煲，在伯父幼时还是常常能吃到的滋味，对年纪更小一些的父亲来说，已经是吃过都不记得的滋味了，而到了"我"这里，却是小时候从未吃到的珍贵滋味。

对品尝到新鲜滋味的孩子来说，这种家境的改变，并没有带来多少切身的伤感，而对于经历了起起落落的祖母来说，世事变迁的难言之处，都浸在这一碗河蚌咸肉煲里了。

我想，王干先生多年后回味起那个吃到河蚌咸肉煲的一餐，也会心绪复杂吧：流着泪让孙子多喝汤的祖母、遗忘了富足生活是何种滋味的父亲，以及那个全然没喝过河蚌咸肉汤的自己。

除上述两篇外，《里下河食单》还写了数种回忆中的美食，透过这一篇篇文字、一道道美食，你或可以体味到王干先生故乡的人文风情，或能够感受到人与人之间的动人情谊，那些最深情也最快活的记忆，化作一篇篇食单文章，既唤醒了读者的胃，也唤醒了读者对故乡的记忆和情感。

谁都有故乡，回得去的，回不去的，故乡的美食各不相同，情却总有共通之处，透过王干先生笔下的故乡，回味自己的故乡，也是种独特体验。

大概，这就是《人间食单》封面上所说的"恋家爱国，从一箪一食开始"。

读《感恩村宴》

酷　狗

　　这篇文章写村宴，"感恩"也许是村的名字，与主题无多大关系，重点在"宴"字上。

　　全文以时间为序写来，并无虚玄奥妙，精彩在对"宴"的描写，确实能调动人之胃口。

　　去感恩村，是因为它是施松卿的故乡，施松卿何许人？汪曾祺的太太。如果我有那样的机缘，也一定要去看看。

　　开篇写面包车走到菜地怀疑无路，是一个环境描写，有意无意为村子（更进一步是"村宴"）营造一个氛围；如此一片田园，那宴席桌上的口味一定差不到哪里。村子、楼房的描写，是实物介绍；瓷砖记录着二十世纪八十年代的建筑痕迹，但有四合院特点，中间的天井适合放桌子。房子没有翻修，遵老人遗言——这些完全是事实呈现，无任何玄机（如果按周晓枫"散文时态"的观点看来，这也入不了她的法眼）。

按进食程序一一道来，先是饭前小吃，介绍的是海蛎饼，主要运用了对比手法（全文运用的主要都是这种手法，因为饮食不好写；通过比较来写是个办法）。

村宴的高潮，王干老师重点突出了两种主食：大鱼丸、鸡汤汆海蚌。写大鱼丸仍是通过对比。因为苏菜与闽菜都沾染江河气息，风格差异不是很大，要如何突出特色呢？只有通过对比。他把储存于记忆中的味道都提取出来，拿它与里下河的鱼丸相比，"不仅吃到了老家鱼丸的鲜和嫩，还吃到了海鱼的细腻和嚼劲"，于同中求异，娓娓道来，如数家珍。不仅鱼丸的食材不同，而且鱼丸的馅也不同。又拿它与陕西人的肉夹馍相比，肉夹馍是肉夹于馍，而福建人的鱼丸则是肉夹于鱼丸之间，"可谓融鱼肉于一体"。这个说法，对于僻处南高原的我来说，更觉新鲜。肉馅亦有两种：猪肉、牛肉。段末引汪曾祺的话加强了"论证"的力量，突出美食之美："福建人食不厌精啊。"汪曾祺是对美食颇有研究的现当代作家，王干老师在对其作品研究中亦有熏染，同样用笔触通过美食进而表现生活。

鸡汤汆海蚌上桌，掀起村宴的高潮。食材是蛤蜊的一种，又名车蛤，也就是海蚌。这道菜还有一个很网红的名字，叫"西施舌"，取其蚌体之"搔首弄姿"，"舌尖"之轻盈动人。此处王干老师只突出该道菜的清甜，没有作过多描写。结束后，另起一段，只一句话独立成段，有总结概括与突出的作用："我以为清甜是海鲜的最高境界。"

村宴的主食是八宝饭。八宝饭确实到处都有，吾乡亦有。王干老师客观地承认，鱼丸、海蛎饼、西施舌都是因为地利，

"因为原材料海鲜新鲜，其他的地方难以企及"，可是八宝饭感恩村的村民做出了什么特色？原来奇妙在它的味与材。其他地方的八宝饭味道是甜的，而感恩村的八宝饭味却是咸的，咸而不够，淡淡的咸，"咸中又有点淡淡的甜"，甜而不腻——王干老师在这里仍然突出了"清爽"二字。江浙及闽食麻辣不到哪里去（麻辣是俺们川黔滇湘的本味），在酸甜里王干老师更突出了感恩村宴的"清"——前面讲鸡汤氽海蚌就突出了"清甜"。二是它的食材，原来大概是用泰国香米与糯米蒸成，"一颗，一粒，仿佛立在嘴里面，仔细咀嚼，芳香从唇齿一直传到全身"，这是细节描写了，调动了全身上下去品味——岂止是八宝饭？那是生活，是人情。

情味在最后一段突出。我以为写美食还是写人情，表现的仍是人生。即如最近很火红的《燕食记》，仍是以饮食文化的发展，描绘了一幅近百年社会变迁、世态人情的画卷。

> **我们说，姐姐再见。**
> **再见，感恩村！**

最后的道别与珍重蕴含了无限的情谊，那浓浓或淡淡的清甜似乎仍久久回味在舌尖。

王干老师触摸到了汪老那对生活充满热爱的心跳，他也努力向人间烟火、庖厨之间去寻找生命的真谛。他学习汪老语言的平淡与质朴，但是就"打通古今、融贯南北以简练含蓄出之"这点，王干老师似乎又是另一种风格。

读《烂藕》

何太贵

读汪曾祺老的文章，有一些篇目了，想深入了解一下，于是有关的评论与研究文章我便都搜集。这就遇到了王干老师的名字，买了他的《夜读汪曾祺》。王干老师是一位学者，我没想到他还是一位作家（散文家）。这不，他刚出了一本散文集，叫《人间食单》，借饮食来写人生、写人世。

对这本集子，开始的时候，我兴趣并不太浓，以为他的文章没有汪老文章的那种精粹与古意。可是把这篇《烂藕》读完，我却喜欢上了。

我近来读书，多采取"猜读法"，即一开始读便随手札记，直到读完印证阅读过程中的猜想与思索；也许有的合乎作者的逻辑，也许有的与结局大相径庭——但有一种探索的趣味。

可是读这篇文章，我却有点慎重，因为是第一次读王干老师的散文。可是读完，我有点后悔了：因为过早知道了结局，少走了一些柳暗花明的通幽曲径。

第一次读该文，我直接先读了最后一段（哪是一段呢？不过一句），哀愁之余被深深震撼了。回看文章第一句，觉得王干老师构思巧妙，开头是写人，结尾还是写人。我读出了深情。写的是饮食，其实反映的是人生啊！

开篇第一句（独句成段），"那个在寒风中卖藕的人哪里去了"，突兀，警醒，设置悬念，引发读者的阅读兴趣；并且在这一句追问里隐含深深情意。时光流转，世事沉浮，多少人事在浮泛的波光中明灭。

然后，第二段转入追溯。卖藕，卖藕人，是小镇冬天一处看不够的风景。这一景的特色是一口大锅，那是口足够供近百僧人喝粥用的大锅。大锅没有锅盖，热气高高升起，"是冬日小镇上最温暖的所在"。这袅袅的热气氤氲成往事的背景，在N年后被作家提取，仍在白色的纸页上涂抹着暖意。

开头这段是个概写，扼要交代大体情况，并且定下了感情基调。

既是"食单"，当然得对食物进行介绍。这"烂藕"的灵魂也就是藕啊。我生活在荒僻高寒的南高原，不如江南那般多藕，但通过王老师的文字大体可想象那一味小吃。烂藕，大概是长时间熬制，把添加的料、味都熬进藕里而成。有色："粉红色的藕在锅里已经煮成了深褐色"；有形："每只藕眼里在咕咕地冒着水泡"；有味："带着里下河土壤的沉稳和醇厚"；有味觉与口感："浓郁的香气和淀粉的黏糯，是吃藕丝、藕片等新鲜藕菜难以品尝到的"；有心理与感受："如果能够尝到一小碗烂藕汤，会让你回味一辈子"。这"烂藕"，确实调动人的味觉，令人垂涎。

如此味道，是谁制造？当然要写到卖烂藕的人。这里就回应了开篇第一句（也即第一段）。这卖烂藕的人有特点，他不是本地人（这里面隐含着许多可供挖掘的信息。异乡人，为生活离乡背井、奔波在外，有漂泊流离之意——谁真正深入过他们的生活，揣摩过他们的灵魂？卖烂藕的人，是令人同情的；难道你从"那个在寒风中卖藕的人哪里去了"没读出吗）。有外貌描写，重点突出那双长筒皮靴，那是工作的需要。淤泥里"踩藕"，需用脚慢慢"寸"，"一寸一寸地用脚尖在淤泥中摸索藕的行踪"。光脚在冬天的水中，时间长了，冻得受不了，所以卖烂藕的人需要穿长筒靴。中间关于踩藕这段的叙述与描写，是插叙，交代背景，有里下河风情。写"食单"，其实也绘就一幅民俗的"清明上河图"。

充满人间烟火的图景介绍之后，又回到写卖藕的人，写人是本文重点。他"似乎不善言语"，这为篇末的解密埋下伏笔。其实文中处处有铺垫，比如，"他不吃喝，但带着一把唢呐，来代替吆喝，每当生意清淡的时候，他就吹起了唢呐，来召唤顾客"，比如，"有人买藕了，他很开心，呀呀地笑开了嘴"，其实，这句还表现了卖藕人的善良、纯朴。说起吹唢呐，于卖藕人有两种风格，一种轻盈、欢快而略带诙谐，与"烂藕"的风格相配。这是卖藕人常吹的，那是他在俗世的生活河流里努力搅起的朵朵浪花。他有时想家了（他是"异乡人"），这时他的淮剧调子就带了哭腔，而唢呐吹出来更显苍凉。但是他咿咿呀呀的哼唱我们听不懂，因为——他是一个哑巴。

113

文章最后，也是短短的一个句子独立成段："吹唢呐的卖藕人，是个哑巴。"戛然而止，言有尽而意无穷。《烂藕》写的是普通人的一面，却折射出他的生活与命运。文章语言清浅，明白如话，通俗易懂，看似随意，却处处寓匠心。

舌尖上的思想

金爱国

　　我们通过味蕾感知各种各样的味道。味道其实就是一个人的一种审美体验，对味道的不同感知，体现的是一个人的品位，一个人的格调，一个人的气质，通过生动而富有思想的文字来呈现味道，这就为舌尖上的味道嫁接上了思想。

　　王干先生觅美食、写美食，更是思人生、写人生。人生百味，各有不同。每个人的味蕾都很独特，同样的食材不同的人在不同的环境也会品出不同的滋味，然后会有不同的感受。

　　王干先生的《人间食单》让舌尖上的味觉有了灵魂，有了思想，以美食之味味人、味事、味物。他的一篇篇美食美文散发着直抵人心灵的情味、意味、理味、道味。

　　王干先生写的美食，绝对不仅仅是端到桌面上散发着诱人美味的食物，也不仅仅是描绘味觉享受，他的美食美文，更加让人迷恋的是文章中所代表的一种生活态度，一种精神状态。

热爱美食是一种生活态度。热爱美食的人一般都是热爱生活的人，他们善于在繁忙琐碎的生活中寻找到能够愉悦身心的美食享受。懂得美食是一种精神状态。

美食不是独享，而是分享，正如"独乐乐不如众乐乐"。美食爱好者都心存一个美好的愿望，就是把美味的东西介绍给他人，供大家共享。追求美食不单单是对美好生活的追求，更多的是一种积极向上的精神追求。追求美食是精神文明质的体现——物质性是美食微不足道的一面。

人生有百味，五味最常在。酸甜苦辣咸是舌尖上最直接的体验。五种味道不断地丰富着每个人的人生，并随着时间在生命的长河中沉淀。我们在一次次的悲欢离合中，在一场场的酸甜苦辣里享受着成功的幸福和快乐，承受着失败的痛苦和落寞，品尝着人生的孤独和寂寞，接受着生活的无奈和无助，体会着生命的厚重和单调，人生百味，各有体会。没有丰富的阅历，没有丰富的思想，人不会有一条好舌头。

王干先生的《人间食单》，让我品味到百味人生，从春到冬，从南到北，从古到今，这场阅读像行走在时空之间。

归去来兮，美食

陈永光

王干说："美食的'首都'在故乡。"

这句话"人人心中所有，人人笔下皆无"，它既是一种建构，又是一种消解。因为人人皆有故乡，所以平等自由，美食遍布天下。美食不用美食家来认定，也不是美食作家的专利发明。汪曾祺对"高邮鸭蛋"颇为自许，但对于"炒米"这种吃食，也直言"这东西实在说不上有什么好吃"。把美食理解为"好吃的东西"，当然没有错误。把它理解为"美其食"，甚至延伸到"美其食，任其服，乐其俗，高下不相慕"，可能也没什么毛病。

由此，这句话也可以看成是对汪曾祺的总结。在《人间食单》里，你又能看到王干的身体力行：米饭饼的原料是馊粥。秧草吃到怕。神仙汤算什么美食呢？不过在饥饿感面前，大慈大悲，救苦救难而已。在《偷月饼》一文中，关于美食的直接描写，寥寥无几。所以，美食不仅仅是风味，它更是风俗、风情，是世道艰难，是温暖人心。

汪曾祺写作剧本、小说、美食散文，以描述场景、故事居多。王干是评论家，多警句、说论。比如"会所吃的是人脉，是人"，比如"名曰美食，实为斗富"。真可谓一针见血，振聋发聩。又比如，他的关于明前菜的论断。关于美食，我们要剔除的东西真是太多太多：吃货嘴脸，金主心态，虚荣，利益交换……

王干说，"南京的菜是平民的菜"，是非贵族化的菜。他的立场，他的态度，已经极为清晰了。他还满怀热忱，写了一篇《中国老百姓最爱吃的十道菜》。故乡的概念大而为国，小而为家，推己及人，推心置腹，"首都说"更可感、可触了。民以食为天，食以民为本。离开"人"来谈论"食"，何美之有？

《人间食单》的建构，除了"首都说""平民说"以外，更为重要的，是回归日常生活的美食，是回归普通人的美食家。汪曾祺的标杆性自不待言，王干的夫子自道，也足见风格、风雅。读读他的《晋江的土笋冻》吧，"喝酒就是喝酒，要啥菜呀"，谈及酒后，"人生败仗，不堪回首"。光风霁月，可见一斑。关于茶，关于咖啡，他都径直拂去表面的浮沫，照见了明明灭灭的本心。他提出的"甜、酸、辣、苦"人生四味，或者说四阶段，精准而又风趣地说明了美食与人生的纠缠，雅俗共赏，使人折服。食无定味，适口者珍。美食与人生，都应该移步换景，随遇而安，因地制宜。就像苏东坡，到黄州能吃猪肉，到惠州能啃羊蝎子，到儋州能烤生蚝，到处是美食，每天都是好日子，心安是吾乡。

醉翁之意不在酒，在乎山水之间也。《人间食单》，你可以把它看成《醉翁亭记》的改写，再远一点，你还可把它看成《归去来兮辞》的复述：归去来兮，美食！让美食回到饮食自身，回到日常生活，回到故乡，回到童年，回到人之初，回到人本身。

记忆里的珍珠

波　妞

　　汪朗先生把这部《人间食单》比作宝物杂陈的"锁麟囊"。

　　我在《高邮的鸭蛋》里找到了自己最爱的味道——敲开"空头"，筷子下去吱吱冒油的咸鸭蛋！之前，我也曾读过汪曾祺老先生的《端午的鸭蛋》，就很喜欢老先生那种娓娓道来的文风，还对草书"一笔虎"很感兴趣地比画了一阵子。在这里又看到王干先生关于吃咸鸭蛋的生动描述，自然有一种别样的欣喜。

　　那一刻，我仿佛看到了自己享受情有独钟的咸鸭蛋黄儿时的贪婪相，这应该就是声情并茂的文字带给人的感染力吧。都说一方水土一方人，特产当然也不例外。我在王干先生的这篇文章中了解到高邮麻鸭的生长环境，以及它们因为觅食了水中大量鲜活食物所汲取的养分和腥气，在腌制后化为了神奇鲜味的原委。本以为这就是高邮咸鸭蛋味压群香的奥妙所在了，细读下来，才知道原来并非仅此而已。

接下来作者又从敲"空头"吃咸鸭蛋这个方式上讲述了清明前和清明后腌制的咸鸭蛋不同，并推测这种不同大概和鸭子的生命力有关："清明前的鸭子经过冬天的滋养，生命力旺盛，产的卵也饱满，过了一段时间慢慢有些疲态了。我见过最小的鸭蛋，像鹌鹑蛋那么小。"这看似平淡的描述却充满了作者的想象力。而作者没有"规范动作"的敲鸭蛋空头以及面对没有空头的咸鸭蛋不知道从哪里下筷子才好的描述则充满了童趣和滑稽感，让人忍俊不禁起来。

作者受父亲指派，把家乡品质和高邮鸭蛋差不多的十斤鸭蛋带到高邮腌制，果然被父亲断定比家乡腌制的好吃。

作者到异乡去采访早年的家乡老领导，本想带上家乡的咸鸭蛋，但老领导要求带鸭蛋自己腌，还要求带点家乡的土来。当老领导见到作者带来的那一小袋土时，竟然用食指蘸了一小块放进嘴里。一句"高邮的土，香啊"，让人一下子就领悟到了高邮咸蛋美味的奥妙。

一本好的文学作品就像一份美食一样，品尝过便不会忘记。

王干先生在《米饭饼》一文中把幼年时米饭饼上沾着的那些大米粥的米粒儿称作"记忆里的珍珠"，我想，先生的这本《人间食单》，也会成为我和很多读者记忆里的珍珠。

有一种念想叫"故乡饭菜香"

张晓霞

　　《里下河食单》是王干先生散文集《人间食单》里的一个小专辑。这个小专辑共收录了 16 种里下河美食。王干先生用清新、隽永的笔调，通过视觉、味觉、听觉、嗅觉将故乡的滋味呈现出来，读来不光让人垂涎欲滴，甚至想亲自动手——照着做来吃。"人间烟火气，最抚凡人心"，不错的，一份《里下河食单》，刚好做一大桌子家族团圆宴，虽是普通老百姓的大众风味，但那种蕴藏在平常饮食生活中的美和意趣，既是舌尖上的享受，也是精神上的营养大餐。

　　王干先生的家乡在江苏里下河地区，那里河湖众多，水网密布。那里有全国独有的农耕奇景垛田景观，有万亩河塘荷花盛开的旖旎风光，还有水清蟹肥、蚌虾鱼群、野禽戏水的鱼米之乡风韵。那里的特色菜肴和地方特产不胜枚举，鼎鼎大名的淮扬菜更是深受国内外食客的喜爱。

说来奇怪，王干先生的出生地江苏里下河距离我的家乡湖北云梦近千公里，可读他的《米饭饼》轻易就将我藏在记忆深处的密码解了锁。时光仿佛回到若干年前，那时的我很小，总是在睡眼蒙眬中闻到麦面馍的香味，若是能闻到酸酸甜甜的米饭饼味，天明后姐妹们定会相互取笑谁的哈喇子流了多长。在我的家乡，王干先生提到的"米饭饼"叫"米粑"，虽然叫法不同，食材和做法却是一样的。在没有冰箱存放食物的年月里，做米饭饼是劳动人民的智慧。那时母亲经常吃了晚饭后揉面做馍馍，五更起来蒸熟，天亮赶着去生产队上工，中午收工回家人困乏得不想动弹，就着咸菜吃馍馍便省时省事。我的家乡属禾畈地，农作物主要是小麦和棉花。生产队里仅有的一大块稻田，春天种一季稻谷，收了稻谷再种一季糯谷，但不够各家各户吃，米依旧很少。用馊饭做米饭饼的日子，并不多，因为珍贵所以吃后难忘。王干先生将米饭饼味道的层次写得细致入微，他说"前天的米和昨天的米合成今天的米饭饼的味道，你能吃出米的层次，米的新旧"，让我如临其境，口齿间溢满米饭饼的酸甜，过往的岁月、久远的食味一下子回来了。那是一种单纯原始的美好，母亲、童年、故乡，在心头温柔地悸动。

他还说"我现在怀念的还是幼时的米饭饼，除了那样的酸甜外，米饭饼上还沾着那些大米粥的米粒儿，那些米粒儿是记忆里的珍珠，是美食中的钻石"，我深以为然。米饭饼能甜进心里去，那是小时候的味道，是母亲留在我们人生中最珍贵的一段香。

王干先生擅长把平凡的生活嚼得有滋有味、把平淡的日子过得活色生香。人生这般惬意，想来不过是心里有喜欢的人，碗里有喜欢的味道。

美食美食，顾名思义就是美味的食物，吃前有期待，吃后有回味，得到味觉和精神双重的享受。那么原食材各有千秋，把它们搭配在一起烹调，给人会是什么样的感受呢？当《脂油菜饭》端上来的时候，"白的猪油、绿的青菜、晶莹的米粒、红红的辣椒丝，宛若初夏的荷塘，荷叶碧绿，荷花浅红点点，悦目，胃也蠕动起来"，这是外观给人的视角感受，而吃到嘴里"连连称赞，好吃好吃"，吃到最后，"发现盛饭的大盆已经所剩无几了"。王干先生虽然没有直接写味道是如何的好，但大家意犹未尽就足以说明了一切。而《小公鸡炖毛豆》更绝，"这时候筷子上的是里下河初夏的热烈的气息，是青葱与青葱的组合，清新、青色、青春"，这当然也是精神和物质高度和谐的享受。所谓美食，大抵就是王干先生笔下的这个样子吧！

《里下河食单》所写的不仅仅是几道可口的家常菜，它更多的是承载了一代人的记忆。好吃不过家乡菜，难忘不过记忆中的人。一份食单，其实是一本绘声绘色的折子戏，打开它，就是打开一扇扇隐秘的门。门里藏着的，是平凡、温暖的人间小幸福。只是一个亮相，记忆就瞬间复活。

人生有很多味道无法复制，《里下河食单》压轴的《水瓜》就是这样的道理。王干先生这样写道："二十世纪八十年代，我的女儿放暑假回到老家，有机会品尝到这个农耕时代的非遗，她说奶奶泡在水缸里的水瓜，比冰箱里的冰淇淋更加美味。"吃在嘴里，"它是脆甜，在夏日的热风中，它是清风"，王干先生离开家乡后，再也没能吃到水瓜。"水瓜如水，思念也如水"，写到最后，王干先生这才将心事吐露出来，他要写的不仅仅是里下河的美食，还有美食里藏着的故事和绵绵的念想。

人间有美食，生活有乐趣，一方水土养一方人。王干先生真不愧是汪曾祺先生的美食传人，一份《里下河食单》，很家常的感觉，却穿越时空和地域，将生活里的美学呈现出来，让人跟着他尝遍珍馐美馔和人间百般滋味。一些家常小菜在他笔下色香味俱全，藏在食单里的里下河独特风土人情也大放异彩。

《里下河食单》没有难懂的俚语，也没有时下流行语，不煽情，不故作高深。王干先生用一颗浸透人间烟火的心，以亲切自然的语感，像老朋友喝着小酒唠着嗑，通过平民饮食中的人情美打动人心，与读者产生共鸣。试想，如果有一缕炊烟等着你，那一定是幸福的！

掩上书，《里下河食单》在眼前晃动，故乡、亲人、童年在缕缕炊烟中走来，每一缕炊烟都在告诉我："故乡饭菜香！"

年轻人也要有一日三餐

王子怡

　　年轻人对美食的态度和以前的人有些许不同，我们能看到很多吃播、美食博主，但自己下厨的年轻人少之又少，大家更多的是点外卖。这几年的餐饮，堂食做得好的餐厅可谓少数。食客似乎把重点都放在"猎奇"上，网红装修的店铺设计推陈出新，只是菜品似乎少点味道。所以在王干老师的《人间食单》里走一遭，年轻人或许才能会真的懂吃食。

　　《人间食单》里的很多观点是特别可爱的，读后你会觉得人间所有的吃食都是一个能让你欢愉的东西，美食在为我们缓解焦虑和压力。想想每天辛勤工作的年轻人，加班到半夜的年轻人，预制菜这种东西的兴起似乎并不奇怪，可我总是抗拒。我抗拒着这种"速食"。王干老师把醉虾、醉蟹、酒酿的步骤都写在了书里，我在步骤里感受到了情谊和生活。上班速食，下班速食，男女也"速食"，真的病态。我们年轻人都应该学会可爱，也要好好照顾自己。吃喝是人间乐事，年轻人需要《人间食单》。

酒似乎和美食是离不开的，我有段时间是有些酗酒的。我爱酒，在于喜欢和几个朋友一起微醺的感觉，只不过后来身体太差，不然我会去体会王干老师书中说的"意大利小二"这种东西。书里写："夜色下飞起的蠓虫仓仓皇皇，我点燃一支烟，遥祭那些鲁莽而青涩的岁月。"我喜欢这句话，这是不同时段和物象的结合，年轻人的回忆大概不会如此之多，但当下都是"蠓虫飞起"时的美好，我想日出日落天空变色调的时候，风吹起发丝，刚好脸上也满是青涩和倔强。

影视作品里经常有一些与美食分不开来的东西，日剧有个《孤独的美食家》我很喜欢看，近期国内有些都市男女剧也用到了美食元素，如《爱很美味》《你是我的美味》，国外的经典电影也有《朱莉与朱莉亚》《丘奇先生》《美食、祈祷、爱》。写到这里，又让我想起王干老师书里关于青岛咖啡馆的那篇，咖啡可以和场景适配。王干老师的书里写了好多地方的不同美食，每个地方都有欢愉，而欢愉都是离不开美食的。

我记得汪曾祺老爷子有句话："世界是喧闹的，我们现在无法逃到深山里去，唯一的办法就是闹中取静。"美食本身只是食材生熟的转变结果，品尝美食时是闹的也是静的，我常常觉得"当五味杂陈时，米饭是最好的中和剂"这句话很对，而尝一口人间烟火气也是乐事。美食是相逢最美好的理由，味道里都是满足，无论是制作还是品尝美食的时候，我都是能在某一时刻突然被治愈的人。

　　王干老师的线上新书发布会，他讲他的书，讲汪老、讲散文、讲红学，他讲美食也透着人生哲理。我也讲了一些阅读的心得体会，更多还是在讲现代年轻人的生活状态。发布会结束，大家都很高兴，我们又嚷着去吃夜宵。

　　这时候手机突然响了一下，我看了眼屏幕，阿年导演这时候来了消息，说看了一个半小时，认认真真。阿年导演说："真的，看电影都没有这么认真。"我在感动之余，他又讲了对电影的新构想，约了明日一起吃淮扬菜。王干老师常说我也是懂吃食的，我提到的一些电影及日剧，还有那些跟美食有关的网剧，他也喜欢。

　　人生不过三两烟火气，配以二两文娱活动，再翻翻《人间食单》，有可乐之事便足矣。

品《人间食单》，过快意人生

童　江

　　《人间食单》就这样和我遇见了。

　　当时我眼前一亮，这书名，《人间食单》。商品经济浪潮里的人，都为钱迷糊了，却有人把吃饭写成书呢！我想，这不会是烹饪学院的课本吧！实际上它不仅能够作为烹饪学院的课本，它同时还是一部美食通鉴。

　　我生在鱼米之乡，王干生于里下河，我们都来自盛产稻谷的地方。我由此对《米饭饼》来了浓趣。单看题目我就开始猜了：米饭饼，是铲过米饭之后的锅巴吗？过去大铁锅烧柴火，锅巴挺厚的，铲下来就是个饼子。如若不是，那肯定就是将煮熟的米饭压瓷实形成饼子。要还不是，那该是啥呢？

读完了第一段，我急切地想继续读下去，一口气就读完了《米饭饼》。

一下子觉得和王干先生有了共鸣，米饭饼的来由和故事就像发生在我的家乡。

第一，水田和高田有区别。都有个田，但它们不同。当年，我爷爷为了争夺高田还和别人打架呢，因为高田一年能收两季。爷爷生了六个儿子两个女儿，不多打粮食咋活呢？

第二，一把好手艺成了填饱肚子的工具。凤阳花鼓，多么有名气的艺术，脍炙人口的道情，都成了那个艰苦年代里要饭吃的工具。而我爷爷耍猴的手艺也是他要饭吃的工具。一旦遇到旱涝灾害，秋天没收成的时候，我爷爷一天抱着猴子耍十场，要回来一丢丢碎米，奶奶宝贝一样熬成稀饭，搭配着红苕蔓子，一家人喝几天。

第三，文章的核心点，米饭饼，让人感触颇深。垂涎欲滴的米饭饼，它的产生却是一部辛酸史。

小时候粮食少，做稀饭的次数多，保不准就剩余了，时间一长就馊掉了。夏天极热的时候，稀饭过不了夜就会馊。放到现在的红火日子，不要说馊了，稍微有点异味，人都是啪一声，把馊稀饭倒了。那时候谁舍得呀？怎么办？哪位能干人智慧高：馊了的米饭和酵母有同样的功能，掺上米粉它就能发酵。一旦发酵了，膨胀起来了，那味道就变了。放在铁锅上摊成饼子，居然成了一家人的好吃食。女人们喜欢让饭团在晚上发酵，早上用铁锅摊饼子。这样，一天的好日子就从这诱人的香味里开始了。这明明是不得已的做法，可米饭饼吃起来却是难得的酸甜爽口。

我一边读着一边想，我必须做几份米饭饼解馋。

第四，美食的制作讲究天然。米饭饼吃的就是个原汁原味，制作时容不得掺和外来的东西，比如最常见的糖和油，一掺和味道就变了，吃起来感觉就变了。前天的米和昨天的米做成了今天的米饭饼，有层次感有时间流动感。后来日子过好了，地道的米饭饼成了尝鲜的土特产。尝什么鲜呢？是在尝文化尝情趣，尝时光的回旋。

这第四点，容易让我想起家乡的米皮。米皮在制作的过程中讲究选、泡、磨、蒸、凉、切、拌。好的皮子，用不着高档的酱醋，几勺纯浆水都能拌出美味。倘若在制作的过程中加了凝胶，或者其他的粉，内行人吃第一口就会摇头。

世间万物都讲究个合作。米饭饼碰见油条，居然成了绝配。生活好了，人有追求了，讲究搭配，讲究交响乐般的韵味。就像我家乡的面皮要搭配菜豆腐，而菜豆腐就得搭配小葱、酸菜及青辣子，少一样都不美。

"美食的'首都'在故乡，童年的滋味天下第一。"线上新书发布会时，王干先生的这句话说到人心里去了。王干写美食，即是从故乡美食出发，又开枝散叶到全国各地的美食，《人间食单》恰似一个美食百宝箱。

最美家乡人，最香家乡味。手捧着《人间食单》，我想起了家乡。春天的花儿，夏天的蛙声，秋天的稻谷。冬天嚼着柏树梢子熏成的腊肉，把一堆雪汆成一个大丸子，然后把它滚到高田里去，梦想着明年的稻田，能长更多稻子。

以上是我读《人间食单》的感触。米饭饼不仅仅是米饭饼，它是物质也是精神。它让我们怀念昨天、展望未来：大自然是美的，土地是美的，劳动是美的，收获是美的……活着真美。

人说秀色可餐，好书也可餐，尤其是《人间食单》，它非常合乎我的胃口。那些被商品大潮中不着调的吃喝玩乐牵着鼻子走的人，我建议他好好读读《人间食单》，好好领悟真正的吃喝拉撒。

人生有趣，人间有味

祝宝玉

把无趣的人生过得有趣，把无味的人间看得有味，这是我遍读汪曾祺著作后得到的一感。读王干的《人间食单》，感受近似。

读《人间食单》，我有见字如晤的感怀，王干肯定也是个可爱活泼的人，不拘小节的人，这是我对其性情的猜测，全凭通过文字臆想。我没有去过高邮，也没有去过里下河，这是时空上的"没去过"，但意识里，却已经去了很多次。高邮的咸鸭蛋，在交通便捷的当下，我早尝试了，还是汪老笔下写的那种，"筷子头一扎下去，吱——红油就冒出来了。高邮咸蛋的黄是通红的"。在视觉上，就令人享受，夹一块蛋黄放在舌尖，更回味无穷了。至于里下河的烂藕通过真空包装，快递运输，我也是吃到过的。

133

"卖烂藕了，滚热的烂藕卖呀……"里下河的"烂藕调"也是极有趣的戏谑之词，当然，王干是擅长这种言语方式的，由此衍生了他的幽默风趣。在《烂藕》这篇文章中，他向读者介绍了一年四季里下河人与藕的关系，夏天可吃藕芽；秋天可采藕，因为这时的藕最为肥硕；而冬天则要"踩藕"，很有趣的事情，就是用脚把沉在水塘底部淤泥中的藕给找出来。对于生活在北方的我，读到这一幕幕甚是奇异，到底是南方好啊，一节藕还有这么多故事，这么多种吃法——羡慕之情，倍增。

"小红几口就吃了一节，妈忙说：'慢点！慢点！不要吃得那么急！'小红吃了热藕，躺下来，睡着了，出了一身透汗，觉得浑身轻松。"汪老在《熟藕》中写下的桥段，大概在童年王干的身上也上演过。小孩啊，哪个不好吃呢？特别是瞧见香喷喷、糯柔柔的烂藕，哪还能走得动路啊，非缠着大人买一点，过过嘴瘾，那是一种直呼过瘾的爽。"烂藕的味道，带着里下河土壤的沉稳和醇厚"，带着母亲的味道，故乡的味道。那味道浸润在舌尖上，沁入到血管里，一辈子都是忘却不了的。

"高邮的土，香啊。"这是一片神奇的土地，令人爱得魂牵梦绕，依依不舍。从中更可看出王干的一片冰心赤诚，不做作，不虚伪。爱就是爱，爱得疯狂，爱得彻底，对一片土地爱得死去活来。这样的人倒是纯粹的人，别人愿意亲近的人——像汪老一样的人！

何为"人生"？就是人要生活着，人不生活着了，一切也就烟消云散了。对于这一点，汪老早就看得透彻了，"人生有趣"，是自己去找那份趣味，而不是于本无聊的人生里还去找那无趣。不然，世事颠簸曲折，谁能扛得下去啊？正是这一信念，汪老把一切困难都扛了下来，越活越通透，越活越明澈。

那么，王干的生活大约也是如此吧。在人世间漫行，到一处吃一处，吃一处爱一处。从天南到地北，从城市到乡野，他率性而往，张口大吃。这是入乡随俗，也是率性而为。来人世一遭，何须作假啊！我想倘若汪老在世，对这样的小子也会赞不绝口。

"米饭饼、高邮鸭蛋、慈姑、烂藕、扁豆烧芋头、螺蛳、河蚌咸肉煲……写这些美食的十六篇文字，既写出了吃食的温暖，又写出了生之快乐，生之艰辛，写出了里下河的风俗之美，写出了人情之美。文字不时会给你惊喜，神来之笔随处可见。"我非常赞同作家苏北先生的这一说法。遍览《人间食单》，无一字不真诚，无一页不有趣。好吃的，要吃；不好吃的，也要吃。这样的吃法才是真正的老饕。酸甜苦辣咸，人生的五味都要遍尝，这样吃了，才能吃出生活的真理，生命的真谛。吃啊，就是悟。吃明白了，也就悟明白了。王干的快乐源于吃，忧愁也源于吃。

南京老克说："历史是镜子，王干写故乡美食的文字，不仅是复活乡愁的记忆，更是像一口故乡的井，把你拉回生命的原点。说实话，这些年来，我们对许多事情已经麻木了，人生是需要参照物的，所幸有故乡美食这样的'井水'，如此甘甜，让人清醒，让我们继续有了赶路的力气。"井水甜不甜，只有挖井人知道。这本书好不好，只有落笔人知道。在王干的笔端，流淌的是汩汩的乡情旧爱，是把一口人生的井再往下深挖，挖到地幔，乃至地心。那里涌动着炙热的岩浆，是不可遏止的情啊，故乡的情，怀念母亲的情。世事沧桑，倏然而逝，我们中的有些人开始对周遭予以怀疑，变得冷淡，甚至麻木。不能够这样啊，人生应该保持十足的清醒，不要被污浊之气所迷惑，

进而失去自我。好吧，让我们回到香气浓浓的美食里，回到真
情实意的文字里，找回自我，找到回家的路。

"父亲吃过咸肉河蚌煲后，连连称赞，'真好喝，真好喝，
第一次喝到这么好的汤'，伯父打断他，'你记性这么差？小时
候经常喝的呀，家里经常做啊'，父亲说，'记不得了，记不得
了'。祖母在一边擦眼泪，一边给我加汤，'多喝点，你小时候
没吃过'。"在《咸肉河蚌煲》里王干如此动情地写道。

忘了，然后又被唤起，是真的不记得，还是假的又想起，
都无所谓了。多喝点，多吃点，人生的路还漫长着呢。

少年的思乡泪

贾　婷

《人间食单》不是一本美食书。

这样说显得很唐突无礼，好在夜深人静，悄悄的，只有我自己听得见。

如今美食书太多了，我曾经在读完一本颇有名气的书后在朋友圈调侃：看得出作者地方是去了不少，无论国内县城国外小镇，餐馆必定是难找的，巷子必定是逼仄的，店面必定是昏暗的，老板必定是冷漠的，食物，那必定是"出乎意料的美味"的。进食的过程，充满了"激烈""抗拒""暧昧""肉欲""高潮"这样的词，令人很想问一句：大哥你确定是去吃饭的？

《人间食单》完全没有这类扑面而来挟着热烘烘腥膻味儿的文艺风。

正相反,《人间食单》像一阵北风,它是清冷的,甚至带着一丝凛冽。它从遥远的,从我童年故乡冬天的雪地里吹来,在书页间,我虔诚地寻找着故乡的气息。

作者王干老师的家乡在里下河地区,与我家乡苏州分属苏北苏南。一江之隔,风俗物产虽略有差异,但相似之处更多。王干老师笔下的慈姑、螺蛳、蚬子、酒酿,都是我自小熟悉的味道;最动人之处,是藏在这些食物里的记忆,王干老师娓娓道来的每个故事,都仿佛与我童年的记忆重合,不止一次,我在回忆里湿了眼眶。

《人间食单》怎能是一本美食书呢?首篇《米饭饼》,是用吃剩的馊粥做酵母,和上米粉做的饼;《神仙汤》是猪油、酱油、胡椒粉,用开水冲出的汤;《烂藕》也只是冬日里一口大锅煮出来的,几分钱一片的粗食罢了。

但读了《米饭饼》,我想起的是我的母亲在冬日早晨,用糙米粉捏成一个个圆圆的小饼贴在煮粥的铁锅边上,粥热了,饼也熟了,吃罢粥上学的路上,冰冰的小手一直揣在衣兜里,握着那两个热乎乎的,带着母亲指印的小饼。看着少年的王干在轮船码头的小馆子里,守着一碗五分钱的陈米饭,艳羡地看着对面的顾客豪饮"神仙汤",我想起的是小时候的一次"壮举",我和三姐搜罗了家里所有的破烂,两人拖着扛着,走了两公里路,到镇上的回收站,卖得的钱,刚好够在镇上唯一的饭店里买一碗小馄饨。我俩一人一半把一碗馄饨吃完,连汤也一人一半分喝干净,舔着嘴唇上的油花,心满意足地回了家。而在寒风中吹唢呐卖烂藕的哑巴,和明知会被馋嘴的小孩儿们偷吃一空,仍用搓麻绳换来的几个零用钱买来月饼供月神的月婆婆,这些贫苦又善良的平凡的人,就像我儿时的邻居、亲戚,那么熟悉，那么温暖！

王干老师说，汪曾祺先生的文章是"人间小温"，这用来形容王干老师的文章也是如此贴切，仿佛王干老师接过了汪先生点燃的蜡烛。这一支摇曳的烛光，不是熊熊烈火却显得格外可亲，令人情不自禁地伸出双手，围向这一点烛火，取暖。

舌尖上的乡愁

姜利晓

　　读过《人间食单》这本书的人都知道，这里收录着作者王干先生许许多多的关于美食和饮食文化的散文。阅读这本书，给我两种美的享受：一是，先生书中关于美食的书写，带给人一种舌尖上的美的享受；二是，先生的文学才情和文字之美，带给人一种散文的美的享受。将两种美合二为一，这就是《人间食单》这本书最大的魅力了。

　　从故乡的美食，到各地的美味佳肴，都在作者的笔下妙笔生花，饮食文化与人生百态的巧妙融合，更是全书值得一次次品读的缘由。读《人间食单》，让人见社会，见历史，见文化，见世态，其中，作者对饮食背后的"潜文化"的挖掘，最有新意。

在我国，文人墨客对美食的书写，由来已久，其中许许多多的人，都为中华美食留下了无数经典传世的文字。在笔者看来，梁实秋先生的《雅舍谈吃》与王干先生的这本《人间食单》，则是不可多得的珍品。

《人间食单》以作者家乡里下河的美食开篇，是啊，在人的一生中，故乡的美食，是永远都无法被替代的舌尖上的乡愁。拜读着书中罗列的里下河美食，尝过的，或者是从未听说过的，都会让人在不能自持中垂涎欲滴——那些隐藏的馋虫，都被一一地勾引了出来，让人在久久的回味中沉醉。

在这本书中，给我印象最为深刻的一篇，就是《偷月饼》。王干先生的文学才情，从这篇文章里，我们也是可见一斑的。唯美的描写，感人的情节，让人读着读着就能忍不住地泪湿双眼。我想，这是真情的魅力，更是王干先生才情的魅力。人生在世，最最珍贵的莫过于真情了，可是在现实生活中，我们身边那么多的亲人，就这样活着活着就没了，再也看不到他们了……

单写美食，没有什么。单写情感，也没有什么。单写社会百态和饮食文化，还是没有什么。王干先生的这本《人间食单》，就是讲这些东西，把它们集于一本书中，这就是它的与众不同之处，更是它的魅力所在。生活是需要品味的，有一些东西，是需要一生一世都铭记的，尽管有些人有些事有些美食，都已经不见了。但是，只要有《人间食单》这本书在，有这样冒着浓浓的人间烟火气儿的接地气的书籍在，我们的生命中，就不会缺少那一缕缕从舌尖上溢出的浓情乡愁。

别把《人间食单》单单看成是一本书写美食的书籍，你在阅读的过程中，就会有着不一样的收获。

神仙汤的灵魂

袁正华

《论语·雍也》有云:"一箪食,一瓢饮,在陋巷,人不堪其忧,回也不改其乐。"对于热爱生活的作家来说,日常生活中的一箪一食信手拈来皆是美文。近日,读王干先生新作《人间食单》,感触尤甚。

干老是文坛名宿,文章大家,获得过鲁迅文学奖。先生更是水乡游子,把乡愁锁定在里下河。因而,《人家食单》第一辑便是"美食的'首都'在故乡"。

《芋头烧扁豆》《河蚌咸肉煲》《脂油菜饭》《蚬子汤》《秧草》……几乎干老《里下河食单》里写的每一道菜我都吃过。读着干老的文字,我也跟着回味了一遍那些曾经上不了台面,但一想到就口舌生津的兴化菜。

书内有《神仙汤》一文，干老写道："为什么神仙汤是三鲜汤呢？三种调料组成：酱油、猪油、胡椒粉。先放酱油再加猪油，然后开水一冲，再撒点儿胡椒粉，一碗色香味俱全的神仙汤就完成了。颜色琥珀色，猪油在汤面上荡漾着诱人的涟漪，翡翠似的透明，胡椒的浓香飘过汤面，在屋子里回旋，用汤勺尝一口，鲜，鲜，神仙，只有神仙才能尝到这样的味道。如果加点儿葱花，翠翠的绿色更是郁郁葱葱。"

"神仙汤"在老家可谓家喻户晓，做法也大同小异，标配是酱油、香油和胡椒粉，那些葱花、蒜头属于辅料，可有可无。本来就是食物紧缺时因陋就简对付着下饭的，没有那么多讲究。我吃过"神仙汤"，做过"神仙汤"，也写过"神仙汤"，文章发表后，不少喝过"神仙汤"的人留言，纷纷推介自家的"神仙汤"，众说纷纭，做法莫衷一是。

果然，我在干老的《神仙汤》里看到这样一段："前不久，一位老乡请我吃家乡菜，我说能不能做出神仙汤？他在厨房里忙活了半天，终于做出来了。有葱花，有胡椒粉，味道很近似，但没有猪油，用麻油（北京人说的香油）冲的，香是很香。但没有猪油泛起的涟漪，尤其是猪油被开水冲出来的那股傲娇的气息。我有些若有所失。"

看到这里，我忍不住笑了，把这段文字画上线，拍了照片，发到了朋友圈里。我想看看，"神仙汤"究竟还有多少不同的版本。

我这样做是有原因的。干老文中说的这位老乡刚好是我朋友，那天他招待干老喝完"神仙汤"之后，给我发了一条信息："干老说'神仙汤'的灵魂是猪油？"隔着屏幕我都能看见朋友的懊恼，仿佛在说，"神仙汤"的灵魂怎么能是猪油呢？分

143

明就是香油啊!

很快,朋友圈热闹起来。

剧作家周老师说:"麻油猪油都可,灵魂在胡椒粉。少了,只能算油汤。谓之神仙,全赖那一小撮粉末。"

在苏州工作的苇杭说:"我觉得神仙汤的灵魂在酱油。"

盐城的退休老教师邱先生说:"喝了神仙汤,快活似神仙。"

一位本地大姐说:"现在的孩子无法理解了。"

一位在泰州工作的八零后小姐姐说:"小时候吃过,里面有榨菜丝。"不用说,她这个已经是改良版了。

那位给干老做"神仙汤"的朋友也现身了:"下次我们聚,神仙汤一定加脂油,补了这个遗憾。"看来,他是漂得太久,已经记不清当年到底是放香油还是脂油了。抑或,他想体会一下那种"傲娇的气息"。

对于什么是"神仙汤"的灵魂,就像是"一千个读者眼中就会有一千个哈姆雷特"一样。我们念念不忘回味那一碗酱油汤,真的是它美味到"快活似神仙"了吗?肯定不至于。至于为什么把一碗急就的酱油汤说成高大上的"神仙汤",我想应该是在那个物资匮乏的年代里表达出的"回也不改其乐"的乐观,同样是一种身处贫瘠却不忘对美好生活孜孜以求的向往。在无菜不下饭的今天,"神仙汤"偶尔喝一两次,一定是美味的,如若天天喝,顿顿喝,估计神仙也不愿意了。

因此,我感觉"神仙汤"的灵魂应该是对美好生活的向往和在困境中的乐观。

食味人生

佟掌柜

这标题不能完全表达我的本意。它应该是"食，味，人生"。

食，自不必多言，您看无论是第一辑"美食的'首都'在故乡"，还是第二辑"寻找他乡的美人痣"，写的都是吃食。上至高大上的"开国第一宴"，下至下里巴人的"菜泡饭"；从清明前腌制的无空头的"高邮鸭蛋"，到有钱人家才能喝上的"河蚌咸肉煲"；从儿时母亲摊的"米饭饼"惹出的乡愁，到针砭"北京烤鸭"远离地标范的背后原因，可谓名目繁多，无所不有。作者通过对吃食中包含的地缘文化，对水土风物展开介绍，不仅让读者跟随他的笔，尝遍天下美食，还让读者随美食游走，呈现出一幅幅动感的美景：漫漫水面上，那一望无际的白色浮莲旁摇曳的秧草黄；朦胧夜色中，展翅高飞的望海楼下金灿灿的菜花河；大藤悬挂、陡峭诡异的千人坑；秋色弥漫、红墙枫叶的北京……读者就这样在美色美景的相映成趣，书法写意的相得益彰中，轻松完成前两辑的阅读。

作者在书中这样介绍他的美食经："人的口味是随着年龄的增长而变化，随着经历的变化而变化的。"以食果腹，以味为天，这大概是人与动物最本质的区别。食而知其味，"食"才有意义。无论是河豚的惊魂之鲜、水瓜的嫩绿脆甜，还是鱼腥草鱼腥中之辛辣、明府鲞咸酸中之一缕臭，都是味蕾带给人的终极体验。酸甜苦辣，是人生的况味，臭味亦然。作者如是说："臭是味觉的狂欢，吃不了臭，别自称吃货。"在《人间食单》对千般滋味的描写中，江南烟雨中"卖藕人"的长靴，中秋凉月下盘髻盲眼的月婆婆，这些带有小说特色的人物塑造，从纸上脱颖而出，令读者的舌尖滋生出淡淡悠长的苦涩。这荡漾在内心深处的涟漪，不正是人生的真味吗？

刚出土、刚出水、刚出锅的《人间食单》，带着它特有的"汪气"，将吃相中的人生百态，饮食中的人事、物事，贴切生动地娓娓道来。生活不是理念，而是具体的生活。我是土生土长的沈阳人，书中的某些场景令我回忆起母亲在世时，扎着围裙围着锅台做我和我老公最爱吃的煎刀鱼时的背影；回想起那些与三五好友在嘈杂的小酒馆，吃锅子啃鸡架喝啤酒时的热血沸腾。人生可以向往薛宝钗的冷香丸，更应该用心体味寻常巷陌的人间烟火。纳兰性德有句诗，"当时只道是寻常"，当时只道是寻常，可过去了之后，有些事、有些人、有些滋味会慢慢地在记忆中沉淀，乃至伴随终生。

食味知味

赵德清

民以食为天。美食不仅是人的本能需求，也是文学创作的重要题材。汪曾祺的美食作品，深受读者欢迎，不仅在于让人读之垂涎三尺，还在于其中蕴藏人生百味，而对文学爱好者而言，更重要的是其美食文学创作的范本价值与影响。王干新著《人间食单》，深得汪曾祺美食文学创作的真传，难怪王干自述"汪曾祺赋予我文学基因"。

汪迷部落文学社第三期汪迷读书会以"汪曾祺美食作品阅读交流"为主题，通过深度解读、深入交流，大家对美食文学创作的奥秘形成了一些基本认识。如，"写美食，其实是写生活、写人生、写文化"，"看似平淡的文字，其实饱含精巧的构思、练达的语言、深厚的阅历"，"越是普通的大众的，越是长久的永恒的"等等。集中阅读汪曾祺的美食作品之后，再来认真阅读王干新著《人间食单》，这些感受更深切也更清晰。

食味知味，首先要"以情入味"。好的文学作品，与好的食物一样，需要创作者长期的积淀、前期的准备，创作过程中还要注入全部身心，最终才能让读者与食客一样享受。这其中都需要创作者全部感情的无私参与。汪曾祺常说"作家生产的是感情"，"会做饭的人是比较不自私的"。王干是作家里吃过汪曾祺做的饭最多的一位，也是交流文学创作最深的一位，《人间食单》称得上是汪曾祺开创的美食文学传承新著。与汪曾祺美食作品一样，王干笔下的美食也是简简单单的日常饮食，是对故乡里下河食物最质朴的感情，是对百姓日常生活最真诚的热爱。同样写高邮鸭蛋，王干在汪曾祺的基础上又向深处挖了一下："为什么高邮鸭蛋好吃？是高邮的土好。"同样的高邮鸭蛋，同样的腌制方法，因为土的不同，味道就有差别。"我们从高邮带着一小口袋土来到金陵饭店，杜老接过塑料袋，居然用食指蘸一小块含在嘴里，连说：'高邮的土，香啊。'"当读到王干这篇文章的最后一段，相信许多读者与我一样，不禁潸然泪下。

食味知味，还得"以感显味"。美食五味俱全，观感、嗅觉、口感都参与其中，是最具体验感的。普通的食材，之所以能够成为人间美味，在于厨师的高超厨艺，从选材、配料到烹饪都有各自的门道。而普通的文字，能够组合成文学作品也大有奥妙，特别是汪曾祺的作品，好似没那么高深莫测，读来简单易懂，但学着写却非常吃力且不讨好。我常与汪迷朋友交流："我们不能过于注重学习汪老的文字形式，而要更多地增强类似汪老的文字感觉。"语感，是区别一篇文章能否成为文学作品的重要基础。好的语感，能够调动读者所有的感观参与到阅读中来。王干在《烂藕》中第一句"那个在寒风中卖藕的人哪里去了？"这一句就把读者的阅读兴趣调动起来，也成为全文的一根线。接着就是画面感很强的描述，从煮烂藕到采藕，再写卖藕人。"他不吆喝，但带着一把唢呐，来代替吆喝……"最后解密："吹唢呐的卖藕人，是个哑巴。"《烂藕》表面写的是普通的食物，内里则是写我们身边普通的人，虽然最终也不知道卖藕的人哪里去了，但我们知道这样的人就在身边，再怎么困难也坚强乐观地活着。这样的感同身受，就是文学创作带给我们的人生体验。

食味知味，最终必须"以思悟味"。好比现在的人们吃饭不仅仅是为了喂饱肚子，文学创作也不能仅仅是为了发表，而是要有自己的人生体验，并向读者传递人间温暖。正如王干在《高邮美食地图》里写的"美食是乡愁，也是节日欢乐的元素"。写美食写的不过是"世道与人心"，美食文学作品承载的是作者对家乡、对生活、对人生的感怀。如果说汪曾祺美食作品让人间烟火气走进文学世界，那么王干的《人间食单》这本书，则为当代美食文学作品创作树立了一个新标杆：隔着纸页都能嗅到饭菜香，让我们食味知味——唯美食与爱，不可辜负；所有美好，人间值得。

泰宁开出"人间食单"

音　辉

　　文化名人王干先生云游四方的机会多，自然口福也不浅。因为得汪曾祺真传，他生活闲适，美食与美文水乳交融。他得第五届鲁迅文学奖是因《王干随笔选》，随笔之"随"，非得保持一份心性，随所见所闻，随所思所想，随心随性，这是境界。我们年岁小的习惯称他为"干爷"，我相识的干爷"好吃"，而且"能吃"。他眼睛本来就大，见到美食，大眼睛里面多了几分明亮。"好吃"是指他到一个地方就询问有什么好吃的，尤其强调要本土味道。一般人不这么直截，干爷问得非常真诚，谁也抗拒不了，便心甘情愿带他到大街小巷寻味。在吃当地美食的时候，干爷总不忘把全天下关联的吃食比较一番，因品类繁多，他不能一一列举，毕竟他脚力有限，满足不了口舌的无限私欲。干爷的策略是，趁大家的谈兴吊足时，一个漂亮的轻盈滑翔，话题落到他老家里下河的美食，那是他儿时的味蕾记忆，深深刻在心灵深处，谈资自然很丰富。大家乐于聆听他的推介，当地的美食与王干家乡美食交融，引得大家非逼他邀请大家前往他的江苏老家，他呵呵一笑而过。这是王干的"能吃"，尽管尝遍天下美味都不如妈妈做的味道香。干爷最近每到一个地方待的时间会长一些，以福建各地为例，似乎常常有他前来开胃的消息。有一天他突然来微信说有个直播推介新书的活动，我定睛一看，书名叫《人间食单》，好家伙，这么大气的书名，作者定是神仙——唯站神仙高位，方能开出人间单子，看来干爷必是食神一尊。

　　干爷最近似乎比较怕与我相遇，原因是他喝酒的豪气渐弱，以至于某日偷溜到我老家都不吭声。线报干爷露脸泰宁街头，我便有当夜赶去相见的冲动，然而他竟然愿意花近一个小时的时间说服我不要前往。他的时间宝贵，一个小时可喝大酒，吃大菜，逛大街，甚至挥毫泼墨留下王干墨宝，总之他能做许多好玩的事情。我相信他是真心不愿我从工作地省城回去作陪，我自然体谅他一路在酒席间鏖战的艰辛，便作罢。与王干交往很轻松，文人墨客的酒席，不在于档次高低，在于性情，往往街头巷陌的小店居多，甚至街边小摊。几个有趣的人凑一起，重在氛围，小碟小菜均可，干爷的酒席也常是这样，天南地北的事情带着土酒味弥漫在方寸间，却有气象万千之感。距干爷"微服私访"我老家已逾足月，某日夜深人静时他在微信上甩给我一个链接，居然是一篇写我家乡菜的随笔，标题为《福气连莲吃闽菜》。单看这题目，便能激起阅读的兴致。我一口气看完，不想普通的泰宁菜肴，经他信笔拈来，瞬间有了富贵气息，他的文字温润如玉，泰宁菜肴有福了。从文中分析，他是认真品尝了泰宁菜的，就"福气连莲"一道菜，本取名"福气连连"，他一个字之改，点出食材，指向性明确，避免读者云里雾里地揣摩，干爷也间接批评了许多菜肴命名的弊病。干爷既能在字里行间写出泰宁菜的细微变化，可见他的确向泰宁的酒酿递交了降书，否则不会有那么深刻的味蕾记忆。我想想甚是欣慰，家乡好客如初，并未怠慢了我这位可爱的"饕餮老友"。

对于干爷吃的"福气连莲"这道菜，在泰宁算是近年来出现的创新菜肴，做工精细和讲究，想必是在接待宴席上有的，因不是传统菜肴，寻常百姓家很少吃到。用莲子作主食材，泰宁的家常做法是与猪肚一起做汤。"猪肚莲子汤"在许多地方都有，不算稀奇，如果主人家豪横，一个提升版的做法是猪肚包莲子清蒸，一整个猪肚里塞满莲子，扎紧蒸熟，切开后满屋莲子的清香，猪肚不油腻，口感微甜，嗅觉与味觉撞击，像是太极交锋，相互排斥又彼此接纳。所谓吃什么补什么，猪肚与莲子烹饪，极其养胃。还有另一种高级的吃法是把一整只土鸡的肚子掏空，满满的莲子躲在里面，清蒸或清炖，鸡肉与莲子的融合度更高，味道互相渗透，鸡骨头里都有莲子的香甜。许多地方辅以荷叶烹饪，泰宁则喜欢纯粹，少用荷叶，只钟爱莲子。说来也奇怪，在众多走兽中，莲子仅跟"二师兄"结缘，很少跟牛羊狗兔等食材烹饪；而在飞禽中，莲子也独独爱上鸡，鹅鸭雁等均不被青睐。如此看来，万物搭配有自然选择，合与不合，相生相克，冥冥之中自有划分，食材如此，人亦然。

说起莲子，我是不喜欢的。在我成长的年代，物资匮乏，种莲子是拿来卖钱维持家用的。那时莲子稀罕，价格很贵，父母拉扯我们兄妹四人，要供读书，经济上捉襟见肘。母亲每年养两头猪卖钱，必须整只卖，很少宰杀，卖猪那天得到的钱去集市上割两斤肉，算是全家最大的伙食改善，是对我们小孩平日里割猪草的犒劳。父亲则承包荷塘搞点副业，在淤泥里埋下老藕种莲子以得一些外快。泰宁水土好，种什么都能成。夏天莲叶茂盛，荷花朵朵开。那满目的绯红，远比朱自清《荷塘月色》里的荷花开得有气势。对小时候的我而言，荷花开得越多，我就越厌恶。荷花越多，莲蓬就越多，莲子成熟要收割莲蓬，这可不是一件浪漫的事。莲塘的淤泥很黏人，双脚被吸住很难迈开。我从小硬朗，不爱拖泥带水，不爱滑腻，所以每到下塘之前，都得踌躇半天，自然没少挨父母的训斥。当然，不等他们把我踹进莲塘，我便极不情愿地扑腾到那腻歪腻歪的泥塘里。站在岸上看莲花，满目的美，红蜓点点，翩翩起舞，荷花招展，摇摇曳曳。汉乐府《江南》有"莲叶何田田，鱼戏莲叶间"的绝美描绘，可是一旦仅为稻粱谋，在荷塘里深陷淤泥，水深齐腰，要战战兢兢往前挪，我那时全然没有了欣赏美的兴致。在荷塘里，脚下踩的是枯萎的莲秆，要命的是上面有刺，割得皮肤火辣辣地疼。小腿肚上斑斑点点的血印子是最让人担心的，天下最可恶的吸血鬼水蛭，俗称蚂蟥，会闻着腥味毫不客气地依恋那细微的伤口，然后安静地、持久地享受人血的美味……此时此刻任何关于莲花的美誉都熏陶不了我，我毅然决然地辜负周敦颐《爱莲说》里面的每一句美文。好在我那时尚处顽童时期，课本里还没有《爱莲说》，也还不知有那么多关于赞美莲的文章，于是心里没负担，怨莲、骂莲、恨莲纯属孩童时期的真性情，倘若是现在还心生如此谬误的情绪，实在要不得。儿时与现在对莲的认知和感受有不同，大概区别在于儿时我处在物质层面的谋生，而现在无须靠种莲维系开支，可以任性地上升为精神层面的赏莲、惜莲、爱莲。这样一想，干爷写《福气连莲吃闽菜》并不在纯粹贪吃，而在于心灵境界的升华。我当时瘦小的身子在荷塘里，荷叶遮住了，见不到天日，跟置身于茫茫的草原一样，那草丛间隐匿着野狼；又像是置身于幽幽的森林，那里有虎豹；荷塘里有水蛭，有水蛇……如此这般，完全没有美感。更为甚者，我很难在遮天蔽日的荷叶中找到成熟的莲蓬，往往偶遇一朵尚未成熟的莲蓬便采摘回家，本以为能蒙混过关，却赢得一顿教训，好在父母仁厚，从不动手打我，以至于我现在回忆起来对生活充满了感恩。

我曾经力邀过干爷到我家乡，说过要用泰宁美食招待他。他是当代文化名人，请他前往逍遥游的地方很多，他很难排出档期。我和干爷之间的率性填补了我们年龄的差距，我是晚辈，蜗居东南一角，各种文艺形态略知皮毛，一次机缘巧合在某县城主持了王干与其他两位福建作家的新书发布会，效果令其满意，从此结缘，深深浅浅一路走来，甚是愉悦。为感念他不嫌我无名，我必须出大招让他觉得还非得再去一趟泰宁，否则他的美食之旅将是个缺憾。按常理，但凡地方经典的传统菜肴，必在重大场合的宴席上出现。人之一生，莫过于婚庆最重要，婚宴必定是最隆重的，酒席上的菜肴经过历史沉淀，并与风土人情默契相融，形成了独特的一套规矩。例如泰宁婚庆的酒席，各乡镇尽管有所不同，还只是表现在菜肴的数量上，菜的品类基本不变。我的家乡音山村必须上满 24 道菜才算主人家盛情，传统酒席的档次高低，主要看有没有"四个菜"——蛏干、目鱼、虾仁、鱿鱼。以这四种食材烹饪的四道菜肴是酒席上菜的四个高潮，不见这四道菜，主人家的酒席就很低档，缺了哪一道都会被指点为小气。我仔细一想，这四道菜的主食材都是海货，泰宁属闽北山区，产的是山珍，缺的是海味，如此看来是应了物以稀为贵的铁律。那些年物产贫乏，交通不便，山区能尝到海味几乎不可能，唯有婚宴上才会"四个菜"齐全，其他喜事的宴席并不完备，上一道两道足矣，我至今味蕾中对海鲜的深刻印象仅限于咸带鱼和咸海带。托父母勤劳的福，我家偶尔能吃到这两种平常的海产品，对我而言这就是海鲜的全部，我以为浩渺的大海就只产这两样物种。而现在，交通物流发达，任何海产品都会出现在山区的菜市场，时代发展，百姓味蕾绽放，口福满满。为应和王干先生对莲子的夸赞，我所说的传统"四个菜"，其中"蛏干莲子汤"的主食材之一就是莲子，是一道喜宴的压轴菜，是酒席的灵魂高调升华，我要仔细叨叨。

一般而言，乡下人办喜酒，早就谋划好了，这是一年中最大的事。男女双方把日子商定好，大半年前就通报亲朋好友，为方便大家调出空闲来帮忙操办，更主要的是避免同样有办喜酒的亲友碰场，大家亲连亲，都是同一波喜客，免得因争抢而起矛盾。我老家办酒席规范得很，至亲们会提早三两天来帮忙，各类所需分工细致，然后族里本家和邻居自带刀具来切菜，为的是那二十四道样样讲究的大菜。后来我偶然看到许多自媒体发的视频，河南地道农村办喜酒，也是这样的操作。从这个侧面说，我家乡的婚俗可以溯源到中原古风，福建人大都是从中原迁徙而来，饮食起居处处皆带正统意味。在酒席过程中，"蛏干莲子汤"没上桌，酒席不算结束，散席的鞭炮也不能放。正因为早年蛏干在山区稀缺，主人家早早就买好了，干货易保存，年底办喜酒拿出来浸泡，鲜味依然在，有的的确放得太久，甚至隔年使用，掺杂了其他异味，但吃喜酒的人不计较，只要有，档次就摆在那里，大家免不了点赞。莲子是本地的食材，品质都比较好，家家都能种一些，绝不会拿次品来蒙人。莲子去芯，不留残余，否则就有苦味，蛏干清汤清水熬制半熟，莲子易烂，后加入，避免烹煮时保不住可爱的圆滚小体形。这道菜以清淡为主，几乎不加盐，蛏干泡发后的咸味被沸水激发出来，海鲜的香气四溢。汤里最好加冰糖，若无，白砂糖亦可，不再加其他佐料，咸甜中和；也不加葱蒜等辅料，纯粹的清香清甜。整道菜就蛏干和莲子两种食材，一眼透明，几粒莲子，几个蛏干，一清二楚，食材足不足，要经得起邻里乡亲茶余饭后的闲话。一般农村喝喜酒有夹菜带回家的旧俗，说是让没能来现场吃喜酒的家人沾沾喜气，唯独这道"蛏干莲子汤"，上桌就被一扫而光，前面二十三道菜的油腻也随之被清除殆尽，蛏干的软韧让牙齿欲罢不能，莲子的入口即化则多了几分绵柔……

　　我以为，这二十四道珍馐若不能触发王干先生的味蕾，他行走的美食就拐了个弯，而那神仙开出来的"人间食单"就不够烟火味，终归会有遗憾，更何况泰宁美食百余种，每道菜都不俗。干爷品味泰宁美食是从"福气连莲"开始，接下来还有"蛏干莲子汤"这道融汇福山福水福地的喜宴压轴大菜，日常还有"糙米野味熬丸子""香芋猪油焖糯米""泥鳅滑溜手工粉""香辣干煸田鼠干"……有美味佳肴就要有美酒，温一锡壶泰宁秋收新糯秘制酒酿，请上老友摆好棋盘，干爷，可围桌吗？

天下美味犹可亲

祝桂丽

　　琴岛作家书画院有很多文学艺术大咖，其中之一是王干老师。众所周知，他是著名的评论家、作家、书法家。

　　居住在青岛的那些文学大咖们喜欢称王干老师为"干老"。只要他来到青岛，必定在朋友圈晒跟"干老"一起喝酒写大字的雅事。王干老师年龄称不上"老"，但他欣然接受这称呼，足见其个性随和可亲，这称呼，也是青岛大咖们对他作品与人品的喜爱与敬重。

　　我与王干老师的近距离接触，是两次听他的讲座。

　　第一次是 2020 年 8 月在市南区，讲座题目是《写作的化学反应》。跟化学无关，是写作经验的倾囊相授。那时，我是文学创作路上的小学生，对于这样的讲座由衷喜欢。在朋友推荐下，我关注"王干作文坊"公众号，闲暇时间经常进去寻宝，对王干老师的文字有了更深层次的了解。

第二次是 2021 年 5 月，青岛"万科·琴岛文学季"名家授技活动，王干与周蓬桦老师给听众做了精彩的讲座，其中王干老师讲座题目是《尘界与天界——汪曾祺文化启示》。

这两次活动中，王干老师都是用汪曾祺先生的作品为载体，给听众做剖析式创作技巧的讲座，使文友受益匪浅。他说："父母给了我生理基因，汪曾祺给了我文学基因。"他还讲汪曾祺的"六个打通"以及汪曾祺为文学带来的启示，从为人、为文诸方面揭秘"汪曾祺热"，给现场听众以文学与人生、文学与生活的思考。

王干老师是资深"汪迷"。

他从八十年代就跟汪曾祺先生有密切交往。他是高邮的女婿，在高邮生活工作过，对汪曾祺文章中写到的地点，会经常去实地考察，像草巷口、大淖等地他都去过。执着的追随与热爱，使王干的文章深得汪先生的精髓，格调温润，充满了风趣和睿智。青岛的王开生老师也是写美食出名的作家，从王开生的文章中得知，他跟王干老师的友谊升温，首先源于都是"汪迷"，共同特点之一是对美食情有独钟。他们都没有辜负在天南海北吃过的美食，笔下流淌独一份的人间烟火。

《人间食单》是王干最新出版的作品，这是一部与美食有关的散文集，分为序言、三辑正文、后记。第一辑写故乡的美食，第二辑写他乡美食，第三辑写吃相及人生百态。琴岛作家书画院群里的王开生、姚法臣二位老师，率先为《人间食单》撰写书评，洋洋洒洒，畅谈美食、友情、人生，我马上从当当网网购来《人间食单》，只为一睹为快。

王干老师的故乡在苏北里下河地区，那是我见过的最美的水上田园，小船穿梭于种满油菜花的垛田之间，宛如仙境。北方与南方生活有差异，水乡温润，生活精致细腻，北方就要粗放一些。

我对于吃，好像不甚讲究，然而看了《脂油菜饭》，我才明白不是那么回事。

"我说，这道菜必须首先吃，因为现在大家的舌尖比较纯洁，没有其他的味道，味蕾也是最敏锐的，如果吃了其他菜肴，味觉就会被污染了。脂油菜饭属于素颜美人，清水出芙蓉，没有化妆，没有首饰，在我们味蕾最敏感的时候才能体会到它的妙处。等油腻的大菜一上桌，味蕾变疲劳了，就吃不出脂油菜饭的原汁原味了。"读到这里，我不禁莞尔，王干老师可真够"挑剔"的，连其他菜品对原汁原味有可能的影响都考虑到了。

我们自己家做饭，老公总喜欢不分青红皂白加重口味的调料，比如有些新鲜的蔬菜，固有的味道很美，但总是被调料覆盖了，当我对这样的做法表示反对，人家嫌我无缘无故挑剔。我无语，暗想自己也许真是不够随和。现在文学大咖王干老师也这样说，比我更"挑剔"，哈哈，这样我就放心了。

我好奇"食单"里面一些美食的做法，禁不住暗暗跟自己家乡美食的做法做比较。

"米饭饼"，我是第一次听说。北方人做饼，花样繁多，油饼、单饼、发面饼、锅饼、千层饼、煎饼……哎呀太多了，简直可以写一本书，但我就是没听说"米饭饼"。看文中介绍，原来是"旧时里下河生活维艰，但里下河人对生活的热爱丝毫不受影响，甚至有些苦中作乐。比如米饭饼这种食品，就是粥馍了以后再加米粉发酵成的"，我恍然大悟，那是旧时里下河人民怕浪费而发明的一种美食，味蕾对于米饭饼理想味道的要求很简单——纯粹，不加任何调料。

"一进口，一股酸酸的甜，一股甜甜的酸，沁入口中，空气里也散发着米的清新和芬芳。孩子和大人的一天，就从早晨的清新和酸甜开始。"

我从其口味设想，米饭饼大概像我们这边的"其馏"，那是小时候最有年味儿的面食之一，也不是家家都能做的，而我，只有去外婆家才能吃到。

"前天的米和昨天的米合成今天的米的味道，你能吃出米饭的层次米饭的新旧。"

突然意识到，这是单纯的吃吗？作家的米饭饼里有时间的层次，这样的米饭饼需要细细咀嚼，才不辜负文字当中饱满的感情与诗意。

我常常想念记忆中那种酸酸甜甜的味道，可是，去外婆家的那条路早已湮灭，只能在这文字描写的味觉的共鸣里安放乡愁。

对于他的《鱼鳔花生》我起初是起疑的，后来也就释然——大约他写的是淡水鱼的鱼鳔吧，大约鱼肉和鱼鳔不同吧。童年时期因为吃了鱼再吃花生米"噎心"，我难受了一个下午。大人告诉我，鱼，不能与花生一起吃，它们犯忌。王干老师说做"鱼鳔花生"，是友人临时的灵感，他吃后说"味道称得上耐人寻味"。王干老师认为"食物要创新"才可以吃出新意，这跟他的写作经验"化、学、反、应"当中的"反"，颇有异曲同工之妙。

以后，家里的鱼鳔我一定不扔，配上花生米煮一锅试试。

在《人间食单》里，看得出王干老师的日常活动。他用心体验各地的饮食，不断发现美食，不断创作美文，带给读者别样的味觉想象与情感体验。一个人对吃的态度反映出对人生的态度。他在讲座时，谈到他在研究中发现汪曾祺受《史记》影响很深。我认为作为资深"汪迷"，他在不知不觉中，也是一直吸收化用《史记》，《人间食单》中，就有太多明显的特征——文学作品的纪实、历史性。他倾注很多感情的《里下河食单》，不就是写记忆中故乡的美食以及与这美食有关的风土人情吗？而那平易简洁又富有表现力的语言，也是《史记》具有的特征之一。

2021年8月跟王干老师同台讲座的周蓬桦老师说过这样的话："我们所处的时代太复杂了，每个人都仿佛置身于一片原始森林，迷雾重重，时常辨不清方向。那么这时候，需要有思想有见地的人用散文的形式表达出来他的态度和看法。让某个读者在突然间找到共鸣与知音，不再孤独。"他因此得出结论"散文最好是面对，坦诚亮出观点，亮出心扉，一二三地把事情讲明白比较好"。是啊，说得太好了！诗也是这样，比如李白的《静夜思》，相信每一个读者都能感受到他所表达的意义。

周老师的观点恰好给《人间食单》做了一个总结性判断。

汪味和王味

戴顺星

我面前放着两本美食散文大家的美食散文集，一本是
2022 年 10 月百花文艺出版社出版的王干美食散文集《人间食
单》——本想从"坡子街"主编翟明处买一本有王干老师签名
的，翟主编说售完了，要我等待。我是等不及的，就从当当网
购买了一本，好在高邮文联赵主席告诉我，不久会请王干老师
来高邮搞个签名活动，照样可以圆我的梦。另一本是汪曾祺著
的《一食一味》，天津人民出版社出版，2018 年第一版，这本
书是今年 11 月参加汪迷部落读书活动时，由一位汪迷志愿者赠
送的。汪曾祺是文学界著名的"美食家"，近十年来，汪曾祺
热度升温，汪曾祺的美食散文被出版社包装成各种选本出版。
我获得《一食一味》之时，恰逢王干的《人间食单》出版。王

干二十多岁就跟汪曾祺交往，这对"忘年交"在几十年的交往中，结下了深厚的友情，成为文坛佳话。王干的文风也深得汪曾祺的真传，他学汪曾祺，写汪曾祺，研究汪曾祺。我想，把这两本美食散文集对照阅读，会受益匪浅。

中国的饮食文化蕴含着浓厚的乡土气息。汪曾祺和王干出生在江南水乡——里下河地区，汪曾祺出生在高邮，王干于1960年生于兴化茅山镇。在很多场合，王干老师提到汪老，说汪老给了他文学基因。家乡纯朴的风土人情不仅陶冶两人平淡质朴的性格与气质，也为他们的创作积淀了丰厚的底蕴。《一食一味》和《人间食单》的第一部分都是写家乡的美食。

汪曾祺笔下的家乡美食数不胜数：炒米、焦屑、鸭蛋、慈姑、咸菜、虎头鲨、昂刺鱼、螺蛳、蚬子、野鸡、鹌鹑、斑鸠、蒌蒿、荠菜、马齿苋、豆腐、茶干、春卷……

王干笔下的家乡美食：米饭饼、鸭蛋、慈姑、烂藕、扁豆、芋头、螺蛳、河蚌、咸肉、鱼鳔、花生、菜饭、醉蟹、醉虾、泥螺、蚬子、秧草、小公鸡、毛豆、水瓜、烧饼、生姜……

两位作家笔墨所触，饱含深情。汪曾祺的《咸菜慈姑汤》描写儿时冬季下雪天喝咸菜慈姑汤的感受，在文章的结尾写下了"我很想喝一碗咸菜慈姑汤。我想念家乡的雪"，把读者深藏于心底的那股乡愁撩拨起来。王干的文章也有类似的打动人的"文眼"，如《高邮的鸭蛋》写过同样的高邮鸭蛋，同样的腌制方法，因为土的不同，味道就有差别。"我们从高邮带着一小口袋土来到金陵饭店，杜老接过塑料袋，居然用食指蘸一小块含在嘴里，连说：'高邮的土，香啊。'"读了让人油然而生思乡之情。

163

　　汪曾祺 15 岁离开家乡高邮，在江阴、淮安、盐城、扬州、云南、上海、张家界、北京、福建多地求学、生活、工作。汪曾祺写美食，天南海北的美食尽收笔端。内蒙古的手把肉、北京的烤肉、云南昆明的汽锅鸡、云南宣威的火腿、河北张家口的马铃薯——不胜枚举。然而，擅长写美食的汪曾祺，对自己家乡抱有深情，津津乐道的还是家乡的淮扬菜，也极尽笔力去描摹。如《干丝》，作者从干丝的发源地写起，写到当地的风俗、干丝的做法，写到盛干丝的食具，食用方法，各地的流传菜式，最后写美籍华人聂华苓夫妇到家做客，"最后端起碗来把剩余的汤汁都喝了"。如此叙述下来，淮扬菜的特色、风情便一一呈现在读者面前，浓郁的乡情沁人心脾，让人沉醉其中。王干离开高邮后，在扬州、南京、北京、青岛等地生活工作或游历过。王干笔下也是各地美食信手拈来，南京的菊花脑、芦蒿、马兰头，晋江的土笋冻、蒙自过桥米线、临沧的茶、北京的二锅头、涮羊肉和烤鸭——通读《人间食单》，我还是比较喜欢第一辑"美食的'首都'在故乡"，王干说"童年的滋味天下第一"，我觉得这是王干老师最为用情、用心的文章，读后我倍感亲切感动。

　　汪曾祺的散文没有结构上的苦心经营，娓娓道来，如话家常，如小桥流水浅吟低唱，充满着生活的灵动。不追求意旨的玄奥深奇，平淡质朴，自然闲适。这一写作风格同样体现在他的美食散文中。汪曾祺贪吃，不同于钱锺书的戏谑调侃，张爱玲的矫情洋气，梁实秋的眉飞色舞，周作人的一本正经。他是娓娓道来，信手拈来，都是寻常的话，流露出淡淡的文化，恬静而闲适。如《豇豆豆》一文中，他描述豇豆的颜色："豇豆米老后，表皮光洁，淡绿中泛紫浅红晕斑，瓷器有一种'豇豆红'就是这种颜色。曾见一豇豆红小石榴瓶，莹润可爱。中国人很会为瓷器的釉色取名，如'老僧衣''芝麻酱''茶叶末'，都甚肖。"这段书香气十足的描写，文字平实，闲适淡雅。王干在《小公鸡炖毛豆》一文结尾写道："窗外，豆秸晾晒在路上，慢慢变得金黄，冬天会成为柴火，灶火映得村姑小脸红扑扑的。公鸡的羽毛则晾在农家的屋顶上，五彩斑斓在阳光下熠熠生辉。冬季，用羽毛做的毽子在女孩的脚尖飞舞，轻盈如云，那是夏天的精灵在翱翔。"这一段联想，画面感十足，使人眼前一亮，悠然神往。与汪曾祺淡雅质朴的笔墨语境比，王干的笔墨意趣还缺少汪曾祺的味道。正如南京的顾小虎先生评价王干的文字"不骄不嗔，不高不矮。不徐不疾，一板三眼"。

　　"汪曾祺美食散文具有一种纵深感，哪怕是一块小小的豆腐，都能写出古今南北的来龙去脉，风味特色。"《徐文长佚草·双鱼》考察出鳜鱼何称鳜鱼，以及不同地域中不同称呼的由来；汪曾祺在《葵·薤》中，想要弄清葵到底是什么物种，他从《毛诗品物图考》追到吴其浚的《植物名实图考长编》和《植物名实图考》，恰巧在武昌见到了书中的葵——冬苋菜，才真正把《十五从军征》读懂；《切脍》一文，短短的千字文介绍了古今中外切脍的做法，可谓"凡引必考"，句句皆有来历。这不是汪曾祺"掉书袋"刻意为之，而是作者严谨的治学态度和广博的学识自然流露。阅读汪曾祺的美食散文，与美食相关的诗词、典故、风俗、旧闻、考据、掌故俯拾皆是，并运用得恰到好处，彰显了美食散文的文化价值。王干的《汪氏父子之美食》一文中提到："和他（汪朗）的'食本主义'比起来，我像个外行。至于对食物的历史渊源和掌故，他更是如数家珍，信手拈来，当代文人，鲜有其格。"

《人间食单》有的美食散文是对汪曾祺美食散文的补充和诠释，通过这种对读，可以深入了解两位美食家散文的脉络、构思、思想、语言等差异。就《里下河食单》的内容，王干老师的文章内容更加丰富，表现手法更加多样。对比《端午的鸭蛋》和《高邮的鸭蛋》发现，王干老师在汪曾祺的基础上写了"没有腌制的高邮鸭蛋有一股腥味"，"腌制的鸭蛋将这些腥味化为神奇的鲜味"等，及高邮鸭蛋好吃的原因。再看《慈姑》和《咸菜慈姑汤》。对于慈姑嘴子的描写，汪曾祺写道"那一年我吃了很多慈姑，而且是不去慈姑嘴子的，真难吃"；王干写道"我的一个朋友曾经用慈姑嘴子烧肉——味道酷似现在的羊肚菌，绵柔中带着坚甜"；汪曾祺写"师母张兆和炒了一盘慈姑肉片"与王干写"慈姑最常见的烹调方法，是和猪肉一起炖——还有一种做法叫炒三鲜"；汪曾祺写"北方人不识慈姑"与王干写"很多北方人不知道慈姑为何物"。对于慈姑王干写得更为细腻翔实。对于螺蛳的描写汪曾祺写得比较简约，写了螺蛳功效"可以明目"，吃法"用竹签挑着吃"，做"螺蛳弓"；王干老师用了九段文字写了螺蛳的捕法、吃法。

《人间食单》第三辑"人生百态看吃相"中有两篇《红楼梦》美食考证的文章，《"冷香丸"的奇效》和《〈红楼梦〉的茶事》。在《"冷香丸"的奇效》文末，王干写道："一粒冷香丸，刻画了薛宝钗的个性及来源，也写出四大家族的奢华，同时写出了周瑞家的势利和薛宝钗低调的奢华。"《红楼梦》与茶有不解之缘，据人统计，《红楼梦》全书提到茶事有 262 处（一说 275 处），出现"茶"字 459 次。在《〈红楼梦〉的茶事》一文中，王干分四个小标题：风俗礼仪、身份与性格、倒茶去：以茶的名义、女儿茶风露茶，引用《红楼梦》中的故事情节，小心求证分析，有理有据，令人信服，彰显了文学评论家的功底。《一食一味》第三部分没有汪曾祺谈《红楼梦》美食方面的文章，在《栗子》一文中汪曾祺提到《红楼梦》。《栗子》一文提到《红楼梦》是在第三自然段：贾宝玉为一件事生了气，袭人给他打岔，说："我想吃风栗子了。你给我取去。"怡红院的檐下是挂了一篮风栗子的。风栗子入《红楼梦》，身价就高起来，雅了。这栗子是什么来头，是贾蓉送来的？刘姥姥送来的？还是贾宝玉自己在外面买的？不知道，书中并未交代。作者在这里引用《红楼梦》里的原文，意在提高栗子的身价，表达对栗子的赞誉和喜爱之情。汪朗在《人间食单》序言中说："我们家老头对《红楼梦》也熟，谈到其中的吃喝也有'高论'。"不过，汪曾祺未就此写过文章。关于美食与文学关系的文章，《一食一味》中有11篇，《人间食单》只有《马铃薯的文学素》。但《人间食单》有《吃什么》《和谁吃》《在哪儿吃》《点菜是个美学问题》《吃喝是个军事问题》《吃饭吃出"政治"来》——这样一些立意高远带有哲学思辨的文章，《一食一味》里则没有。

沈从文和汪曾祺，汪曾祺和王干，都是星斗其文的好师友，他们的文脉一脉相承。把王干的《人间食单》与汪曾祺的美食散文互读，同时品尝两位美食家的"美味"，它们相互映衬，相得益彰，能收到意想不到的阅读快乐。

味道与记忆

时庆荣

　　去北京，我总要和王干小聚一次。

　　王干长我四岁，我们自小生活在苏北里下河一个叫陈堡的庄子上，两家相距不足二百米。

　　他是我们的孩子王，我们常常一起玩捉迷藏、掏鸟窝、去田间捉青蛙。初二那年，他做过我两周的语文代课老师。"一日为师，终身为父"，我们是师生，是老乡，更像是兄弟。他去外地工作后，我继续在陈堡读书，然后也离开了家乡。

　　多年后，我们曾会师南京，我们在北京相聚。我默默地仰视着他，为他在文学创作上取得的成就感到由衷的高兴。他鼓励我，为我在商海里的一次次成功举杯祝贺，我们一起分享成功的喜悦，享受人生的乐趣。

王干喜欢吃，会吃，总能吃出名堂，是一个美食家。他熟悉北京的大街小巷，知道哪里有好吃的。每次小聚，都是他预订饭店。

我们在安定门外大街的"淮扬府"吃过。那是一家老字号店，以江南古韵私宅为主题，凸显江南格调，适合朋友小聚。一看店名便知，吃淮扬菜。那里的"扬州大煮干丝""红烧狮子头"味道很不错，尤其是"响油鳝糊"，"嗞啦"一声，煮沸的油浇在鳝丝上面，冒出一股香喷喷的热气，吃在嘴里，味道鲜美，口感滑嫩。

王府井大街上有一家南京饭店，看到饭店老板和王干那个热乎劲儿，就知道王干是这里的常客。南京饭店的盐水鸭很好吃，瘦肉型，鲜香味美。很奇怪，我在南京生活了三十多年，吃了三十多年的鸭子，却发现外地的南京盐水鸭比南京的做得好，比南京的还正宗。南京的本地盐水鸭，比较肥腻，有些店里卖的鸭子甚至缺少鸭香味。我去过北京万寿路地铁站东北角的"秦淮人家"很多回，那里的盐水鸭好吃，我一人可以吃掉半只鸭子。

鼎泰丰渔阳店，是我们常去的地方，这家店离王干家很近，步行不过二十分钟。做的是江浙菜。领班林小姐是台湾人，长得很漂亮，短发高个未婚，四十出头了，看上去也才二十七八岁。王干请她订餐，她一口一个"王老师"，嘴很甜，很讨人喜欢。去过很多次，王干可以闭着眼睛点菜，但有时还是征求她的意见，请她推荐菜。鼎泰丰的菜很好吃，绍兴的黄酒更好喝，每回我们都要喝掉三四瓶。

今年四月下旬的一个晚上，我们又在鼎泰丰相聚。那天一起吃饭的有七八个人，都是王干的朋友。王干谈论了许多关于美食的故事，大家听得津津有味，非常开心。席间，一位出版社的女士一直用崇拜和欣赏的眼神看着王干，认为他应该出一本关于"吃"的书。王干似乎受到了很大启发，不住地点头。

不到半年时间，《人间食单》出版了。真是神速！王干是一个极有天赋、有才情的人，更是一个非常勤奋的作家。

王干出书，让我异常兴奋。

拿到新书，我用了两个下午和一个晚上，一字一句看完。当打开书的那一瞬间，一股家乡的味道扑鼻而来。一篇一篇的美文，就是饭桌上的一碗一碗的菜，就在我的跟前。我能闻到它的香气，看到它的秀色，口中有酸甜苦辣的味道。

《米饭饼》是《人间食单》里的第一篇。看到王妈妈"将米粉加水然后投入馊了的粥里"这一段，我的脑子里立刻浮现出一个熟悉的场景。我的母亲站在灶台边，左手夹着一个面盘，右手握住一双筷子，在盘里搅，偶尔用手指蘸一点放在嘴边，尝尝酸甜，有时会往盘里倒入一点碱水。"米饭饼"甜甜的，酸酸的。

"螺蛳最平常"，王干在《螺蛳》一文里写道："小时候游泳，我们在码头的沿壁上，就会碰到很多踞在上面的螺蛳，它不像其他小鱼会游走，它死劲儿踞在码头的壁上，我们用手一挪就握在掌心了。"

这段描写，让我记起了儿时的那些往事。

王干的家和我姨父家是前后邻居。我在上小学的时候，常常去姨父家跟表哥玩，有时我们去王干家。炎热的暑期，到了傍晚，太阳西下，王干一声吼"下河斗澡"，我和表哥就跟着他，直奔不远处的供销社水泥码头。王干说的"下河斗澡"，是我们老家的土语，就是去河里游泳。我们脱去上衣和裤子，剩下短裤头，踩着台阶一步一步走到河里，然后扑到水中，向远处游去。

庄子上只有两个水泥码头。一个在西边的粮管所，码头很宽，是农民卖粮停船用的。供销社码头在庄子东头，是供销社造的，那年头造一个码头是要花不少钱的。

我喜欢在码头边游泳，人多热闹，河水清澈透明，还有一丝丝甜味。我们沉入水下，睁开眼睛看一看，再喝上一口。游累了，趴在码头淹在水里的台阶上歇上一会儿，或是游到码头两侧去摸螺蛳，摸到后用手一捋，螺蛳就到了掌心里。

一次上岸后，王干和表哥把摸到的螺蛳全部给我，足足有一碗。我用汗衫包好拎回家。妹妹十分好奇地问是什么。

"你猜。"

妹妹摇摇头。

"铁盆铁盖，里面装了好小菜。"我说了一个谜语，一个老家人发明的谜语。

"螺蛳！"妹妹惊喜地叫了出来，这可是一道不花钱的荤菜。

"碰头"在我们老家是聚餐的意思。王干第一次"碰头"，是他高中毕业去公社棉花站做合同工时，那年他才十六岁。刚参加工作，他就有机会和大人们"碰头"，还能遇上南京来的有文化范儿的女知青。喝醉了，喝吐了，王爹竟然没有责怪他，还大嗓门嚷"男人就是要抽烟喝酒"，让王干"反而有了几分男子汉的豪气"。

他第一次"碰头"的经历，让我羡慕不已。

我高中毕业时也是十六岁，却没有跟大人们一起碰过头。我的三叔、四叔经常和邻居"碰头"。因为还是小孩，通常他们是不让我坐桌子的。但我盼望他们"碰头"，他们"碰头"，我就有肉吃。每次,奶奶会盛一碗饭,把肉夹到我的碗里,我便端着饭碗躲在一个角落里,一个人尽情地享受。我坐上桌子和大人们一起吃饭,仅有的一次,是小学五年级。那天放学回家,正赶上三叔、四叔一帮人"碰头"。坐下后我才发现,吃的是狗肉。他们杀了我家养了五个月的狗。

那晚,我哭得很伤心。

《偷月饼》,写的是中秋之夜,有人会偷走放在门前小桌上或凳子上,供奉月亮的月饼。中秋的晚上,我们老家还有偷喝供奉月亮茶水的习俗。大人们说:"小孩偷喝了茶水,就不会尿床。"

美食的"首都"在故乡。我们的故乡有许多的美食,《人间食单》里的"慈姑""烂藕""扁豆烧芋头""河蚌咸肉煲""脂油菜饭"等等,都是我们故乡的美食,我非常熟悉它们的味道。

今年七月初,王干回泰州讲课,他让我晚上陪他喝酒,我在他泰州的家里住了一宿。

那晚,我们两个从八点聊到夜里两点,聊家乡的美食,聊家乡的人和事,聊儿时的趣闻。六个小时,一半是话语,一半是笑声,抽烟喝茶,全无睡意。

我发现,退休的他,比从前更加忙碌了,脑子里有一个宏大的远景。《人间食单》的出版,只是开始,就像吃一顿大餐,只是几碟小冷,主菜、大菜在后面。他像雄鹰展翅,一定会在天空中飞得更高更远。

《人间食单》,不仅仅是一部宣传里下河美食文化的著作,它让我们这些离家多年的游子,忆起了儿时的美丽时光。王干用心、用情,描绘了里下河平常百姓平淡生活中的诗意,弘扬了我们里下河的风情、风俗、风物之美。

他深爱着家乡的这片土地。

味高一筹

冯巧岚

作为王干小老乡，我对他十分崇仰，特别是读了《人间食单》后。感觉篇篇筋道、充满闲情逸趣，《人间食单》带给我们的不仅仅是舌尖上的味道，还有历史的味道、人情的味道、故乡的味道和记忆的味道。

《人间食单》并不仅仅告诉我们作者品尝过何种美食，而是从美食中揭示生活的情趣、意义，体现了浓厚的审美意味、哲理意蕴。王干是对生活充满热情，并且时刻能够发现生活之魅力的人。他的文化底蕴极为深厚，渊博的知识、广远的经历以及自身的文化涵养，让美食散文有一种纵深感。正如汪曾祺写美食是把自身爱的情怀灌注在喜好美食的文章中，看似平淡的文字中渗透了他对生活的爱。虽然汪老一直强调写散文感情要适当克制，不要过度热情洋溢，情感温婉含蓄，但当他提笔回忆起故乡，浓烈奔涌的情感便把一切的规矩都打破了："小时读板桥家书，天寒冰冻时暮，穷亲戚朋友到门，先泡一大碗炒米送手中，佐以酱姜一小碟，最是暖老温贫之具，觉得很亲切。郑板桥是兴化人，我的家乡是高邮，风气相似，这样的感情，是外地人们不易领会的。"细品汪老写故乡美食的文字，会发现打动你的往往是那些在味觉之外的感情寄托，家乡菜的滋味总是在乡愁的照耀下发出迷人的光芒，而王干完美地继承了这一美德美术。

亦师亦友近一筹。汪老的美食散文有一种贯彻始终的"滋润观"，文学应该对人的情操有所影响，关心人，使人感到希望，发现生活是充满诗意的。但这种感觉又是润物细无声的。他将自己的散文定位于凡人小事，希望读者能够在他的文字里得到心灵的休息和安顿。无论文字的背景怎样困顿，但你都看不到生活的芜杂与喧嚣，感受到的是一个特别有意思的老头儿，记录简单而富有生趣的生活，把人和生活美好的一面诉诸笔端。汪老的"滋润观"同样影响了王干，故乡造就并滋养了王干的创作，他在散文《楚水漫忆》中深情回顾了养育他的故乡，里面有童年记忆、乡村历史，更有白发苍苍的老祖母。"我就是一条从水乡游出里下河的鱼，把兴化的四季都穿在身上，带着家乡的空气、阳光、风、水，同时也把兴化的茅山、陈堡、边城、周庄四个镇带在身上，里下河给了我强劲的生命力，我能游向更大的江河。"

亦师亦友、耳濡目染、融会贯通，现在就能明白为何王干的文章特别好读，因为他的文字始终带着汪老闲话风的气质，娓娓道来，随心而谈，不用华彩和绚烂的抒情，他是神光内敛的，在自然质朴中多了几分真性情，带了几分雅致，有很好的审美品格。王干在小学毕业后就有幸读过汪老的文章，之后一生追随汪老，多次提到汪老对自己走上文学道路产生的重要影响，也是他的美食传人，无出其右。1981年，听说汪曾祺要做讲座，王干乘船四五个小时赶去听，几乎一字不落地记下讲课笔记。王干从汪曾祺的作品与生活轶事角度诠释汪曾祺，写过多篇研究文章。王干曾说汪老写的《咸菜慈姑汤》，"让人不是垂涎，而是乡愁泛起，最后一句'我想念家乡的雪'才是这篇文章打动人的文眼"。这是文学评论家的眼光，也是王干的追求。从汪老散文中学到的文章的"文眼"他运用自如，他的书中也常有这样的"文眼"，透过"文眼"更见真意真章，真情实感自然流露。但他不止学到了汪老的真谛，亦有超越与自我创新。他的灵性加上汪老的熏陶，让他有了独特的诗化的语言，诸如："我现在怀念的还是幼时的米饭饼，除了那样的酸甜外，米饭饼上还沾着那些大米粥的米粒，那些米粒儿，是记忆里的珍珠，是美食中的钻石。""烂藕的味道带着里下河土壤的沉稳和醇厚，浓郁的香气和淀粉的黏糯，是藕丝、藕片等新鲜藕菜难以品尝到的。如果能够尝到一小碗烂藕汤，你会回味一辈子。那是多少藕熬出来的莲的精华。""离开家乡四十年了，再没有吃到家乡的水瓜，思念如水。""而高邮地势高，土壤润而不黏、透气，可以呼吸的鸭蛋是有灵气的。"看似闲笔其实意蕴丰富，在平平常常的述说中，让读者用经历和知识去慢慢发掘体会。

人生况味深一筹。王朔曾经评价王干是"中国文学奔走相告文学委员会主任"，王干敏锐、热情、无私，一旦发现好作家、好作品，立即奔走相告。这句话准确生动地概括了他的编辑生涯。作为编辑和文学评论家，从朦胧诗到网络文学，王干没有错过任何一个文学热点，他是如何做到的？三十多年的编辑、评论生涯，并非"坚持"那么简单。他说自己一直向汪曾祺学习生活，向王蒙学习达观，"两个前辈，一个像火，一个像水，让我保持热情，同时又懂得淡定"。王干非常看重作品的人性、人情、人道。好的作品肯定是要写人性的，但是只写人性，离伟大还很远。将人性、人情、人道三者结合起来，才能写出丰满厚重的作品，才能成为伟大的作家。当编辑、搞文学评论，都是"度人"，好编辑就应该有奉献精神。佛家讲的度人，用在编辑身上是非常合适的，所谓的"度一切苦厄"，就是要有一种奉献的精神，有一种无私的精神，就是甘于做幕后工作，当铺路石子，也就是为人民服务的精神。王干多年从事编辑、评论工作一直秉持传承这个理念。

在诸般人生况味中，非常重要的一项就是异乡体验与故乡意识的深刻糅合，漂泊欲念与回归意识的相辅相成。这一况味，跨国界而越古今，作为一个永远充满魅力的人生悖论而让人品味不尽。王干从水乡兴化一路到省城到京城，一路成长成才，多年的历练经历，他已经达到了这种境界有了这种况味，所以不但文章的艺术成熟了，胸襟学问的修养也成熟了，成熟的艺术修养与成熟的胸襟学问修养融为一体，于是文章不但可以见出诚挚的感情，驯熟的笔力，还可以表现出高超的人格、悲欢离合的情调。山川风云的姿态，哲学宗教的蕴藉，都可以在无形中流露于字里行间，增加文章的韵味，这也是我感受到他的文章人生况味深一筹的风神所在。就说《王干随笔选》，有人评论文字活泛如蝴蝶，气韵爽然如晨光，道行深幽如潭水，格局早已逸出小文坛，放眼大文化。如将他归类于杂家，并无不当，其品相、质地，皆纯正可靠。"随笔的功夫不在笔头上，而在人身上，一个工于心计的人写不好随笔，一个不学无术的人不配写随笔，一个光知道掉书袋的人与随笔无缘。"此系王干随笔之心得，"文学是人格的流露"，可见王干的见识和文品已然胜过一般作家及评论家。

美学品味胜一筹。从"人生的三种颜色"一文中就可以感受他的美学品位，"酒色淡味烈、咖啡色浓味苦、茶不浓不淡"。一篇美文一定是至性深情的流露，一个文人先须是一个人，须有学问和经验所逐渐铸就的丰富的精神生活。有了这个基础，他让所见所闻所感所触借文字很本色地流露出来，水到渠成，这就成就了他的独到的风格。"文学无古无今，始终是人的生活的一部分"，王干对艺术持有纯真的态度，他爱着文学，念着人间生活："喝酒需要群体，茶对饮更合适，而咖啡往往伴随着孤独，也是人生经常出现的境地。"此情此景正是朱光潜所体认的："在生生不息的情趣中我们可以见出生命的造化，把这种生命流露于语言文字，就是好文章；把它流露于言行风采，就是美满的生命史。"除此之外，如还另有什么资禀使文人成为文人的话，那就只有两种敏感。一种是对于人生世相的敏感，"一花一世界，一草一精神"。有了这种境界，自然也就有同情，就有想象，就有彻悟。其次是对于语言文字的敏感，懂得欣赏文字，济慈说"看一个好句如一个爱人"。文人的本领不只在见到，尤其在说得出，说得恰到好处，这需要对于语言文字的敏感。"茶道有很多的讲究，比如讲究一个圆字，出手收手都得画出一具圆，像打太极似的，这符合中国的处世哲学。"从"点菜是个美学问题""喝酒时个军事问题""吃饭吃出政治来"等多篇文章中都可以体会到作家的风格品位，境界胸怀。

有评论说，生活中的王干总是给人一种追逐"唯美"的印象，他的"唯美"是苛刻、抽象、难以达到的，他身上那种堂·吉诃德的气息是很浓的。他说："我向往一种境界：热烈而欢快，自由而明朗，生动而优美。渴求唯美、珍视感悟。"但他同时又是一个注重自由、讲究灵性的人。因而在批评的领域里，他一贯反对高高在上的宣教型批评，反对艰涩枯槁的导师型批评，反对虚伪做作的道德型批评，总是以一种平等的姿态对待批评对象，用一种平和诗意的语言阐述他心中的体验，因而他的批评文风是优美诗意却又平和中肯的。他的评论完全是从他对作品的审美体验出发的，一条美的悟性之流在他的文章中哗哗地流淌着，只要是从这一河流中淌出来的文字，即使偶尔是酸涩的刺耳的，也总是因为它的启发性而终会得到人们的认同。

从"里下河食单"到《人间食单》，王干从小城走到了京城，成长的历程也是成就的过程，里下河永远是他生命中浓墨重彩的章节，有他美好的童年时光。他是少年立志的榜样与示范，更是我们家乡的骄傲。记忆中我与王干老师见过一面。2017年底，我和同事一行在清华大学继续教育学院培训，机缘巧合参加了北京兴化商会迎春年会，王干自然是特邀嘉宾。参加晚宴的每人发一张号码用于活动抽奖。晚宴临近高潮时同事张雨姐姐得到了二等奖，奖品是《王干文集》一套，十多本呢！王老师打开新书，一本一本签名，与获奖者合影留念。我在一旁羡慕不已，后来没有想到我竟然获得了一等奖，奖品是著名书画家周老师的书法作品一幅。在往领奖台上走的时候，我心里不由自主地念叨，要是我得二等奖该多好啊！

文诱人菜馋人

房 军

和王老师有缘见过一次面，2017 年我在高邮做汪曾祺纪念馆的时候，他作为重要嘉宾出席开馆仪式。活动后，在主办单位的引荐下，我们互加了微信。从此，他发的朋友圈我必看，逐渐了解到王干老师不但是一位知名的作家、学者、书法家，还是位趣味盎然的美食家，尤其是对里下河地区兴化、高邮地方特色菜更钟爱有加，颇有汪曾祺美食衣钵传承者的影子。

在朋友圈看到王干老师出了《人间食单》后，我立马在网上下单了这本书。拿到书后，我顾不上吃饭，就赶紧看了起来。读完有感，不吐不快。

首先，这本书给我的第一感觉是，装帧比较精美，硬版书面，书套上印着"汪曾祺美食传人、鲁迅文学奖得主"，知悉王干老师的人，应该十分认可这句话，毫无自夸之嫌。王干老师本是兴化人，但在高邮工作多年，对这两地的美食深得精髓。

书套上还印有汪曾祺之子汪朗的一段话，也不是虚华的溢美之词，而是本书内容的极简之概，并与他家老爷子做一时空链接。尤其是最后一句话："有些内容就是对老头儿文章的补充和诠释，可以对读。"即刻会让汪迷觉得汪老并没有真正离开我们，他还在继续悄悄地写。

《人间食单》由汪朗作序确实是最合适不过，这也说明了王干老师真心诚意地在做汪曾祺美食传人。

其次，纵览全书的内容，按主题不同，分为三部分："美食的'首都'在故乡""寻找他乡美人痣""人生百态看吃相"。写的是王干老师对家乡美食的回忆和回味，游走他乡期间舌尖触接到的各地特色佳肴，以及不同的人对待吃的态度所反映出的人性、人品、人格。从寻常的吃进而升华到吃中窥人、食世百态。

用了整整一晚上读完，欲罢不能，我一时竟难以自拔。

王干老师是兴化人，曾在高邮工作。原高邮、兴化都属于扬州管辖，后来兴化才划给了泰州市，但本质上是没有任何变化的，水还是原来的水，土还是原来的土，食物还是原来的食物。我家就在高邮和兴化的交界处，我有些亲戚也是隔壁兴化的，所以王干老师所写的老家特色土菜我是熟悉的。

书中第一部分所提到的家乡美食，大部分我都吃过，今捧书夜读时，仿佛那些在老家时经常吃的菜一道一道回到嘴边——有妈妈在夏天早上亲手烙的"米饭饼"（我们叫"早烧饼"），有过年过节才做的慈姑炖红烧肉，有萝卜条红烧鲫鱼，有平时吃的芋头烧扁豆，有汪豆腐，当然，更有平时经常吃的韭菜炒螺蛳肉，每样菜都让我眼睛发直，胃肠加速蠕动。如果真的给我上其中的任何一样菜，我能干下两大碗饭，都不带留一颗饭粒的。那是真香呀！

我也好做饭，周末经常去家旁边的菜市场转转，看到芋头、瓠子、茄子、大蒜、鲢鱼等，也会买些回来，按照老家的做法下锅，但总也吃不出老家菜的味道。起初，我以为是食材的原因，每次开车回老家的时候，就顺便带些回来，做的时候还特地发视频问母亲，但最后做出来还是差点意思。这我才顿悟过来，明白了即便在老家做好的菜，顷刻之间摆在我面前，或许，吃到嘴里，也还是差点意思。

差点什么意思呢？差点游子回到家乡时，心里的踏实；差点看着母亲站在灶前忙来忙去，感受到的母爱；差点一大家子人围在一起说说笑笑，团圆的开心。吃的是饭，更是暖暖的亲情。

王干老师带着一张美食家的嘴，每到一地想必少不了要与当地美食会晤，并用笔留下初次见面的心理感受。他可算是帮我们做了一次鉴赏。如果我们去了当地，只需直奔主题，绝对口舌生香。即使去不了当地，读王干老师的文章后，肚子里也多了些品鉴吃喝的谈资。

王干老师说："人生百态看吃相。"老话说："站有站相，坐有坐相。"吃何尝没有吃相呢？正襟坐着吃和敞衣开怀吃，吃相必是大不同。

来客座次怎么安排？菜品如何照顾到全桌胃口？酒桌即社会。王干老师"酒"经沙场，杯中窥人事，心得已是不一般。

细读之后，感悟颇多，我收获不少。

读《人间食单》，如王干老师就着一桌地地道道的家乡菜，和我边喝着小酒边诉说着心扉。菜冒着香味，话沁入心脾。

你说，如何不馋人！

我尝到了人间烟火味

姚添丁

山村暮色来得早，太阳还未落山，家家户户都冒起炊烟，耳边照例响起了母亲的呼唤："回家吃饭啦！"每当听到这熟悉的声音，在外面嬉戏打闹的我会马上停下奔跑追逐，径直奔向家的方向。饭菜已整齐摆放在桌上，喷香的米饭、自家腌制的咸菜、从屋后现摘现炒的地瓜叶，处处弥漫着幸福的味道。记忆中的饭香，成长中的味道，让我珍藏并挂念了四十多年。

捧读王干先生的《人间食单》，我的脑海里总会浮现这一幕。人间烟火气，最抚凡人心。只要记住家的方向，记住母亲的呼唤，无论离家多远、多久的孩子，都不会感到寂寞无助，因为他们心中都有一份独一无二的"人间食单"。

民以食为天。《史记·管晏列传》里说"仓廪实而知礼节，衣食足而知荣辱"，可见食物在中国人心目中的地位。正是有了丰富多彩、有滋有味的"人间食单"，才装点了无数赏心悦目、流连忘返的生命际遇。而唯有这样的烟火人间，才更加值得我们陶醉其间、倍加珍惜。王干先生的《人间食单》让我们领略到了人世间满是烟火气息的滋味、土味。

王干先生不掩饰自己对于美食的钟爱、寻找和痴迷，尤其面对故乡美食，更加欲罢不能、陶醉其中。"你走得再远，你吃得再多，故乡的滋味在牵挂你，故乡给你母舌，也给你味蕾。恋家爱国，从一箪一食开始。"于是《人间食单》的第一辑是"美食的'首都'在故乡"，于是乎，米饭饼、鸭蛋、慈姑、烂藕、螺蛳、河蚌咸肉煲、鱼膘花生、油脂菜饭、醉蟹醉虾、蚬子汤、秧草、神仙汤和水瓜等喷香美食呼之欲出……王干先生在《里下河食单》里这样如数家珍，娓娓道来，一道道美食芳香四溢，令人垂涎三尺。他让我们知道了他故乡的食单。故乡和美食密不可分，故乡因为美食而让人怀念，美食因属于故乡而叫人倍感亲切，每一样美食都镌刻了故乡印迹。只要美食在心中，故乡就不曾走远，美食把个人和故乡连在一起，这是自觉、细腻和温暖的。

美食是有地域之别的，但是对于美食的喜爱却是共通共情的，美食缩短了时空距离，让热衷美食的人们有了更多亲近机会。《人间食单》的第二辑是"寻找他乡美人痣"，王干先生直言不讳道"一个地方的美食就是该地容颜上的美人痣，人见人爱"。爱美之心人皆有之，王干先生对于美食的偏爱较之常人更甚，他的锐利目光在他乡各处寻寻觅觅，这下不仅有眼福了，更有满满的口福了。无论是在感恩村还是在知青饭店，无论是明府鲞还是胡公饼，无论是土笋冻还是青岛的咖啡，无论是过桥米线还是平民烤鸭，在这里，王干先生就是一位资深的人间美食鉴赏家，他品尝出了不同地方美食的味道，也发现了这些美食味道背后的历史文化内涵，从而赋予了他乡美食更加浓烈的色彩和独特神韵。《人间食单》让我们就此认识并记住了这一位肆意纵横驰骋于他乡美食江湖的"大侠"与"大师"，我们乐此不疲地听他指点美食江山、纵论美食大道。这也不失为我们阅读《人间食单》中的好事、乐事和幸事。

吃相最能显露一个人的真性情，王干先生的发现当然不局限于此，他还透过现象看到问题的本质，"世间百态，吃相万千，食态最见人性、人品、人格"，诸如"吃什么""和谁吃""在哪儿吃"等，种种关于"吃"的学问就这样抛了出来。《人生的三种颜色》，读后让人口服心服，文章写到了众人心坎上，引起大家共鸣，这即所谓"世事洞明皆学问，人情练达即文章"也。从吃中看人、识人，从吃中悟透人间的风雨冷暖，"吃"在王干先生眼里俨然成了一面"镜子"，照出世间万物，照出人情世故，一幅幅人间百态图就此呈现在我们面前。我读懂了"人生百态看吃相"，不由得对王干先生顶礼膜拜起来，因为这才是王干先生想要告诉我们的"美食哲学"。不仅如此，正所谓"日有所思，夜有所梦"，王干先生在挥毫泼洒"人间食单"的同时，竟然"梦见汪曾祺先生复活"，所谓"英雄惜英雄"，彼此都是"馋鬼"也，这就不只是让人羡慕，更是让人心生嫉妒了。我看只有修炼至高深境界的人方有此境遇和境界，我们普通"食众"唯有"上下而求索"才能不辜负如此滚烫美好的"人间食单"。

从书中回到现实，也由作者反观自己。在外工作多年，偶尔想起母亲做的饭菜，我会找一个周末时间带着妻儿回家。还是曾经的味道，地瓜叶、腌咸菜、土鸡蛋，这都是停歇不下来的父母亲辛苦的劳动成果，我们吃在嘴里，甜在心里，总会泛起深藏已久的幸福感。这个时候，我应该更加能够体会到王干先生在《人间食单》倾注的深情和怀念。唯一不同的是，父母亲老了很多，手脚不再利索，我也步入中年，儿时吃的情形只能在回忆中得以浮现还原，更显珍贵。

身处喧嚣人间，阅读《人间食单》，感觉像是跟着作者潇潇洒洒地踏遍了山山水水，尝遍了形形色色美食，我们的舌头如此幸福，过足了一把美食瘾，即使无法真正领略到八方美食，却也能从中获得满满的精神满足。试问，这何尝不是另一种超越现实的美食分享呢？这样的体验让我们饱尝到了人间烟火味，也让我们更加热爱人间，这多好。

乡土味儿真地道

王一腾

　　王干老师的作品中，乡土味儿可真浓。那叫一个地道！

　　《感恩村宴》这篇，我有深切体会。笔者从"涛哥"口里的"村宴"说开去，引出话题"我们感恩村的村宴，你一定要去吃一下"。接下来，王干老师的期待便也是我的期待。随着笔墨铺陈，长乐古槐镇的美好便如数展现在了眼前。先是写建筑："有北方四合院的特点，中间的大天井可以放好几桌。"福建的房子大多如此，我二十年来住的也是这类房屋，亲切感一下拉近了。文中提及的诸多美食都是极具诱惑力的，由此可见作者是妥妥吃货一枚！仅看"海蛎饼"几个字眼，就让我发呆许久。那可是我闽南老家的特产！因为比较费锅费油，平时是难得吃上一回的。可一到过年就不同了，一家人齐上阵忙活好一阵子，就为了那一锅饼。在我熟悉的记忆里，海砺饼又叫蚵仔煎，是福建十大经典名菜。它的制作过程并不困难，却是极其考验厨艺的一道菜肴。在闽南地区，新娘子入门后第一次给公婆做的家常菜里必须有一道蚵仔煎，如做得好一定会让公婆刮目相看。如今随着受众面增大，各地店铺里出现了形形色色的蚵仔煎新款式，价格也一度水涨船高。它的江湖地位是稳的！如此受欢迎，作者爱它一定有道理。

文章里提及的鱼丸、八宝饭、西施舌，更让我觉得"很家乡"。鱼丸并不是罕见食材，但各地做法不同导致风味差异，价格也有高有低。如笔者所言，福州鱼丸确实很有名，个大料足，味觉中充满着海的盛情。闽西龙岩的鱼丸略小些，却有个好听的名字"白龙吐珠"。一口可以吞下一个，对比福州小碗中的"大吨位"鱼丸，自是清爽些。而作者笔下的鱼丸却有特色，"一种馅是猪肉，一种馅是牛肉"，重点都在一只鱼丸里。实在不得不让人惊叹！

以我对村宴的了解，大抵可用一个"鲜"字描摹。难道不是吗？作者写的大多数是海鲜时令菜以及现挖出来的蔬菜，都必须新鲜才行，否则就变味了。村宴的美食就是人们印象中的"吃丰收"，是人们把收获的谷物食物与众乡亲共享的过程。村宴的美食往往是最朴实的，比如王老师提及的八宝饭。这也并不是稀罕物，却让人回味无穷。"咸而不齁，有一种清爽的口感"，且是蒸出来的，这就别致了吧？

总觉得作者细腻的描写，抓住了我的心。民以食为天，中国饮食文化绵延一百七十多万年。我国幅员辽阔，地大物博，由于气候、物产、风俗习惯等差异，饮食上形成了多种口味。福州长乐的菜肴亦是如此。比如"丸"系列，让我不由自主联想起牛肉丸、蒸肉丸、萝卜丸等，这些也都是村宴的主角。节俭不奢华，如同朴实村民的待客之道。闽人勤于养生，诸如此类流传于民间的村宴菜肴，其背后蕴藏的潜在价值，正等着我们去发掘。村宴中的传统美食，有些是从外地传来的，有些是乡民们在长期的生产生活中制造而成的，甚至也有一些已经考察不到其中的渊源了。作为村宴的爱好者，我还打探到了这样的情况：村宴的菜肴都要煮烂，必须做到没牙齿的人也能品尝。其实这并不是巧合，而是有意的，据说是对老人的尊重，是为了让老人也能够享用。因此，村宴在体现美食的需要之时也体现了尊老的美德。

村宴的饮食讲究科学，崇尚自然。从食材方面看，或是山珍河味，或是田里种的瓜果蔬菜，或是家养的禽类。都是自产自销，没有污染，也少用农药。村宴是"众乐"精神的体现。有什么好吃的都与别人分一份，如此一来，团结友爱的气氛就体现出来了。

借着作者的文字，我看到了村宴中食物独特的一面，感受到人们除了追求安全、营养之外，对食物的感官享受、内在品质、价值内涵等方面愈加重视。细细品读，恍若亲尝了那些个美食，余味悠然。

悠远的乡情扑满怀

周宝贵

　　读罢王干先生的大作《人间食单》，心头情不自禁地泛起阵阵涟漪。虽说书中写的是美食，但我却从中体味到了那悠远的乡音乡情。

　　王干先生写《里下河食单》一文，以写里下河一带的美食为主，由于我的居住地与里下河相近，所以，我们的生活习惯有着太多的相似之处。也许是这层关系吧，我读《人间食单》一书，就觉得格外亲切，因为书中提到的美食，好多都是我熟悉的。它一下子拉近了我与王干先生以及他的故乡的距离。

　　说起这高邮的鸭蛋，不由得又勾起我对少年时代的回忆。那时的我正读初中，读到汪曾祺先生的《端午的鸭蛋》，心中竟不由得产生了共鸣的情感。我的家乡湖泊里、池塘里，就养有麻鸭，鸭蛋当然也有双黄的。每到清明前后，家家户户就开始腌起咸鸭蛋来，那咸鸭蛋也是质细而油多的。一到端午，家家户户的餐桌上就都摆上了咸鸭蛋。端午吃咸鸭蛋，成了我们这一带的习俗。那一日，我在课堂上恍恍惚惚的，想自己咸鸭蛋吃得也够多的了，怎么就没品出那个味儿呢？怎么就写不出那个味儿呢？从学堂回到家，我立刻央求妈妈煮咸鸭蛋吃，我想亲自体验一下汪老先生笔下咸鸭蛋的滋味。我也学着敲破"空头"，用筷子挖着吃。但见筷子头一扎下去，果真吱——冒出红油来。我赶紧伸出舌头，去品那红油味儿，一品尝，不由得开心地笑起来，心想，是这个味儿。如今，又读王干先生的《高邮的鸭蛋》，觉得又多了几分熟悉，又多了几分亲切，因为它又一次地触碰到了我心灵深处的家乡情愫。于是，我眼前又重现了母亲将鸭蛋抹上黄泥，粘上盐巴，轻轻地放入坛子里的情景；又重现了一群群麻鸭在水里捉螺蛳、小鱼、小虾的情景；又重现我们这些毛头小子在水里扎猛子摸到鸭蛋时惊喜的情景；又重现我们晚上用竹竿、柳条拍打水面赶鸭回窝的情景。这些情景早已积淀在我的记忆里，如今又被王干先生的《高邮的鸭蛋》给激活了。

　　说起这莲藕，又让我想起了少儿时代的许多往事。深秋时节，荷塘里的水见底了，正是挖藕的好时机。其时，天气已经转凉，人们光着脚丫踩在烂泥上，常瑟瑟发抖，挖着挖着，人们头上、身上就冒起了细细的汗珠儿来，如果你这时再挖到一条胖藕，那你脚上的凉意早就在不知不觉中远去了。那时可没有浅水藕，藕一般都扎得很深。顺着残存的荷叶挖下去，要挖好深好长才能挖出一条莲藕来。有时，突地来一阵雨，人们赶紧摘片残荷去遮挡。那秋雨忽急忽缓，忽大忽小，打在残荷

191

上，错落有致，细品之，确有"大珠小珠落玉盘"之感。难怪唐朝李商隐留下了"留得残荷听雨声"这么美妙的诗句。只可惜那时的我们懵懂无知，不懂得欣赏这美妙的情趣。挖呀挖，也只三两天的工夫，偌大的一个荷塘，就被村民们给挖得到处都是坑坑洼洼，几乎面目全非了。人们挖到藕后，炒藕做菜吃的有之，煮藕当饭吃的有之。听父辈们讲，在那困难的年月里，那莲藕不知救了多少人的性命哩。这莲藕的好，村民们可是真真切切地感受到过的。不信？那你就去问问村民们，是不是在那青黄不接时节，无论是谁，只需你有意无意地望向荷塘，那被人挖过千遍万遍的荷塘，保准还能看到有人在那不停地翻挖烂泥，以寻求那遗漏的莲藕，一旦谁挖到了一条，他就会抱着那条莲藕，一路狂奔地跑向家去，似乎在告诉家人，他抓到了一根救命的稻草。夏季里，我们也会下到荷塘里，去采藕芽炒菜吃；秋季里，我们也会去荷塘里采摘莲蓬。这荷塘留给我们多少美好的回忆啊！

　　说起螺蛳和河蚌，有好多事儿，我仍记忆犹新。那时，我们常常到湖里或池塘里去摸螺蛳和河蚌，或用虾罩去湖里或池塘里推，每次都收获满满。回到家后，我们就把螺蛳放在锅里煮，煮好后，把螺蛳盛到盆里，我们坐在凳子上，用针将螺蛳肉一个一个地挑出来。母亲回到家后，先把螺蛳肉洗干净，然后放入大蒜、生姜、辣椒、酱油、醋等佐料爆炒，再加水煮开。开饭时，母亲一揭开锅，那香气就四散开来。我们大口地吃起来，那螺蛳肉鲜鲜的，辣辣的，我们吃得满头大汗。螺蛳肉很有嚼劲儿，越嚼越香。你可以想象，那时我们的馋相。有时，我们会用砖块将螺蛳壳砸碎，放入笼子里做诱饵，去捉黄鳝和泥鳅，一晚上能捉上好几斤黄鳝和泥鳅哩。湖里的河蚌非常多，我们都把它叫作河瓢。几个河瓢就可以做一盘菜了。母亲常常在河瓢肉里加粉丝，烩给我们吃。那个鲜，那个香，至今还让我回味无穷。小小的状如河蚌的，我们叫歪歪。一篮子歪歪，放在锅里煮，用针一个一个地把肉挑出来，能挑出两三盘子歪歪肉哩。母亲常常把歪歪肉洗了又洗，也放入大蒜、生姜、辣椒、酱油、醋等佐料炒给我们吃，那肉也是鲜鲜的，辣辣的，我们也常常吃得满头大汗。歪歪肉也有嚼劲儿，但不如螺蛳肉嚼劲儿大，不过，这并不影响我们细嚼慢品，反倒是，我们每次都嚼得余香满口。螺蛳肉或河蚌肉、歪歪肉好吃是好吃，但都不能多吃，吃多了，会闹肚子的。

君自故乡来，深谙故乡事。读罢《人间食单》，仿佛亲身游历了故乡一般，那悠远的故乡情又一次扑进我的胸怀。

一份至臻至美的食单

邹仁龙

汪曾祺先生写了许多关于美食的美文，以前我曾暗自埋怨过汪老："为什么要写这些让人流涎的文章呢？好吃精已经够多的了，还要鼓励我等再接再厉？"

哈哈，虽是笑言，却想不到有比我更好吃的，这便是同乡王干了，他竟开出了一张"人间食单"来，这不是在推波助澜吗？我知道，这张单子着实是开不全天下食谱的，但也已经足够了，足以让天下的好吃精们趋之若鹜，享用不尽的了。

人间美味，是让人心动、心醉的。

更何况还伴之美文优雅的勾引。这让人哪还把持得住？那些美味我是毕生难忘的了，但更令我难忘的，还有大师们描写这人间美食时所呈现的精美的、绝妙的词句与手法。

汪老的文风、文笔自是一绝，吾辈唯其仰止拜谒。而王干先生的文章，又自成体系，正若那份《人间食单》，纷杂而精妙，繁多又纯粹。

王干先生的评论我拜读过一些，与我的另一些同乡之文风是略有差异的，如毕飞宇、庞余亮。他们的文章都是大菜，硬菜，但还是有汤多汤少之别的。

我与王干先生及毕飞宇，庞余亮都素不相识，虽同是里下河人，但只是神交。要说起语言的那些事儿来，特别是里下河地区那些乡里乡气的语言的事儿来，王干先生的表达，其实已经超越了里下河这个"锅底洼"，高出了"锅底洼"，他的美食单子，可当之无愧地称之为"人间食单"。

里下河走出的作家很多，就文风及语言的味道而言，多多少少都是涵着些家乡的味道的。从汪曾祺前辈起，这种绵长、柔和、甜咸适度、回味悠长的风格，恰如淮扬菜，却又比之淮扬菜更浓。这是我的感受，抑或是掺杂了乡情的缘故吧。

要说的很多，要谈的更多，但笔拙，竟一时写不出来了。

但我还是要坦率地说出，王干先生的语言风格——这部《人间食单》已经将他的语言味道十全十美地呈现了。他亦如一个大厨，做的虽是同一道菜，但细微之处，那细腻、细致、精巧，我们的舌，我们的心是能够感觉得到的。我甚至觉得，这种语言风格，久而久之，便会又像汪老那样，给我们带来了一个时代。

如此说，我是自感不逊的，但我却对这份《人间食单》着迷，因为我不单是来闻味的，还是来品尝，来求道的。虽然我连个"厨师证"也没有，但这并不妨碍我学艺，虽然现在连个学徒的身份都不是，但我相信，吃得多了，尝得多了，闻得多了，或许某一天也能笨拙地掌勺，炒出一两道不像样的"锅底洼特色菜"。

菜是讲究品质的。

一个挑剔的食客往往一尝便知一道菜的风格出自哪一位大师之手。读王干先生的文章，觉得他的文章亦如他所描述的那些菜肴般精致、精美、精湛。调味是大厨必不可少的本领之一，而文章的味道，与美食如出一辙。这语言风格，是一位"大厨"的看家本领，更是内修的重要因素。

我们为什么那样喜爱汪老，并不因为他是个好吃精，而是被他的人品、文风所折服。这才是重点，这是溢出文章之外的东西，正如佳肴弥漫而出的味，这个味，才是最吸引人的。

能够自成一种语言体系，并影响他人，这种深远的影响是难能可贵的，更是功德无量的。王干先生的语言体系，正如他的《人间食单》所呈现在我们面前，秀色可餐。

这是一份文化与精神的《人间食单》，我们今天有幸得到了，作为一个读者的我来说，用欣喜若狂来形容我的心情一点都不为过。我坦率地说，我是心悦诚服的，因为这种语言风格及体系正是我所梦寐追求并向往的。夫复何求？有幸得此不忍释手的"食单"，并从中全方位体味王干先生的生活观、价值观、人生观，以及对历史、对文学、对美学的独到见解，即使我只能学得些皮毛，又何愁有朝一日不能成为"厨子"！

烂藕的况味

左朗诚

母亲生我的时候足够遭罪，脐带绕我脖子两圈。她肚子上留下了一条不大好看的纹路。家里的长辈说起她坐月子的日子时，总会同我讲母亲在余痛中对炖藕的心心念念。当我读完王干老师的《烂藕》时，内心颤抖着泛起酸楚，他书写的烂藕为生命之间隐秘的关系赋形，有如文中卖藕人催人泪下的唢呐调子，这是烂藕的况味。

"有我"，必然是这篇文章的魂灵，正如同序言里所说"否则这些文字就是添加了无用辞藻的菜谱"。从煮藕到卖藕，作者以令人垂涎三尺的对烂藕的白描为开篇，接着迅速过渡到卖藕人的身份上。冬日乡土小镇热气氤氲，寒冷中有食物的味道。当"吹唢呐卖藕的人是个哑巴"最终真相昭明，他的唢呐声渺渺化作乡土生活背后的戚戚跫音。此时作者不再写视觉与味觉的激荡，他说这些声音叫人心软——而不是心生寒意，它们互相牵扯着，响在瓦楞下的逼仄里，响在童年冬夜漫漶不清的故事里。

王干老师的文章给予读者的是一种平实的精彩，"有我"的故事背后给人真实可触的底层群像。值得一提的是，莲藕自古便有财源广进、多子多福的美好寓意。"藕丝衫子柳花裙，空著沈香慢火熏"，这或许便是王干笔下大锅里淘尽精华的烂藕了。

烂藕无论如何的软糯，仍不变其藕断丝连的特点，王干或许也正是早早预见了这些平淡食物中的隐喻。在收录着《烂藕》的这本《人间食单》中，是故乡的风味给予他不断"溯回"的可能，让他无论在哪个地方都能保留这样藕断丝连的线索。即便时过境迁，当再忆炖烂藕的大锅，重念吹唢呐的卖藕人，怀想着故乡的往昔，都可以再次回到那些呵气成霜的漫漫冬夜，和自己待在一起，同真切动情的人在一起。

这篇文章使我想起汪曾祺先生曾写过的那篇《熟藕》，《熟藕》里边也有精湛的对食物风味的描写。故事里怀有身孕的小红赧然地回答着卖藕的王老，王老是个孤苦无嗣的男人，但他希望身边的人圆满，福祚不绝。就像《烂藕》中所想展现的乡土连接一样，这不仅是食物的"丝连"，更是超越血缘、来自同一寸土地上的联系。

时至今日，母亲仍旧爱吃炖藕，我不在她身边的时候，她时常在电话另一端喜滋滋地说："呀，又到了吃藕的季节了。"她也时常告诉我，脐带过去曾将我们连接在一起，但实际上这些都不会断的，想她的时候摸摸肚脐，妈妈就能感受到了。我想，这或许也有着烂藕的况味。

于是这也是为什么王干先生在书中写"恋家爱国，从一箪一食开始"的缘由。这些有关于爱与温情的故事，这些生命意义的交织，通过食物与文字的语言所讲述，亘古地存在于我们的基因与记忆里，成为支撑我们生命的命题。

源于对生活的爱意

张家鸿

　　王干是会写的人，更是会吃的人。品读《人间食单》过后，我愈发笃信这一点。所谓会吃，讲究的不是吃食的名贵、档次、排场，而是食材的地道，并且知其味、享其乐。

　　青扁豆和芋头红烧，如果再加点五花肉，"简直就是天上人间的味道了"。这是一陶醉。跳扁豆的游戏分出胜负之后，把扁豆拿到取暖的铜脚炉里烤一烤，而后放到嘴里嚼一嚼顿感"喷香喷香"。这是二陶醉。芦蒿是野菜，只有长在江边，经过日晒、雨淋、江水浸才正宗。"你能吃出江水的味道，你能品出泥土的涩味来，当然这属于芦蒿的那份清香和质朴。"长得嫩绿嫩绿的多为人工培育的，它们比野生的好看、齐整得多，味道终究不太对。有一道汤令王干垂涎三尺，其鲜可谓鲜翻了整个里下河，那就是蚬子汤。它是该地区最家常的菜，"尤其蚬子豆腐汤，白得乳汁似的，鲜嫩可口"。遇见王干或沉浸或陶醉于美食中的情景，被他文字勾画出的色香味引诱着，仿佛置身他身旁被其满足感与幸福感罩住，挪不开步子。

由此可知，王干的食单可谓土气十足。这土气是难得的。土气即地气，即原汁、原味、原产地，这种追求搁在几十年前是正常的。而在事事讲究速度与效率的当下，则可遇不可求。从此地到彼地运输速度再快、冷鲜技术再好，都要耗费一定的时间，定比不上刚从海里捞出、从地里拔出、从山上采来的新鲜。新鲜，正是王干人间食单的灵魂，舍此无他。

王干在《马铃薯的文学素》中提及汪曾祺发现某种马铃薯的花是香的，这大大出乎研究人员的意料。王干认为，汪曾祺之所以有此发现，源于他对生活的爱意，这份爱意让他不放过每一个生活的细节和角落。而这种爱意，恰好也是王干撰写人间美食的情感来源。食是人之本能，乃饱腹与生存之必须。很显然，王干笔下所写已超越本能，上升至更高的层面。在他这里，食是一种情趣，生活之必备佐料；食是一种美学，与语言之追求相映成趣；食是一种艺术，成为他文学百花园里的重要分支。当然，食并不高于人间万事，而是牢牢地扎根于人间万事万物之中。故而，因食而得的福分是多数人都可以享用的。

作家之个性最重要在于语言的质地。写美食之种种与种种之美食，虽爱之真切却不写满，是王干的一向风格。有的时候是篇幅精简，更多的时候是文字点到为止的简洁，不做多余的渲染，更是给了读者广阔的想象空间。

话说回来，每个人的年少时光抑或人生道路上总有那么几件与美食有关的往事，值得一而再再而三地回味。惜无王干这般淡而有味的笔触对其细细勾勒，并提取其中鲜味缭绕于舌尖之上。这实在是无法弥补之憾事。那么品读《人间食单》就是无法弥补之弥补，让食之色、香、味随着王干的书写从记忆的深水中浮泛上来，不也是平淡日子里的一点趣味吗？更重要的是，王干的《人间食单》没有阅读门槛，也许有他的年代感，却是大众化的。并不生活在里下河地区的读者，也可以按照他的食单和工序追随操作一番，当然，得到的滋味和感受定会和他有着这样那样的差异——还是那句话或那个原因：不够新鲜。

本书写的虽是美食，其中文字并不仅是写家乡美食之事，也写了他乡的各种美食，写了给自己终身影响的恩师汪曾祺先生，写了各有际遇与喜好的朋友们，此外还顺带勾连起年少的懵懂时光、长大后的辗转奔波以及读过的书、碰到的事。故而，此书确实是以人间美食为核心的散文集。

重拾里下河美食记忆

葛国顺

"王干又出新著了！"

这些年王干大著频出，这次新出版的《人间食单》，从文章内容上分别以故乡美食、他乡味道、食物感怀三大类，在众多脍炙人口的文章中，《里下河食单》用情最深、用心最至，而且里面埋藏着多个"文眼"，初看似是闲笔，但是细想却意味深厚。

我认识王干，有数十年时间了。他在高邮党史办工作时我们开始交往。

王干的老家在兴化，与我家乡一河之隔，他在高邮生活工作过很长时间。高邮、宝应、兴化都属里下河地区，风物习俗相近。正如汪朗先生在序中说的那样："他二十多岁便和汪曾祺有了交往，更重要的是，王干和汪曾祺一样，还是个吃货，对于家乡美食记得清楚，还能说出不少道道。由此，这些文章如果看不到汪曾祺的痕迹，反倒有些奇怪了。"

在王干新著中，《里下河食单》亮点频频，我略说一二。

真滋味。王干在《里下河食单》中点到的美食软兜鳝鱼、雪花豆腐、清炒虾仁、米饭饼、高邮鸭蛋、慈姑、烂藕、扁豆烧芋头、螺蛳、咸肉河蚌煲……犹如有首歌唱的"多么熟悉的声音"，他写这十六篇文字，仿佛有文曲星附身，灵鬼捉笔代书。可以说是足以传世的。汪曾祺先生曾感叹："人之一生，能有一句话留在这个世上就不错了。"他既写出了吃食的温暖，又写出了生之快乐，生之艰辛，写出了里下河的风俗之美，写出了人情之美。读《里下河食单》不时会给你惊喜，神来之笔随处可见。

汪朗说："比起汪曾祺的文章要丰富，表现手法也更加多样，其中许多感受更是王干独有的，这就形成了文章的独特性。美食文章，还须'有我'，融入作者的经历感触寄寓，这才是文章。否则这类文字只是添加了些无用辞藻的菜谱，没有'魂儿'。"由此可以看出，懂生活的文人，品尝美食，会品出另一番滋味。

真性情。王干新著《人间食单》，将人间美食与世间百态巧妙地结合起来，尤其是对日常饮食背后所潜藏的文化因素的挖掘，极有新意。王干的美食散文透露着浓浓的故乡情结，由此可以看出，他是把汪曾祺老师的衣钵继承和发扬得最好的后辈之一。王干的创作深受汪老的影响，但是他并没有拘泥于此，很多情节和内容都是对汪老作品的充实和完善。在文章内容和表现手法上，他加了很多个人独有的见解，拓宽了创作的视角和领域，更加深了文学探索的深度，充实了江淮的文化底蕴。

真乡愁。思乡恋家，必然是从一膳一食开始。王干新著《人间食单》散发出的乡愁风味，引人入胜，正是一部展现人生趣味、世间万象的散文集。每一篇文章都充满着浓郁的烟火气息，让人读完后刻骨铭心，从胃里暖到心间，由吃喝诠释了众生的快乐，以及人间有味是乡愁的道理。其中如《米饭饼》的开篇关于"高田"和"水田"的描写，可谓是一份微型的里下河地理志。那些对童年米饭饼文字的深情描写，"小时候，经常见到母亲将米粉加水然后投入馊了的粥里，放一个晚上，第二天早晨，摊在铁锅上，一会儿工夫，米饭饼便摊成，一进口，一股酸酸的甜，沁入口中，空气里也散发着米的清新和芬芳。孩子和大人的一天，就从早晨的清新和酸甜开始"，流淌着乡愁。

这些乡愁、性情间逸出的文字，仿佛水之泽地而流，自然生动，是可以触摸到温度的。

我与王干老师的美食故事

颜德义

　　王干老师爱美食，《人间食单》就是铁证。没有一道道品尝过，怎么会有六十多篇关于美食的美文？

　　可王干老师为何爱美食，这就可能与王干老师的家乡，也是我的家乡陈堡有关了。陈堡镇位于江苏兴化南部，属于典型的里下河小镇，土地肥沃、河流纵横、物产丰饶，一直以来，镇上的百姓都以爱吃、能吃、会吃闻名，陈堡镇也被自己人和外镇人称为"吃庄子"。自小就受美食的熏陶，爱吃就成了一种天性了。

　　王干老师是我们镇第一批正规中文系毕业的大学生，当美食遇到文学，流淌到笔下也就再正常不过了。记得王干老师刚毕业教我们语文课时，写过一篇叫《槐花》的短篇小说，就与吃有关。

我第一次吃鱼头也与王干老师有关。上初中时，有一次和同学到王干老师家串门，被王干老师留下吃午饭。刚一开饭，王干老师就将一块连头带半个身子的红烧鲫鱼夹到我的碗里。从没吃过鱼头的我看着铺满碗面的鱼头，心中直犯难。但面对老师的盛情又不好意思拒绝，只好硬着头皮，一点一点地吃了起来。没承想，越吃越有味，不一会儿，连头带身子的半条鱼竟被我吃了个精光。

从此，我与王干老师的交往大都是从吃开始的。

大学毕业那年，得知王干老师早已到南京，在《钟山》编辑部工作，于是赶紧约上同学去湖南路王干老师的单身宿舍去看他。王干老师热情地留我们用晚餐。王干老师上街斩了盐水鸭、买了花生米，又用煤炉烧了几个菜，并从书柜里拿出坛装的泥池酒，就在宿舍里，我们师生几人竟然都喝得轻飘飘起来。后来有一次，王干老师带着我参加江苏作家的一次聚会，谈及此事，席间有赵本夫在场，他笑着对王干老师说，原来我送你的好酒被你学生给喝啦。

2007年，我到北京工作，王干老师其时早已调至北京。跟王干老师相互约了几次，但彼此都忙，竟然始终未能见上面，我们彼此都有了放弃再约的念头。一个周末的傍晚，我一人在宿舍门前的小餐馆用餐，忽然听到有人用陈堡话叫我的名字，我不敢相信。北京这么大，怎么可能会有人用我的家乡话叫我的名字呢？我不予理睬。呼喊声再次传来，这次是如此真切，我好奇地循着声音望去。竟然是王干老师！正在餐厅的另一头，直着身子看向我。我连忙走了过去。一问，原来王干老师当晚要招待一位家乡来的客人，正在等客人时，发现有个人的模样像我，但又不敢确认，毕竟好多年不见了。于是他试着用家乡话喊了两嗓子，没想到，真的是我！于是，我们将菜并在一处，等客人一到，立即开喝起来。王干老师原本只带了一瓶酒，这下子不够喝了，又回家拿来一瓶。原来王干老师的家和我的宿舍竟然近在咫尺，同在一条街，缘分从此又续上了。

自这以后，王干老师有事没事就会叫上我，我和他在一起的主要任务就是吃。簋街的麻辣小龙虾、大鸭梨的烤鸭、云腾宾馆的米线、沪江香满楼的生煎包、东兴楼的糟溜三白，等等等等，一道道美食随着我们的足迹在累积、在排列。有时怀念家乡了，我们会去南京大排档点上两碗鸭血粉丝、到鼎泰丰吃上几笼不同馅的小笼包、到常州宾馆尝一下地道的豆腐炖百页。有时，家中有好菜了，王干老师还会喊我到家中吃饭。记得有一次，一位朋友从云南寄了一点名贵的菇给王干老师，王干老师专门打来电话，让我晚上去家中吃饭。师母毛老师厨艺了得，一盘云南菇被加工得鲜嫩肥美，余香至今。

我体会到，这是王干老师对学生的关心，担心我一人在北京，又不爱做饭，吃饭成了大问题。为了回报老师的关心，有时我也会自告奋勇请老师吃一回，但每每被老师批评点的菜又贵又难吃。

2010年，王干老师的新著《潜京十年》出版，我陪王干老师去新浪网做现场直播，主持人不忘书中的美食地图，就美食的话题问了不少问题。后来，我也按着王干老师的这份美食地图，把能吃的美食都吃了一遍。我也隐隐理解了王干老师关于美食的定义：不在于原料多么豪华精贵，不在于环境多么富丽堂皇，而在于食材的地道和做工的用心，就像对人的判断一样，不在于衣着的光鲜和语言的华丽，而在于内心的单纯和真情。所以那份美食地图里没有高档的餐馆、没有昂贵的菜品，都是百姓日常消费的场所。其实，不仅是我，好多王干老师的朋友那时候都会按图索骥，争着去体验一下王干老师眼中的美食。遗憾的是，后来王干老师告诉我，那份美食地图里的不少餐馆都相继关门歇业了，真是应验了王干老师常说的一句话：美好的都是短暂的。

其实，美食从来就不单单是吃的问题，总是与人与事关联在一起的。跟随王干老师一起吃美食的日子，也见证了和办成了许多人生中的大事要事。2019 年，我到北京出差，王干老师约我小聚，席间谈起，为了庆祝王干老师从教四十周年，我们家乡的同学准备搞一次谢师宴。王干老师否定了这个方案，建议大家不如写点文章，意义更大，于是不到两个月时间，就有了《桃李笔下的王干》一书的出版。记得该书的最终定稿，也是在王干老师常去的一家名叫缘宿的茶馆，边喝茶边进行的。2015 年夏季，天气奇热，王干老师来南京出差，酒至酣处，决定到南京书家樵夫家的书房写字，我们一路跟从，直写到深夜两点。我收藏了一幅王干老师的行书作品，所写的内容是朱熹的《读书偶得》，这幅作品被我认为是我所见的王干老师最好的行书作品。2016 年在北京，北京兴化商会的领导向我赠送《兴化诗碑记》的拓片。该碑记述了著名书家沈鹏先生应邀兴化一日游的盛事，由王干老师撰文，我的书法老师——故宫书家程同根先生书铭。这份拓片对我而言，意义非凡。王干老师兴起，席间即兴朗诵起了碑文，虽是陈堡普通话，但激情澎湃，余音绕梁。汪朗先生在《人间食单》序言中提到的王干老师在《北京晚报》开辟美食专栏的饭局，我亦在场，共同见证了王干老师将美食由饭桌转向笔端的战略抉择。不仅如此，王干老师的许多饭局我都在场，也由此认识了不少王干老师身边的朋友，有些朋友还一见如故，从此成了联系紧密的好友。

王干老师气场足、笑声朗，又有文学家、评论家、书法家的功力打底，每次饭局都是话题的核心人物，文坛佳话、美食故事、人生哲理，信手拈来，警句不断。《人间食单》里的许多句子，譬如"点菜是个美学问题""喝酒是个军事问题"，他都曾在饭局上反复阐述过，我们也从中受益匪浅。一些由美食而延伸出来的人生哲理，如"喝掉的好酒才是好酒""好酒一定要餐前空腹'干切'"等等，我们也一直在努力地践行着、传播着。

2020年，我到青岛工作。人生地疏，多少有些寂寥。幸好王干老师经常有机会来青岛出差，并通过各种饭局将我引荐给了青岛的文学界、美术界的朋友们，我也有幸结识了阿岱、阿占、开生、法臣等青岛文学界、美术界的朋友。阿岱还将我拉入了琴岛作家书画院朋友群，认识了更多的朋友，岛城于我也有了文学的温度和友情的温度。有次饭局，阿占居然在王干老师的鼓动下，喝了七十二度的琅琊台，并送我她的新著《制琴记》。第二天翻读，立刻被深深吸引，每一个字都如急促的冲锋音，催促着你不停地往前阅读，欲罢不能，我也就理解了阿占喝酒时的豪气。还有一次，法臣做东，席间聊起汪曾祺，大家既惊叹于王干老师对汪老全面的了解，更惊叹于法臣对汪老作品已经熟悉到连标点符号都记得一清二楚的程度，听着两位铁杆"汪粉"聊汪老，大家都没有了插话的份。见得最多的还是被王干老师称为"青岛汪曾祺"的专栏作家王开生。开生做餐饮出身，通晓全国各地美食，爱写美食类文章，出版有美食文集《寻味四季》，又爱书法，与王干老师可谓是同道中人，与王干老师总有聊不完的话题，用餐也基本不去餐馆，就在开生的书房。从街边打包几样地道的青岛卤菜，再让食堂弄几样简单的小菜，有时还会有朋友带来自家厨房制作的拿手家常菜，随便一凑，就是一桌，大家围桌而饮，兴致盎然，让我感觉一下子回到了在宿舍里偷偷喝酒的学生时代。

去年五月，有次酒散，我刚回到宿舍，王干老师却打来电话，说是今天没有喝到青岛啤酒，感觉缺了点什么。于是我又打车赶到莫奈花园酒店王干老师的住处，准备到市区找一家啤酒馆继续开喝。但王干老师说，市区的酒馆没感觉，还是到海边找吧。于是我们冒着晚上十点多略带寒冷的海风，沿着海边一路找将过去，也没找到一家营业的餐厅，最后在酒店的附近发现了一家亮着灯的德式啤酒屋。推门进去，老板告知已经打烊了。我连忙上前解释，说我们来自外地，明天就要离开，就想喝点青岛的啤酒，不想留下遗憾。老板豪爽，破例答应给我们啤酒打包。在等打包的时刻，我和王干老师迫不及待，已经是一人一杯黑啤下肚，然后，再拎着四大杯打包好的其他口感的啤酒回到酒店。没有下酒菜，我又来到三楼的厨房悄悄寻觅，不料惊动了酒店服务员，把我狠狠地批评了一通，说是厨房重地，外人免进。我说明来意，服务员也被逗乐，主动帮着找了起来。实在是找不到吃的，最终只找到了一袋榨菜。王干老师看着榨菜坚定地说：行，就用它下酒。然后又从房间里翻出一小包前天坐飞机时空姐发的花生米，和半小袋毛老师为预防低血糖而专门为其制作的芝麻糖。我刚要开喝，王干老师又拿起手机，打给了同住酒店的知名作家周蓬华先生，邀其一起来喝酒。没想到，一会儿工夫，蓬华先生就拎着一瓶白酒和夫人一起来到了。本来是准备多邀一个人来分担啤酒的压力的，没承想又多了一瓶白酒，我心头的压力立即加重了起来。没承想，王干老师和蓬华先生却兴致盎然、豪情满怀。于是，就着一袋榨菜、一小包花生米、半小袋芝麻糖，我们四人重新开张。窗外，波涛阵阵、繁星点点；屋内，笑语连连，酒香四溢。平时不喝酒的蓬华夫人也被感染，不自觉端起了白酒杯。不知不觉，一瓶白酒、四扎啤酒，就被我们四人一扫而空。桌上的菜，除了花生米被全部消灭外，榨菜居然还剩下半袋，芝麻糖也基本没动。

当然，在青岛，我更多地还是见识了王干老师的勤奋。每次来青岛，王干老师都有任务，讲学、写作、出席活动，不一而足。特别是写作，晚上虽然喝酒，但白天的写作从未间断，有时一天能写五千余字。经常是晚餐前我到房间去等他，他都是一个人坐在窗前静静地写作。有时与我聊两句，有时泡杯茶让我在沙发上等一等，说是还有几句就可写完。我也见证了王干老师从青岛发出去的文章，如因《汪曾祺十二讲》而写的《高邮三日》等，特别是《里下河食单》里的许多文章都与青岛有缘。

2021年初夏，王干老师来青岛，我照例去莫奈花园看他，刚一坐下，王干老师就兴奋地说，最近准备写一个《里下河食单》，把家乡的美食好好地写一写。我一下子来了兴致，和王干老师一起聊起了家乡的美食，从神仙汤到大煮干丝、从扁豆烧芋头到鳝丝、从秧草河蚌到清炒螺蛳，从大蒜炒百页的传统美食讲到慈姑的几种吃法，从丰富多彩的早茶又讲到家乡的人和事。回忆的闸门一旦打开，话题止也止不住，直到开生兄来敲门，晚餐时间到。现在回想起来，那天聊的又何止是家乡的美食呢？我们两位故乡的游子，远在青岛回忆故乡的美食、回忆故乡的人和事、回忆曾经的青葱岁月，正应了曹大元先生对《人间食单》的评说：美食是对故乡的思念，是对远方的向往。第二天，我专门请王干老师到青岛的一家土菜馆小聚，不为别的，就因为那家餐馆有一位会烧淮扬菜的厨师，同样的食材，虽然烧出了与故乡不一样的红烧狮子头、干煸鱼头、砂锅芋头，但也可以聊解一下乡愁。

很快，家乡晚报的副刊《坡子街》就开辟了王干老师的《里下河食单》专栏，一碗一碗地端出了王干老师笔下的里下河美食。有的是我们在青岛聊过的，有的是没有聊过的；有的是我曾经吃过的，有的是我从未品尝过的；有的是我们的家乡独有的，有的却是王干老师的第二故乡高邮独有的……

很快，我们看到了王干老师的新著《人间食单》。虽然我第一时间就在网上下了单，但快递竟迟迟未能收到。急如热锅上蚂蚁的我，只好让已经买到此书的同学将书一页页地拍照发给我，以求一睹为快。书中六十多篇关于美食的文章被分成了"美食的'首都'在故乡""寻找他乡美人痣""人生百态看吃相"三部分，而最打动我的依然是首篇《里下河食单》，五十二页，十六篇文章，是容量最大的一篇。法臣兄读完《人间食单》评价说："王先生写人间美食，我觉得《里下河食单》最好。"我深有同感。这倒不是因为王干老师"把自己所有所爱的情怀灌注在喜好美食的文章中"（汪曾祺语），而是因为，那里有我们共同的关于故乡的回忆和热爱。

汪朗先生在《人间食单》的序言里说，他是与王干老师喝酒过百斤的朋友。喝过百斤酒的朋友，那该是多少场美食的盛宴啊！我认真地想了想，我还没有达到。但未来的路还很长，我争取向着这个目标努力，让王干老师在美食的道路上领着我多走一点、走远一点。

此时，我在岛城秋日的暖阳里，捧着带墨香的《人间食单》，慢慢地品、细细地品。

读《青岛太平角的咖啡屋》有感

吕佳一

再读王干老师的《青岛太平角的咖啡屋》，是在 8 月初的一个飘雨的周末，我坐在文中提到的"二大爷"咖啡厅里，记忆里好像也是王老师坐过的位置，看窗外细雨旖旎，听入耳的蓝调回旋，品着喜欢的 Geisha，思绪飘摇，感慨万千。

看王老师文末的时间，是 2022 年 7 月，距今一年多而已，太平角的咖啡版图和格局，是有了些变化的。比如，"二大爷"已经摇身变为 T18coffee&bar，周边也一夜之间冒出了各具特色的咖啡群落，能叫出名字的就有五六家，sof、Reef 等，一度引领了岛城的咖啡时尚，也丰富提升了太平角的咖啡品位。

我是深爱咖啡的。日常生活的饮品，除了白水就是咖啡。在咖啡豆的研磨、萃取、品味中，不只是视觉嗅觉味觉的享受，更是心的释然与愉悦。平时喜欢到不同的咖啡厅寻觅自己喜欢的咖啡，喜欢自食其力地为自己做手冲，喜欢品尝全世界不同产地的豆子，也希望在恰当的时候，实现曾经的梦想。顺便说一下，我少女时代的梦想之一，就是开一个咖啡店，有各种好喝的咖啡，有鲜花盛开，有书香四溢，有迷人的旋律悠扬……

王老师的文中提到"咖啡馆是一个容易让人独立思考、独立写作的场所"，我深以为然。曾经有两年多的时间，我都是在几个喜欢的咖啡厅里办公的。那一段时间，我真实的感受是，一坐到自己的办公室，就不快乐，即使有咖啡，也是灵感全失，工作效率低下，而坐在咖啡厅里，安静的，风景各异的，哪怕是有点喧闹的，我都可以开心地专心地高效地工作。也因此，我结识了几个咖啡界优秀的朋友，他们是从最初的好奇，到不定时送我一杯上好的咖啡喝，偶尔的些许交流，慢慢地成了朋友。如今，他们都是咖啡行业的领军人物，在多年后的今年，在我自己终于有机会可以实现其实已经被忘却的少女咖啡梦的时候，他们都给了我真诚且现实有效的建议和支持。

此刻，雨依稀落，我坐在 T18coffee & bar 里，一个坐落在大大的美丽的花园里的咖啡厅。我环顾周围，或许是雨天的缘故，咖啡厅里只有一个年轻好看的女孩，她静静地坐在一个面向花园的浅浅的矮椅子里，双手捧着好看的咖啡杯，时不时地小啜一口，更多的是看向细雨中愈加清新脱俗的花园……这风景，像极了画。

我让咖啡师送了她一杯 T18 特调咖啡，女孩先是惊讶了一下，随即微笑着道谢……

原来，梦，一直在。

我与《神仙汤》

驰 父

拜读完王干先生的新著《人间食单》，我吸溜着收起流下的口水。

王干先生的故乡在里下河腹地的兴化，和我的家乡相隔十数里，属周正的老乡。同在京城游走二十余年，我们有交集似是必然。近两年与先生相聚较多，聚多了，就熟了，那种地位之间的距离感就渐渐消失。掼蛋聊天，饮茶抽烟，喝酒品美食，所及无限，原来，先生也是邻家兄长般易处。

与先生相聚很少聊及文学，这点让人难以置信。谈什么呢？谈吃，谈众生之相。总之一句，吃可口美味，聊无限趣事。我偶尔下厨，亲自操刀，做出一两道自认为的拿手菜来，会请朋友们品尝。席间先生经常谈及从前的美食，神仙汤是必谈的。某日，我与先生讲了，那就现做来尝尝呗，回忆回忆？先生即表同意。我下厨一番操作，热腾腾的琥珀色神仙汤上了桌，空气中弥漫着它发出的混合味香气，有些诱人。分食于众，吸溜声与汤勺和汤碗的碰击声交相辉映，悦耳且嘈杂，一派人间烟火。先生喝完后咂咂嘴，若有所思地讲，似少了一味，余皆可。我问缺啥，先生回是脂油，且称脂油是此汤的灵魂所在。这段故事被王干先生记述为《神仙汤》一文，并收录于《里下河食单》中，我就是先生文中所说的那位老乡。

在我看来，汤是有地域性的食物。北方中原或鲁地人吃饭，他们通常是不点汤菜的。我问过原因，他们说请人吃饭，点些汤汤水水的，总感觉亏了客人，不够厚实与尊重。我请他们吃饭时，是必点汤类的，知我习惯，也觉得饮汤舒适，再有饭局他们就效仿起我来，现在似乎已相互适应。我在淮安待过一段，初到时，朋友备家宴招待，桌上没有汤勺，很是奇怪，如何喝汤呢？也没见汤类，餐毕，见有客夹了剩菜于自己吃完的饭碗内，倒些开水一起喝，这便算作汤了。后来熟了，吃饭时，问他们不备汤勺如何食汤？有人在我面前示范起来，见他熟练地用筷子夹了酒盅，舀起了汤，动作稔熟，让我称奇。我试了试，终是生硬，失败告终，想来，这绝对是个技术活儿。

家乡兴化，汤食应是有悠久历史的。汤菜是餐桌上必备的美味，且种类繁多。制作简繁皆有，价格昂贵与平常差别巨大。即便是粗茶淡饭的年代，常常是以腌菜做下饭之物，总也要用各种食材做上简单的汤，实在是食材匮乏的季节，冲份神仙汤，照样将饭吃得有滋有味。在我的家乡，汤是餐桌的灵魂，而王干先生讲脂油是神仙汤的灵魂，这样想来，脂油应算得上家乡餐桌上灵魂的灵魂了。当年脂油在厨房中的地位，是可以验证这一点的。

美食是精神享受与物质享受，也是文化的载体之一。素有美食嗜好的江苏，是淮扬菜的发源地，出了一批美食大家。如一生在江苏为官并终老于江宁的清朝食圣袁枚，近现代的陆文夫等，他们不但会吃，还会记录立传，让许多名菜得以传承。高邮已故的汪曾祺先生被称为"中国最后的文人士大夫"，他对美食颇有研究，绝对是美食家，被王干先生尊为先师。王干当年与汪老交集颇深，大有汪老遗风，近来对美食着魔般感兴趣，潜心研究，成就斐然，也已成为美食家，《人间食单》的出版，更是证明。

文学与美食向来有渊源，一部《红楼梦》催生出一桌红楼宴，天下皆闻。高邮因是汪曾祺的故乡而修建了酒楼"汪味馆"，这是美食与文化结合的典范。或许，将来在某地，也会出现一处"王味馆"。

向阳而生

钱忠岭

在我静静地看完先生的作品后，脑海中便浮现了这四个大字——向阳而生！

我们都希望他人生活在阳光下，善良的我们期待着每个人都幸福快乐，但却不可避免地忽视了一个问题——快乐是什么呢？

快乐不是情绪，是一份能力；快乐不是矫揉造作，是对生活的热爱；快乐不一定是唱歌跳舞，阳光在哪里，有时当局者未必看得清楚，也并不懂得去追逐。

我的老家不在兴化，但我的老家是同样被称为水乡的溱东，那里有着和兴化一样兴盛的捕鱼业，也有着溱东老鹅、溱湖八鲜等美味佳肴。按理说类似的花也可以开出类似的香味，但打小我却并不阳光，充满了忧郁。

好在我有一项爱好，叫作阅读。我的阅读与年龄无关，从小酷爱名著，无论中外。相当有趣，徜徉在浩瀚的世界里，我便变得不再对周边的小事有过多的计较。

母亲是个受传统文化尤其儒学影响颇深的人，自小便教育我们衣贵洁不贵华，在饮食方面崇尚极简主义——那时虽然还未出现这个名词，但我想她却已经超越了时代。可惜我天生反骨，未迷上阅读之前，我曾憧憬过华贵而美丽的服饰，还曾经自己画图设计过。我曾嫌弃过母亲为我准备的食物，虽是干净但并无美味感。吃饭无法成为享受，那算什么吃饭？

迷上阅读后，我不再和母亲计较，但想不到自己热爱生活之心也已去了大半。这种近似清心寡欲的生活实则是一种自我麻醉及对生活的逃避。

读《人间食单》，眼前所呈现的已不仅仅是一道道美食，还有一份份对人间大爱的诠释。在阅读中，我不自觉地将先生想象成追日的夸父，我想巨人呈现给我们的，庞大、驳杂又有趣的生活，是值得我们去顶礼膜拜的。

《人间食单》里有对世人的称赞，对世俗的真正看穿。当我稍稍看懂这一道道美食背后的故事，便开始衷心地为那一道道美食的诞生而喝彩！

也做"河蚌咸肉煲"

张新连

烧河蚌，是里下河人餐桌上的家常菜。

在食材缺乏的年代，烧河蚌的主要品种是河蚌豆腐汤、河蚌青菜汤等。吃起来，河蚌滋润筋道，汤汁清新鲜美。在少肉的时代，这道菜无疑是里下河人餐桌上的一道风景。

对美食的追求是永无止境的。现在，富裕起来的里下河人，逐渐觉得传统的河蚌做法满足不了越来越高的味觉要求了。毕竟，河蚌本身没有过多的脂肪释放在汤里，细品起来，总感到清汤寡水的，鲜而不丰腴，鲜而不醇厚。无疑，这道伴随了里下河人若干年的本土廉价佳肴亟待推陈出新。

最近，读著名作家、美食家王干老师的新著《人间食单》，其中有一篇是《河蚌咸肉煲》。一口气读完，兴奋到了流口水。

王老师是在他伯父家吃到这道菜的,"乳白色的汤,漂着几片白里透红的咸肉片,河蚌的肉也泛着咖啡色的光泽,几片青菜映衬其间","汤是鲜的,带着淡淡的咸味,再吃肉,肉是香的,浓郁的腊香里,又透着河蚌特有的泥土的芬芳",王老师简洁而生动地描写了这道菜色彩斑斓的颜值和层次丰饶的口感。看到这儿,怎能不悄悄地咽口水?

心动不如行动。虽是深冬季节,天寒地冻,但再凛冽的北风,也阻挡不了吃货前行的步伐。我到菜市场买来了河蚌和咸肉,洗净,切片。热锅,加脂油,烧至微烟飘升时,加咸肉,煎出一汪晶莹透亮的油,加葱姜蒜煸香,再加河蚌爆炒。河蚌和咸肉在锅中"高度融合",你中有我,我中有你。适时加入高汤,移入砂锅文火熬煮,任河蚌和咸肉在锅内翩翩起舞。将熟时,投入适量碧绿的青菜点缀。

王干老师在《人间食单》的另一篇文章《湖菜》一文中,极其简洁地概括了淮扬菜的特点:"刚出土,刚出水,刚出锅。"这道菜中,河蚌刚出水,青菜刚出土,现在,热气腾腾的,又刚出锅,那就开吃。先趁热慢慢喝一小口汤,淡淡的咸香中,弥散着浓浓的鲜美。轻轻撤起浓汁滴成一条竖线的娇嫩玲珑的河蚌和咸肉送入口中,顿觉丰腴醇厚,浓香绵密,美到了天上。

吃完后,我轻轻举手,摸摸眉毛还在不在。

平常的食物,平常的生活,有了这道美食,好像就有了诗意,它让我分明能感受到里下河的风情、风俗、风物之美。

有空居家,条件允许时,不妨试试复制《人间食单》中的菜。按书中所说,如法炮制也好,有所改变,融入自己的创意也好,只要喜欢,就有滋有味。

从个体品食到个性写食

李　晋

　　王干的主业是文学评论，也许在常人印象中，评论家是刻板、严肃的，然而，见字如晤，在阅读了这本《人间食单》后，就会感觉到王干的性情，有趣有味。顺着这一连串的兴趣，再到网上翻寻王干的照片，会发现甭管是合影还是抓拍，他的面容十有八九是带着微笑的，即使没有流露出笑意，也能感受到他的阳光和乐观。

　　《人间食单》一书，其核心是"食"，食是维系人们活动的必要保障，亦是人们津津乐道的话题，我每每与朋友相聚，谈吃论喝是少不了的，我问过周边的人士，吃喝的话题也是他们聊天时经常触及的。能吃会吃懂吃，是足以让人骄傲的资本，但仅仅这些还称不上美食家。李笠翁、袁子才、童岳荐这些美食家之所以史上留名，是因为他们均有作品传世。换言之，美食家就是"写食家"，他们不一定要擅长烹饪，但一定要把自己吃喝的经验写下来。

从个性品食到个性写食，再引发大众的情感共鸣，这是"写食家"的必经之路。饮食是生活的一面镜子，文史哲美、风土人情、旧闻掌故，无不浓缩其中。世间少不得吃喝，也少不得像王干这样的"写食家"，从某种程度上说，"写食家"写的其实是世间万象。

《人间食单》这个书名，似乎是从袁子才《随园食单》中获得的启发，然写作风格却是和汪老一路的。盖因王干与汪老属忘年交，得其写作真传。师友王稼句曾将美食作家分为"乡土派""旅食派""新感觉派"三种类型，而在《人间食单》里这三种类型的文字均可以看到。王干是写作风格多变的吗？非也，他是一位广读博览的文艺通才。

在品食过程中，王干有着独特的体验和观察，如在做小公鸡炖毛豆时，毛豆要带着毛茸茸的豆衣入锅；如吃到的空头咸鸭蛋，是清明后腌制的；如酱菜咸生姜，是以未成熟的拐姜为原料；如乳白的慈姑汤，味道与鱼汤有几分神似。如果把书中关于这些的原文摘抄出来，汇编一册美食小贴士，想必也会大受欢迎。

我所欣赏的，并非是《人间食单》六十多篇文章中的食物滋味及烹饪方式，而是能从中窥见文人赋予文字的超然风度。在《秧草》一文中，王干写在南京吃了一盘炒秧草，吃毕见到盘底竟留有一层金黄的菜籽油，他回想到困苦岁月，家中炒秧草时，虽放了小半碗菜籽油，却不见锅上有油迹。今昔炒秧草为何不同？王干虽没有解释，却从中衍生出万般余味，社会嬗变、生存状态、故土乡愁、亲情时光……接踵而至，至于究竟是什么样的滋味，各人心目中的答案大抵不同。

呈现给大众的食单是在个体单食的基础上总结而来，王干吃着，写着，他人自然就能看着了，这样的互动仿佛午夜的清谈，舍了浮躁，丢了疲惫，可饮淡茶，可喝咖啡，一切轻松自如。独乐乐不如众乐乐，由此期待《人间食单》与更多的有心人有缘人，共享交流切磋之快意。

更说"农家饭"

张永军

翻看王干先生的《人间食单》，有一种本能的喜欢。食不厌精，脍不厌细，饮食男女，本就是人的一份天性。一本关于美食和饮食文化的散文集，自然会激起人们本能的喜爱。况且，作者雅致的"汪氏"（汪曾祺）文笔，兼之图文并茂的精美设计，在生动有趣外更增可读性。读罢全书，笔者感觉，最偏爱的还是第一辑"美食的'首都'在故乡"中的篇章。

"乡味珍彭越，时鲜贵鹧鸪。"（白居易《和微之春日投简阳明洞天五十韵》）人间百味，唯乡味最难释怀！人在异乡，故乡的味道，是萦绕味蕾上的回味，更是经历奔波后的人生况味。借乡味让经历世俗波澜的人们，抒发种种人生感喟，代不乏人。近者如周作人的《故乡的野菜》、汪曾祺的《家常酒菜》、陈荒煤的《家乡情与家乡味》等等，均是此中佳作。"家乡味"在一饭一事中、一草一木间，每每飘散着泥土味、农家香。至若王干先生笔下《里下河食单》《高邮美食地图》《江南三鲜》中的诸多美食，其实就是标准的"农家饭"。那较之干鲜水陆、山珍海味，农家饭何以让人们情有独钟抑或说因何魅力独在呢？这是我通过《人间食单》，加深的另一种感悟。

　　笔者一向认为，尽心而不逾力，是最好的待客之道；或者说，必以真诚相邀，不勉强自己，也不为难别人，才能欣享相邀之乐、欢宴之情。否则，豪奢的筵席可能就是营谋的饭局，鲜肥的甘食随后即成薄情的寡味。而农家饭，似乎最能让人领受这份真诚、惬意。"故人具鸡黍，邀我至田家。"孟浩然《过故人庄》之后，"鸡黍"俨然成为"农家饭"的别称。《三字经》中说"马牛羊，鸡犬豕。此六畜，人所饲"，"六畜"当中，唯鸡最便宜。但有朋远来，杀鸡做食，设酒相待，主人量力尽心，客人倾情与欢，此乐何极！其实，果蔬不论珍奇，菜品不论繁盛，难得真诚相邀、知己欢聚。"鸡黍今相会，云山昔共游。"（唐·秦系《早秋宿崔业居处》）也只有此中深意，才会令人"待到重阳日，还来就菊花"，更约佳期、再厚情谊。——莫道农家浊酒浑，鸡黍相待最情真。正是有念于此，笔者对于自己所居住的这个小县城中以农家饭享名的酒馆、饭店，虽不乏光顾但罕有喜欢。尽管，这些农家饭，做得可能很地道、更鲜美，但每每感觉它欠缺了一份内在的真诚、实在，并不真正能够怡人。就像品古人诗，绚烂未必深刻，平淡未必浅俗，关键要去体会。

　　至于在置办农家饭中，体现出的就地取材、节时省火的最基本要求，则应该成为农家菜独得厚爱的另一原因。据笔者的观察，农家菜做法各异，但都不离两大特点：在烹制方法上，多取"蒸、炖、卤、腌"；在食材选择上，讲究"不弃细小、就地取材"。无论烹制方法，还是食材选择，农家饭集中体现出的都是勤俭的本色和美德——"蒸、炖"能够多物一用，充分发挥灶火之力；"卤、腌"最防失时失饪，可以戒除馋败之害；"不弃细小"体现出物尽其用，即令小鱼小虾、皮脂肉冻也当使以尽用；至于"就地取材"，则虑及开源节流，使嫩笋藤菜、秋菘春芽都成佐餐美味。宋末隐士蒋捷有云："节饮食，慎言语。"饮食之"节"，我以为，始乎节俭，但本以节制，诚如清末民初的名士李庆远在《养生自述》所说的"俭于饮食则养脾胃，俭于嗜欲则聚精神"。这不只有助于养身，更有助于养心、养性。

"胃的上面是心，喂饱了肚子，心才会暖。"这是曾经热播的电视剧《爱上特种兵》中的经典台词。多少回，在感到身心疲惫的时候，笔者都会在乡间公路上颠簸三四个小时，赶回故乡去尝一碗亲人们做的农家饭。尤其是傍晚时分，站在村头的河坝上，望着从几家院子里飘起的缕缕炊烟，想到马上就可以饱餐一顿，那份由衷的幸福感和满足感，一下就会溢满心头。一饭一粥亦有道，从一碗农家饭里，表现出一份真诚、一种节度，更表达出了人们对生活最本真的挚诚、索求和热爱。唯愿，它不只能够调节人们的口味，更可以通过味觉帮助我们找到某种感觉，并由这种感觉找回一份本真，更获得一种启发、心境。《人间食单》，让我们由衷感到：天大地大，人间值得。

河蚌、螺蛳和茶事

王　兰

2022年哥哥出了一本书《人间食单》，这本书我是看了多遍，书分三辑，分别是"美食的'首都'在故乡""寻找他乡美人痣"和"人生百态看吃相"。

我喜欢第一辑里面的文章，因为第一辑有一篇《里下河食单》，这篇文章写的都是我们熟悉的美食，无论是一块米饭饼还是一只咸蛋、一块咸生姜、一碗菜饭，或者只有酱油胡椒荤油冲泡的神仙汤，读来都是那么亲切。在我们的记忆中，这些是人间美味，都是大餐。

食单里的《咸肉河蚌煲》更是勾起了我对童年的回忆！

哥哥长我七岁，他老大，我老小。小时候镇上有什么热闹的事，我想看而够不着看时，哥哥总是低下头让我"骑大马"，骑在他的肩上看。

水乡的孩子大多会游泳，一到夏天，河里总有一群群娃泡在水里，会游的在深处游，深水区水干净，不会游的就靠近岸边浮浮水。

我游泳是哥哥教会的，他经常拿一只大的红色木圆桶——我妈说那是她结婚时外婆给她的陪嫁，哥哥让我抓住圆桶边，他游着拉着圆桶带我在河两岸来回游。在河两岸来往多次后，哥哥就会突然袭击地，把圆桶往远处一推，然后我手一松，哥哥就叫我去抓住圆桶。人的求生本能使我扑通扑通地往前游，去找寻救命稻草。三番五次，我就在哥哥的突然袭击下，学会了游泳。

哥哥每次带着红圆桶游泳是有更大的目的。夏天河蚌多，摸起来方便，他每次带着大红圆桶去游泳，一边游泳一边摸河歪（河蚌）。

不知道哥哥是怎么摸河蚌的，反正他每次带着红圆桶下河，都能摸不少河蚌，大大小小的都有。我还记得哥哥一个猛子扎下去，一会儿工夫，就能摸个河蚌上来。

河蚌摸得差不多了，他就会拉着圆桶到岸边。我永远忘不了哥哥拉着装了大半圆桶的河蚌，那种开心、自信的表情。

第二天，父亲就会打些肉，那时的河蚌烧肉就相当于现在的鲍鱼红烧肉了。等到河蚌烧肉的香味从屋子里往外溢，吃着肉再喝上一口正广和汽水，那是我小时候最幸福快乐的时光了！

《里下河食单》里的《螺蛳》又让我想起了两年前的一个有趣故事。

记得是一个国庆节后，哥哥从北京回来了，我做饭给他吃。那天我去菜场，看见有一大哥在卖自己摸的螺蛳——农谚有"稻锈螺蛳",说的就是稻子抽穗时螺蛳最肥美,于是我买了两斤回去洗干净,放了几滴香油到水里,又把螺蛳放进去养。到晚上,我剪了螺蛳尾,下锅烧。那晚哥哥吃螺蛳吃得很香,直说为什么这么好吃、这么鲜!最后吃饭时,他用螺蛳汤泡饭,把我们逗得笑了半天。

《人间食单》最后一篇文章是写《〈红楼梦〉里的茶事》,哥哥的这篇文章写得很细,说明他读《红楼梦》之认真。这篇文章提到了《红楼梦》中许多写茶的片段,比如有一处写到烹茶艺术"妙玉自风炉上扇滚了水,另泡一壶茶",又写富贵人家喝的茶有六安茶、老君眉、普洱茶、枫露茶和龙井茶,文中特地描写了枫露茶。这篇文章让我了解了清代的名茶和贡茶,受益不少。

《人间食单》是致敬清代大家袁枚的《随园食单》,这本书其中有一章写了《茶酒单》,集中记录了他对各种名茶的感受。袁枚的家乡在杭州,所以他最爱家乡的龙井茶,他喜欢用龙井茶跟其他茶比较,袁枚七十岁游览武夷山时,对武夷岩茶推崇备至。

哥哥这么多年走遍全国各地,各地的美食吃了不少,各地的茶论起来如数家珍,他经常跟我们讨论哪里的茶好喝,武夷岩茶是其中之一。有时候回来,他会带一些有特色的茶叶给我们品尝。有爱心的人心里时刻装着家人!

河蚌也好,螺蛳也好,都是我们里下河寻常不过的河鲜,由爱美食爱生活的哥哥写出,就是爱生活爱亲人的美食单!

大红袍也好,龙井茶也好,只要爱生活,心中装满亲情,一杯茶胜却琼浆玉液。

品人间至味

晓　宇

　　在家无事，刚好在书柜中看到儿子刚买的王干老师的新著《人间食单》，我便迫不及待地读了起来，书中写美食，写故乡，许多场景让人感到非常亲切。这是一本写美食的书，更是一本让人乡愁四起，用味蕾复活人生记忆的书。

　　《里下河食单》中给我印象最深的是王老师描写的里下河地区的河蚌。王老师生活的场景与我童年生活的场景极其相似。我的家乡如皋，距离高邮也只有一百多公里，在那贫穷的年代，一入夏，老家那交错如蛛网的河汉里，就断不了摸河蚌的人。乡村人家，几乎家家都有洗脚的木桶。我跟小伙伴们，三五成群，把木桶用头顶着，身子一歪一扭地来到河边，扑通扑通下饺子似的跳进水中。木桶带在身后，让它漂浮在水面上，为了不让它飘得太远，用绳子一头系着木桶，一头系在腰间，沿着河两侧向前摸。河蚌通常在深水中，至少在半人深的水中，一般都是肚子缝口向上，要发现它，得用脚踩。踩着了，先用脚趾头扒开四周的河泥，感觉那东西圆溜溜的，哦，没错，那准是河蚌。这时候，吸口气顺势弓身潜入水中，将其从泥中抠出，举在手上，然后冒出水面，扔进木桶。如此反复，不过一顿饭工夫，便有了大半桶河蚌。

我摸了河蚌归来，劈出肉来做菜，常见的做法是河蚌烧豆腐，或者用河蚌肉烧青菜，有了河蚌肉，那汤就会十分鲜美。对乡间的农民而言，那可是一家人真正的美食。

从这本书中，我读到了王干老师在品人间至味的同时，看到了蕴含在至味中的哲理和生活的百态。透过米饭饼，他看到的是过日子的不容易。所谓至味，或许平常。平常，不是寡味，那是人间的美食至味境界。

王干老师的笔调清远高迈，虚空恬静，在一分素淡宁静里，让人忍不住胃口大开，从胃里温暖到心里，任岁月的秒针滴答滴答，浅浅地，留下隽永……

美食文化的沿袭与传承

张泽峰

　　三国时期魏文帝曹丕说过"三世长者知被服，五世长者知饮食"，指出讲究被服、饮食需要有一定的社会地位、阅历和经济条件，需要几代人富贵的传袭，才能真正有所领悟怎样穿衣怎样盖被，怎样选择饮食。说起来，每个人都"会"吃饭，但又不完全"会"。

　　在《随园食单》之前，中国大部分的饮食书籍只记载烹制方法却少研究其中的缘由，《随园食单》多了鉴赏品评的成分。袁枚一生的生活轨迹，基本都在江苏省内，有些外乡食物道听途说，观点难免偏颇。清光绪年间袁枚的"迷弟"夏曾传对《随园食单》加以增补点校，编写成《随园食单补证》；夏氏有考据家习气，随宦南北，对各地风俗比袁枚要开阔，补证所引多能开人耳目，明其源流。这种相互印证的传承，使美食脱离一家之言的解读，从而成为一种有深度的生活文化。

汪曾祺先生是作家中有名的美食家，不仅爱吃，而且爱做。最简单的风物吃食在他笔下，都变得有滋有味。内蒙古的韭菜花和手把肉，昆明的米线和饵块……林林总总的吃食中，汪老写得最好的还是故乡的味道。他在《端午的鸭蛋》中写道"敲破鸭蛋一角，筷子头一扎，红油就吱——冒出来"，一篇文章让全国人民都知道了高邮的咸鸭蛋的妙处。

王干先生是江苏兴化人，高邮女婿，在高邮生活工作过多年，和汪老是不出百里的乡亲。汪老之于王干，是亦师亦友的忘年交，除了汪老的家人，他是有幸尝得汪老厨艺最多的人。对于故乡里下河的食物，二人有着同样的味觉记忆。王干的美食审美受汪老影响颇深，文风也一脉相承，格调高雅，温润如玉。

王干新作《人间食单》一书可谓汪氏美食散文的衣钵传承，在生动的烟火气息中融入深邃的思想，文章充满知识性和趣味性。很多读者通过汪曾祺的文章第一次知道高邮的咸鸭蛋好吃，心向往之。王干在《高邮的鸭蛋》中对高邮咸鸭蛋风味的成因做了深入的调查，请教老领导才知道"高邮的土，香啊"。

在王干的笔下，美食之"美"，不唯其珍稀名贵，凡益人养身之物皆可称之为"美食"。有些食物并不符合色香味俱全的美食标准，但在吃惯这一口的人心里却难以割舍，比如老北京的豆汁儿和麻豆腐，里下河的米饭饼、烂藕、神仙汤。王干写美食，并不完全写食物本身，比如《慈姑》一文，先以汪曾祺先生的《咸菜慈姑汤》的乡愁开篇引出里下河的慈姑，从外地朋友对慈姑的品评对照身边亲友对慈姑的烹调方法，以四十年前首次登门岳母烹制的慈姑汤收尾，最后一句"岳母去世多年，

235

她的这道菜我还记得"戛然而止，平淡的文字，让人忽然鼻子发酸。

　　整本书中，王干的文字藏锋守拙，不疾不徐，在平心静气地述说中为我们勾勒出一幅白描的里下河画卷，点染之处颇为克制，正如汪朗先生为该书所写的序言中所说："美食文章，还须'有我'，融入作者的经历感触寄寓，这才是文章。"文章疏朗的留白，是作者文学审美的匠心设计，等待读者阅读鉴赏时以自己的感受去完成美食文化的沿袭与传承。

《人间食单》的美食密码

汪　立

　　论起吃，小说里的人物大概没人能胜得过《射雕英雄传》中的北丐洪七公；而在现实世界中，得到众人交口称赞的，莫过于汪曾祺。但北丐再牛，却有一个"致命伤"——只会吃，不会做；而"最后一个士大夫"汪曾祺却烧得一手好菜，从这一点说，北丐完败。

　　汪曾祺之后，擅写美食的作家寥寥无几，直到看到王干先生的新书《人间食单》。作为汪曾祺的忘年交，王干先生对于美食以及食物与人之间的关系，显然有着自己的独到理解。

　　如王干先生在《里下河食单》中写的："醉虾带着浓烈的里下河的水香，蒲包肉带着三垛河的清香，清炒虾仁则散发着大运河的柔软和筋道。"

菜品和地域的结合，变成了乡愁在味蕾的爆炸，某种滋味回味悠长，跟随一生，即使漂泊到世界尽头，依旧萦绕在舌尖心头。嘴里吃的是虾仁、蒲包肉和醉虾，心里念的却是里下河、三垛河和大运河，食物从来不是孤立存在的，而是和每个人的童年、过往还有全部的社会关系紧紧联结在一起，甚至融入血脉。

这大概也是王干先生为什么说"美食的'首都'在故乡"的原因——故乡，不仅仅是美食的"首都"，也是每个人午夜梦回的目的地，受尽挫折和打击后的最终归宿，是炊烟袅袅升起的村庄，也是陌生城市里最熟悉的角落。

可是身处现代社会，人终归要走出去，去拥抱更宽广的世界，去结识更多睿智的师长，也去品尝更多的人间滋味，如王干先生说的"他乡美人痣"。

也只有在他乡，孤独的行者才能体味到故乡的温暖，以及故乡种种食物中蕴含着的万千愁绪。"生命不是理念，而是具体的生活。"生活落实到地面，终究是一瓢饮一箪食；落实到人生，最终就成为一碗乡愁。

现代社会对人的异化不仅仅体现在把人当作工具、把人的思想和情感无限压缩为某种可以量化的欲望，更体现在对食物的异化上——"但电烤的鸭子就是不香，就是少了人间的味道"。

《平民烤鸭》中工业化的食品没有灵魂，流水线也生产不出乡愁的滋味。工业化其实就是异化的变种，对人的异化和对食物的异化同时进行，比如预制菜——当然这是另一个话题了。

《人间食单》的美食密码，说简单也简单：不过是对待食物如同对待人一样，要有感情，而不是仅仅用来果腹——就像只是利用人的话，永远无法收获真心和真情。

"但会所常常吃的不是菜，不是味道，不是情分，是人脉，吃人。"（《吃什么》）可见真正的美食是看人和心的，有人有心有美食，有人无心干热哄（一句家乡俗语，意思是看起来热闹，其实一地鸡毛）。

汪老的文字之所以让人难忘，就在于其中蕴含的情感，往往历久弥新难以忘怀。如他在《故乡的食物》开篇所写："小时读《板桥家书》：'天寒冰冻时暮，穷亲戚朋友到门，先泡一大碗炒米送手中，佐以酱姜一小碟，最是暖老温贫之具'，觉得很亲切。郑板桥是兴化人，我的家乡是高邮，风气相似。这样的感情，是外地人不易领会的。"

王干先生评价汪老："……汪曾祺则是通过写吃，打通了文学与生活、文学与人生、尘界与天界的关联。"我以为这话说得很恰当。文学来源于生活，民以食为天，吃饭正是生活中的头等大事。

能把普普通通的家常食物写好，能把记忆中的食物所蕴藏的乡愁和思念写好，能够依靠写吃打通尘界与天界的隔阂，这样的技艺已近乎道。《人间食单》继承了这个传统。希望这个传统能被更多的作家发扬光大。

人间烟火是"食单"

刘凡荣

对于王干先生，在他的家乡江苏兴化，先闻其名后读其文者不在少数，我就是其中之一。我曾猜想他是一位精于纵横捭阖的文学斗士，没承想一本《人间食单》把温润、平和的王干先生送到我面前。这时候，他分明沉浸在自己的过往里，咀嚼着年份的味道，思索着人间烟火的价值和意义。

单从书名来看，这本书很容易让人联想起清朝才子袁枚的《随园食单》。但两本书不同的是，《随园食单》是菜谱式的，细腻描摹了乾隆年间江浙地区的饮食状况与烹饪技术，有菜看饭点，也有美酒名茶，重在做工，而《人间食单》则是美食与情感交融的。《人间食单》里有耐人寻味的故事，因而我们不仅可以品出美食之味，还能体会风土人情之味、质朴亲情之味、诚挚友情之味。

身在里下河，我和书中《里下河食单》一文是有许多共情的。

比如王干先生写的《米饭饼》，读后便能共情。那个时候我的母亲就经常摊得一手好吃的米饭饼。把略馊了的粥加米粉搅拌发酵一夜，第二天早上，先把洗净的铁锅烧热，把少量的菜油倒进锅里。然后，用炒菜用的铜铲把烧沸的菜油均匀浇在锅内壁。最后，把发酵好的米粉粥用铜铲一铲一铲均匀浇在锅内壁。只三分钟左右的工夫，米饭饼的香味就弥漫了整个厨房。用铜铲在熟了的米饭饼上切几道线，再铲出来，就可以沿着切线撕开吃了。上小学的路上，我总是一路吃着喷香的米饭饼，一路与同学谈笑，脸上洋溢着满满的幸福。

再比如说王干先生写的《慈姑》，我是熟悉的，我家的自留地里就曾经种过慈姑。每年7月初，把自留地的一块选出来进行整田，施足农家肥，带水耕耙，泥化平田，然后选好慈姑种，下好秧。7月下旬至8月底进行定植。定植时拔起秧苗，摘除外围叶片仅留柄茎，栽植后将根部泥土填平。当整块自留地都定植后，保持田间浅水。过一个月左右的样子，排水搁田使根深扎，后期再维持浅水。这期间，只要做好施肥、除草、剥叶、防虫即可。11月下旬至次年2月份左右，待慈姑露在地上部分的茎叶都枯黄后，再耐心等待一两周，即可采收。采收时的心情，满是丰收的喜悦。

读《人间食单》是会牵出我若干记忆的，有怀念、有感恩、有不舍、有期待会油然而生，有些故人和旧事会不由自主地浮现脑海，有些不加提醒就容易被忘却的、想做却没做的事会立即去完成，填补了缺憾，丰盈了人生。

读着《人间食单》，感受油盐酱醋和家长里短，我们会很自然地钻进浓浓的人间烟火气中，细细品味"民以食为天"的中国味道，深刻感知几代人的血脉与生趣。细细想来，江湖之外还就是美食合了人们的真性情。远离喧嚣和忙碌，以美食为媒介，与亲朋好友为伍，心灵会纯粹起来。这个时候，整个人都是属于自己的，想吃什么吃什么，想和谁吃和谁吃，主动而自发。这个时候，才能再现"以文会友""酒逢知己千杯少""把酒话桑麻"的场景和心境。也只有这个时候才会明白，吃饭吃菜不仅是为了果腹与生存，更成为一种生活方式的集中表达，调羹弄膳之间，处处流露着生活智慧和生命尊严，饮食文化之美跃然脑海。

如此看来，与其说《人间食单》是美食百科，还不如说是一个时代的记忆。这种记忆，教会我们的不仅仅是饮食文化，还有生活与成长……

舌尖上的文化与哲学

谢伯康

吃美食是一种享受，看美食文章亦是一种享受。在王干的散文集《人间食单》中，家乡的美食、他乡的美食和对"吃"的思考，皆能引起读者的共鸣，仿佛隔着纸张，就能看到那一盘盘珍馐美味，让人忍不住细细品读。

美国心理学家马斯洛曾提出需求层次理论，将人们最基本的需求归纳为生理需求，即衣、食、住、行等方面。几千年来，人类的生存繁衍，食物都占有极其重要的地位。地域不同，生活习惯不同，让美食具有多样性。但吃遍各地美食，走遍千山万水，人们最惦记的还是故乡的美食，那种刻在骨子里的记忆，是任何外界因素都磨灭不掉的，正如王干在书中提到的"你走得再远，你吃得再多，故乡的滋味在牵挂你"。

《里下河食单》中的每一种食物都能勾起我的食欲。他笔下的里下河是平原地区，河网密布，物产丰富，供应了人们许多美食。我生活的地方也是平原，有着许多相似的美食，比如米饭饼，在江汉平原叫作溜粑或小米粑。过往家里剩下的米饭或稀饭，奶奶不舍得丢掉，收拾好后，乳酸菌在肉眼看不见的世界慢慢地发酵，赋予剩饭另一种风味，再磨成米浆，在锅里摊成饼，那酸香味，馋得我还烫手时就忍不住往嘴里送。咸蛋、慈姑、螺蛳、河蚌……每看到一种美食，都会联想起在家乡生活的点点滴滴，也让我不禁垂涎欲滴，思索每道菜的做法。这就是作者的高明之处，将一个个家乡美食，变为一篇篇文字，让在外漂泊的游子可以通过文字怀念家乡，慰藉思乡的心情。

在第二辑"寻找他乡美人痣"中，王干将旅游、出差途中所见所闻所尝的美食详细记录，可看出他是一个真正爱吃、会吃的人。生活中，很多人的旅程都是行色匆匆，除了拍照以外，一趟下来并没有多少记忆。事实上，去一个地方旅游，能够在当地犄角旮旯中找到独具特色的美食，倒也不失一场美丽的际遇。比如他在《"凤鸣三仙"诞生记》中提到的鸡枞菌，就勾起了我在云南的一段吃菌子的记忆，雨季的云南，菌子的鲜美赛过鲜肉。前些年，《舌尖上的中国》播火了一批美食，其中就有云南的鸡枞等菌子，让每一个在云南旅游的客人都会想着去品尝。美食文章和纪录片一样，它能够留存一个地区的特色，亦能够推介这个地区，带动一方的旅游资源和经济发展。

"人生百态看吃相"作为散文集的第三部分，王干写美食而超脱于美食，对"吃"的哲学进行了探讨。《吃什么》《和谁吃》《在哪儿吃》写出了国人的聚餐文化、节日文化、宴请文化；《点菜是个美学问题》《喝酒是个军事问题》写出了餐桌礼仪、酒文化；《火腿笋片汤》《"贪吃蟹"谢冕》写出了文人名家与美食的故事……国人会吃、善吃，衍生出来的饮食文化也值得细细咀嚼。

其实，写美食文章并不容易，详细交代一道菜品的制作过程，那便成了厨子的菜单，颇为乏味；如果单纯写美食的文化，又缺少了一点烟火气，读之寡淡。王干的《人间食单》真正将美食与文化交融，让人既可以读懂美食背后的故事，又可以勾起读者的食欲，忍不住跟随作者的脚步，去寻觅那些城市的美食。

温润，从舌尖到心底

刘学正

　　纵观源远流长的中华饮食文化，其中不乏饕餮客和美食家的身影。前者满足口腹之欲后，了无踪迹，而后者则赋予许多名肴小吃以持久生命力和文化外延。有趣的是，美食家多为文人，且不说苏轼、张岱、袁枚，单就现当代而言，也有林语堂、汪曾祺等，热衷将味觉与文字巧妙调和。近读鲁迅文学奖得主王干的散文集《人间食单》，感慨又发现了一位"化俗为雅，言淡情深"的文人美食家，藏于其书的一道道纸上美食，滋味醇厚，除了传统意义上的酸甜苦辣咸，更透出一种抚慰人心的小情趣和烟火气。

　　该书由"美食的'首都'在故乡""寻找他乡美人痣""人生百态看吃相"三辑组成，五十余篇雅致的散文，把乡间滋味、各地佳肴娓娓道来，并杂糅尘世百态，或为久违的味道欣欣然，或被质朴动情的邂逅而感动。细细读来，可以看出，王干的美食写作，颇受汪曾祺先生的影响，笔触清新自然，风格恬淡闲适，不媚俗、不取巧，字里行间有着文化人骨子里的通达与平和。

就每个游子的味蕾而言，魂牵梦绕的唯有家乡味道。"我现在怀念的还是幼时的米饭饼，除了那样的酸甜外，米饭饼上还沾着那些大米粥的米粒，那些米粒是记忆里的珍珠，是美食中的钻石。"在《里下河食单》一文中，王干把米饭饼、高邮鸭蛋、慈姑、烂藕、扁豆烧芋头、螺蛳、河蚌咸肉煲、鱼鳔花生、脂油菜饭……一道道独属于家乡的美味落于笔端，平民化的滋味，流露出质朴的情愫。烂藕之"烂"，指的是久煮黏糯，带有里下河土壤的沉稳和醇厚，"卖烂藕的大锅没有锅盖，热气高高地升起，回旋，是冬日小镇上最温暖的所在……如果能够尝到一小碗烂藕汤，你会回味一辈子"。

对民间美食的热忱，促使王干在游历多地时，追寻食物古老而又纯粹的真味。《感恩村宴》记述了他在福建长乐邂逅的一次乡村宴席，"感恩村的八宝饭却是咸的，当然是淡淡的咸，咸中又有点淡淡的甜，甜而不腻，咸而不齁，有一种清爽的口感"。《晋江的土笋冻》讲的是一道用沙虫熬制的另类海鲜，吃到嘴里，冻是软的，糯的，"笋"却有弹性和韧劲，"这个其貌不扬的小吃，其味道一点也不逊色于那些价格高昂、名头响的大菜"。《"凤鸣三仙"诞生记》则展现了他行至云南武定，以青椒、毛豆、肉丝做衬，解锁鸡枞新吃法的场景，"菜一上桌，我知道一道新菜诞生了，我们几个人，连声叫好，要勺子舀着吃，等想起来拍照时，盘子里所剩无几了"。

尤为可贵的是，王干的笔触没有止步于"食"和"味"的淋漓尽致，同时也有"品"与"谈"的兴致盎然，万千风味皆为人生。《吃什么》《和谁吃》《在哪儿吃》，囊括了美食、良友、妙景，三者合一，相得益彰，普通的食物便有了高于生活的意义。而在《吃相和食相》一文中，王干深入探究了汪曾祺小说中的"吃"与散文中的"食"，他认为其小说中的吃相在于"世道与人心"，散文中的食相在于"生活的美感和爱"，可谓至诚至真之语。

世间温暖，不过一日三餐。翻阅这本独特的《人间食单》，当光影日常与齿间美味相融合，便像极了与人生的长情告白，浓郁而又纯粹，从舌尖，到心底，就这么缓缓地流淌着。所谓温润，大抵就是如此吧。

原来，四方食事，不过一碗人间烟火

黄子妍

　　四方食事，不过一碗人间烟火。这是很多人读完汪曾祺先生美食类文章后的真切感受。而我在读完王干先生的《人间食单》后，此感更加强烈。

　　于我而言，在闲暇之时，最爱阅读的就是这类写美食的散文，它给我以一种忙碌生活中烟火气的美好。无论是梁实秋先生的《雅舍谈吃》，还是汪曾祺先生的《四方食事》，都是我所热爱的。正因如此，当我看到《人间食单》时，第一时间便买来阅读。

　　关于《人间食单》这本书，最令我有感慨的应是《里下河食单》这篇文章。

　　或许是因为我的家乡在里下河地区中的兴化，所以我对这篇文章尤其偏爱。正是应了贾樟柯导演所说吧，"人只有离开故乡才能收获故乡"，在外上学的日子里，不用刻意去想念，看见故乡相关字眼便会勾起思念。在《里下河食单》中王干先生用他的味蕾去感受故乡，他在《烂藕》中写"兴化的芋头，宝应的藕，高邮的慈姑吃不够"；他在《醉蟹醉虾泥螺》中写"醉蟹以兴化中庄的最为有名"；他在《扁豆烧芋头》中写"后来看《舌尖上的中国》才知道，兴化的芋头特别香"……还有像"米饭饼夹油条""'挎'慈姑""青帮味""龙头芋""虎头呆子""歪歪""用盐水一'码'""青椒擞斩肉""脂油""一钢精锅饭"等等特属于里下河地区的词语。每道菜，每个字，王干先生的文字都在唤醒着我沉睡在记忆中的故乡。

导演陈晓卿说："城市如何发展，我不太懂，但地球上不缺的是钢筋水泥的都市，缺的是人间烟火。"在阅读《里下河食单》时，我的脑海中总有这样不拘谨的寻常场景，嘈杂、热闹、局促的市井人烟，却给人以一种踏实、满足。一个说不出名字的市井小巷，新炸的油条在空气中盘旋出香脆的味道，夹杂着刚刚出炉的米饭饼香。街上，人来人往，买菜的男女提着还在蹦跳的河虾，偶遇卖秧草的婆婆便驻足购买。这些活色生香，正是人间烟火的底色。

佳肴，不过山珍海味；家肴，才是人间至味。奔忙的生活，让人们远离家乡，但是他们善于用食物，来缩短他乡与故乡的距离。当味蕾与情感生出羁绊，人和故乡就维系在一起，美食，便成为一种乡愁。

后来，才发现，原来，四方食事，不过一碗人间烟火。

腹有"美食"气自华

常 鱼

我看书和袁枚是一样的,讲究个随缘,所以《随园食单》我就没看过。今天看到了《人间食单》,看来是有缘分,那就看看这食单,看看这人间。

其实平时食单看得不少,远有梁实秋、唐鲁孙,近有沈嘉禄、董克平,当然最让我如痴如醉的是老乡陆文夫和汪曾祺。所以形成了自己阅读食单的方式,打开目录,先看自己没吃过的。王干先生分得很清爽,故乡才是他的美食"首都",巧得很,我和他的"首都"是一样的,都是江苏里下河地区。

我第一眼看到的是《江南三鲜》。以为是传说中的刀鱼、鲥鱼、河豚,这"三鱼"在江南是断臂维纳斯式的存在,刀鱼刺多,鲥鱼鳞密,河豚有毒,都是因为缺陷,产生了惊艳的美。

251

但美食在文字里的美，有时比食物本身还要美。要想品尝到这种美，唯有打开王干老师的《人间食单》的九十七页。

出乎意料，"三鲜"居然是菊花脑、芦蒿、马兰头。这三样鲜，不好意思，都吃过，不仅熟得很，而且曾多次把它们从生的变成熟的，全家人都说，很好吃！我一下子似乎明白了干老，这本《人间食单》的行文风格，应该是平凡叙事，不是以华丽辞章取胜，应该是家常风味，不是以燕鲍鱼翅为炫。

质朴委婉，其实是一种不能察觉的美，让你不知不觉沉醉其中。就像夏夜的星空，每一颗星星都很平凡，但星斗其文，是一种大家的美。比如《时间深处的泰州》，娓娓道来，我们在干老的文字中徜徉泰州。行至泰州下坝轮船码头，我们看到了人间最美的萝卜干。在那个饥饿无所不在的年代，犹是少年的"干老"，听到了搬运工人咀嚼萝卜干的声音，"清脆的磕碰声，在我听来像美妙的音乐，我又试图吞下饭还是咽不下去。在我脑海里，一下子出现了夏夜的星空，一颗流星，划空而过，璀璨之后，再看整个星空，顿时觉得，每颗星子，都那么的不平凡，每一颗都不可或缺"，再回看"干老"写萝卜干的文字，有如星斗，每一颗都熠熠生辉，独一无二。

其实在王干先生的篇章中，这样眼前一亮，点燃所有文字的星子，几乎篇篇都有。老辣的文字，从来都不会"乱花渐欲迷人眼"，而是一点即通，只是零星文字，便让人醍醐灌顶。

比如《米饭饼》中，"米饭饼上还沾着那些大米粥的米粒儿，那些米粒儿是记忆里的珍珠，是美食中的钻石"。《高邮的鸭蛋》中的杜老，居然用食指蘸一小块高邮的土含在嘴里，连说："高邮的土，香啊。"《烂藕》中，"吹唢呐的卖藕人，是个哑巴"。《螺蛳》中，"我们开玩笑说，螺蛳优生"。

…………

这些闪烁的星子，就不须一一点燃了，要想品尝这些美味，不妨翻开《人间食单》吧，那里一定有你喜欢的味道！

其实大家写美食，从来都不是为了美食而美食，陆文夫如是，汪曾祺如是。王干老师的《人间食单》，名义上是写美食，实际上是写人生。我们阅览食单，一个里下河少年，曲折动人的探索路，在眼前铺开。家乡的美食，人间的美食，与其说是美食，其实更像划空而过的流星，让干老的整个人生，银河一般，横亘长空。

"人间"是非常大的一个词，大得可以穷尽想象，因为再宏大的想象，都是人想出来的。"人间"又是非常小的一个词：两个人携手到白头，就是人间；一个人青灯古佛，同样也是人间。而且，谁也不比谁更高级。

窃以为，人间幸福只有两种，一种是从心里到嘴上都快乐，另一种是从嘴上到心里都快乐。

干老的幸福，是腹有"美食"气自华的幸福！

品《人间食单》，感人间值得

邵焕雄

　　一直有读书的习惯，去年看了汪曾祺汪老的《五味》一书，很认同汪老在书中所言："知味实不容易，说味就更难。"现在有缘接触到同样"说味"的王干老师的《人间食单》，读毕真的强烈建议将这本书翻译成多国文字，让外国友人看看这本佳作。

　　《人间食单》这书，大体可分三部分内容，故乡滋味、他乡美食，还有就是人生"食态"。在谈及故乡食物的文章中，《里下河食单》最为用心，用情也最深切，看后除了联想起汪老回忆家乡美食的作品，还有就是苏东坡的《惠崇春江晚景》诗："竹外桃花三两枝，春江水暖鸭先知。蒌蒿满地芦芽短，正是河豚欲上时。"真的是越读越饿啊。

读《人间食单》，也算足不出户，品五湖四海佳肴美食了。《人间食单》所写的食物和人间美好生活联系密切，但也有些特别，不是谈及所谓高档的燕翅鲍参之类的，而是米饭饼、高邮鸭蛋、慈姑、烂藕、扁豆烧芋头、螺蛳等儿时的味道和母亲的味道。让人感动于食物的美好和带给人的温暖，有那么多好吃的还在等着我们呢！

说到家乡的味道，我妈煲的鸡汤是一绝，因为长年漂泊在外，甚是想念妈妈煲的鸡汤。鸡汤，无疑是选取多年的老母鸡为上佳食材，这是对老母鸡最大的尊重。作为最厚重的大自然的馈赠，当鸡肉与花胶、枸杞邂逅，携手沐浴在汤中，正是它们的默契配合，让一碗清水变成浓香扑鼻的鸡汤，造就了鲜美醇厚的非凡味道，而其中富含的营养元素有益气养肝、滋阴补阳的功效。在工作的匆匆脚步之余，能喝一碗代代心传的妈妈味鸡汤，恐怕是最美好的家常滋味了。

书中字里行间氤氲着一股阅尽世情怡然自得的意味，又饱含时光交错、历尽沧桑的智慧，这些话语，写的是饮食，话外之音又何尝不是直指人心、直指人性、直指人生！

俗里长成的雅

王德新

　　这一次，食单与文学联袂，将人间烟火推上了顶峰。那俗
俚的茶米油盐啊，从此仙风道骨。这是我对《人间食单》的基
本认知。

　　王干先生是我特别关注的作家。《人间食单》是一本描述
吃食展现生活趣味的散文集。王干的美食审美深受汪曾祺的影
响，书中，再雅的东西也是俗里长出来的。因此，王干的文风
俗里透雅，传承汪氏格调，温润、含蓄，言近意深，充满知识
性和趣味性。本书叙写的美食，无疑具有现实意义和烟火气
息，通过美食挖掘的是中国人的深层记忆和心灵与历史文化的
血脉传承。读来，让人们在浅显的一饭一聚中，也能感受生活
的至美趣味。正如著名作家汪朗（汪曾祺之子）在《人间食

单》序中所说："翻看王干的《人间食单》，不禁让人想起京剧《锁麟囊》……王干的这本书，也是宝物杂陈、名类繁多。有纯粹谈食物的，有素描食客的，有论述食场规矩的，有考证菜肴起源的，还有专门分析《红楼梦》中的食事的，而且说得有鼻子有眼，让人折服。"的确，这本书选材广泛，涉猎不限，但主题却非常集中，全部聚焦在心灵震颤的一瞬。正是这万箭攒射的特点，显示出了这部书独特的震撼力，同时也扫描出了王干文学创作的精神谱系。

《人间食单》的视野是开阔的，世纪跨度、经纬视角、行业触点，这注定了作品的高度、广度和格局，所以书中的美食不仅仅是美食，还是市井，还是包罗万象的社会。可以说，《人间食单》的框架是立体的，多维度多线条的脉络结构，铸成的是"合金"品质，实现了神奇的嫁接效应——人与食，铁肩与琴心，磨难与坚韧，智慧与运气，都做到相兼相容相生。因此，这部描写美食的作品应该属于"全谱文学"。从书中，可以读到七行八作。

就"全谱文学"而言，《人间食单》中大量的知识性内容足见作者的知识储备。由美食勾连而成的知识链，经过文学化处理的史实和资料令人耳目一新，从中可以得到一份丰富的知识营养。当然，《人间食单》知识性内容并非堆砌，而是融会到行文脉络当中，通过文章布局流露而出，自然天成。借助食单随想的轨迹，知识性内容恰如春雨淅沥，润物无声地沁入读者的心田。

从书里可以看出，王干是个有心人啊，他所经历的一草一木都滋养了他的心田，内化为他精神世界的丰富营养。凭借俗物记录来抒写心路历程，已经成为他的热切期望和永恒追求。

他将心灵放在文学的大透镜下，置于历史的纵轴上进行反复审视，以根植本心的最低姿态，创作了《人间食单》这部著作。从小熟读诗书，半生行走在文学里，细品文学里馥郁香浓的味道，揣摩风雅理趣哲理禅机，作者便深爱内心的诗意了。随着日后与社会各界的深交，人间情缘也就日益走深，直到流泻笔尖，成就一片诗意哲理的文学高地。这也算是情洒心田吧。多年来，作者创作的作品呈现了这一特点，贴近土地、贴近基层、贴近百姓，贴近内心，这使作品获得了足够的内生动力，作者因此而声名鹊起。他是一位捧一把故土而流泪的作家，是一位拥有炽烈情怀和担当的作家。让俗里长出的雅来，我以为，《人间食单》做到了。

王干记

周蓬桦

闲暇里想起干老，犹如想起某种食品，或者干脆是一袋榨菜，一块老豆腐干，加一杯牛栏山二锅头的极简主义意境。这些食品不常吃，只在慢火车上见得多一些，是旅行中不可缺少的陪伴，甚至是诗意和盐分。

日前，去了一趟东北，归来时特意选择乘坐绿皮火车，体验久违的慢速度。在一节硬卧车厢内，当看到一位老大爷手持搪瓷缸子在车窗前入座的画面，陡然生出时光穿越感，我差点流泪，想起许多美好日子的流逝。入夜，爬上卧铺，耳畔响着"哐切哐切"的声音，就想把睡眠省略掉。在那一瞬间，我突然想起干老，想他此刻大概也奔波在旅途中，在某一节车厢或某一个机舱里，眼睛半睁半闭。一年四季，他有一多半时间在路上行走，为新书发布会，为某地的文学讲座，为某个采风活动，或者为某位友人的事情赶路——这个干老啊，是闲不住的。其实这让他保持了旺盛的精力，利于写作这桩劳什子。

近几年来，干老来青岛的次数增多，我们也就有了见面和相聚的机会。前年他来青岛做讲座，我携太太去青岛西客站接他，他拉着行李箱最后一个出站，像十年前一样风尘仆仆。不知怎的，他当即给我一种风雪行脚僧的印象，我抢过他手里的拉杆箱，他不让，自己将行李拖了一百多米，放进车子的后备厢。中午，我带干老去西海岸一家小馆子吃海鲜，他吃得津津有味，还向我传达一系列养生理念。此前我就知道，他是京城文学圈内赫赫有名的美食家，在饮食方面颇为讲究。这大概有渊源，他是汪曾祺先生亦师亦友的关门弟子，无论为人为文，汪先生对他影响甚大。

那次来青岛，他做了一堂讲座，题为《尘界与天界——汪曾祺的文化启示》，俘获了众多汪迷的心。汪老除了小说成就璀璨，还是书画家和美食家。这是一种真正的文人生活姿态，这种姿态透露着从容和风雅，是一种通达与智慧。有时常想，汪老这辈子算是活得值了，老人家活着时与世无争，埋首写作，结果写出了诸多传世经典，顺便培养了一批顶流弟子，死后依然影响后世。书店的柜台上，满眼都是汪曾祺。我一时想不出还有什么比这更幸福成功的人生！我在餐桌上端详干老，觉得他身上有汪老的影子。诸如，他性情率真，时常天真似儿童，笑起来声音魔性，我曾说"干老的笑声，让大海又涨了几次潮"云云，皆有段子出处。

最难忘的，是2021年5月，我们入住八大关莫奈花园。夜深人静，我已入睡，忽接干老电话，邀我到三楼餐厅小酌，我以为有佳肴伺候，急忙披衣而至，却见他与其扬州学生颜德义兄坐在餐厅，彼时厨师早已下班，无人做菜，餐桌上只有两袋航空零食花生米，加两袋萝卜咸菜丝，一袋豆腐干，一袋薄饼干。当然，后来又从行李包内翻找出一袋榨菜。这酒如何喝呢？但那一晚，我们四个人（还有我太太）就着这几样小菜，硬是喝掉了两瓶高度白酒，三桶青岛扎啤。自此我得出一个结论：与有思想的人聊天，是最好的酒肴。这样的夜晚，多年没有过了；这样的夜晚，今生难忘。

"干老，干老，何时再来青岛？"朋友们偶尔小聚，席间经常打电话给干老，会逐一接听电话表达问候。"干老"其实还不算老，他也是一枚六零后。至于"干老"何时成为干老的，却已经无从考证。大家只晓得他出道很早，在二十世纪八十年代，文坛即有《王蒙王干对话录》行世，风靡一时。如今看来，当时的文学评论家与作家，配合得多么默契，这才有了莫言，有了贾平凹，有了张炜、余华、王安忆和迟子建。三十多年过去，这些早年成名的作家，仍然是中国文学的中流砥柱。我曾对许多朋友说过，二十世纪八十年代文学的空前繁荣，干老亦是功不可没。

大半生为人作嫁衣的编辑生涯，让他的创作多少受些影响，但他的身份首先是作家，这一点毋庸置疑。他有深厚的学养功底，学问堪称驳杂，笔力老辣的《王干随笔选》，曾获得第五届鲁迅文学奖。去年，他出版了一部《人间食单》，将美食与人生况味杂糅，受到读者佳评。我本人对干老的生活状态勾勒为：入世又出世，江湖又天真；福田任意耕，文坛一赤子。

后 记

颜德义

　　《人间食单》是著名作家王干先生的一本美食散文集，2022年10月由百花文艺出版社出版。文集以美食为主线，汇集了作者从儿时起经历过的各种各样的美食体验，犹如薛湘灵手中神奇的"锁麟囊"，宝物杂陈，品类繁多，同时又巧妙地将美食与人生百态结合起来，见社会、见历史、见文化，让经历世俗波澜的人们，品尝种种人生滋味之后，在平常的一饭一事中，也能感受到生活的乐趣。

　　《人间食单》共三部分、五十五篇文章，分为"美食的'首都'在故乡""寻找他乡美人痣""人生百态看吃相"三辑。从表面来看，绝大部分写的是普通百姓日常的饮食生活，既有关于菜肴制作过程的描写，也有关于饮食习俗的叙述；既有关于儿时饮食的记忆，也有关于当下美食故事的表达，共同构成了一幅幅生动的百姓日常饮食生态图。这幅饮食生态图既杜绝了《红楼梦》里薛宝钗口中"冷香丸"所折射出来的封建官二代没落的孤傲，也摒弃了《随园食单》里袁枚笔下"蒋侍郎豆腐"所透露出来的旧文人躲在象牙塔里的精致。但透过现象看本质，从文章的深处来看，却是通过美食这一载体，写出了对故乡的依恋、写出了社会的变迁、写出了世道人心，并由此提出了"恋家爱国，从一箪一食开始"的论断，从而与王干先生所一贯强调的"以人民为中心"的创作思想一脉相承。

《人间食单》出版以后，立即受到读者的欢迎和追捧。第一批投放市场的几千册书籍三天内即告售罄，出版社紧急补货。今年年初，第一次印刷的全部书籍被读者抢光，出版社又安排紧急加印。该书还先后被百道原创好书榜、文艺联合书单、百花书单、中国出版传媒商报严选好书等十余个读书榜单收录，并名列中青阅读12月荐书榜、辽宁文学馆2023年"春天好书"第一名；重庆作协、青岛书城、北京东城区图书馆、扬州作协、泰州文旅局、兴化市委市政府、高邮汪曾祺纪念馆分别邀请王干先生举办读者见面会、读书分享会，相关活动屡屡登上当地媒体的热搜。《人间食单》上榜及读书分享会等情况见下表。

表一：《人间食单》上榜书单

序号	榜单名称	排名
1	中青阅读2022年12月荐书榜	第一
2	辽宁文学馆2023年"春天好书"榜	第一
3	文艺联合书单第72期	第二
4	2022年百道原创好书榜生活类书目	
5	2022年度百花书单	

续表

序号	榜单名称	排名
6	2022年12月华文好书榜	
7	绿茶书情好书榜	
8	中国出版传媒商报2022年11月严选好书	

表二：《人间食单》新书分享会

序号	活动名称	时间	地点
1	《人间食单》新书分享会当当网直播	2022.11.11	当当网
2	故乡的食物——《人间食单》扬州读者见面会	2023.3.5	江苏高邮
3	美食里的人间烟火——王干《人间食单》青岛读者分享会	2023.3.11	青岛书城
4	兴化名厨美食大赛暨里下河美食文化征文颁奖	2023.3.19	江苏兴化
5	王干文学公开课暨《人间食单》新书分享会	2023.4.7	重庆书城
6	王干美食读书会	2023.4.8	江苏扬州
7	《人间食单》书评颁奖大会	2023.4.22	泰州王干书屋
8	里下河地域文化研讨会	2023.4.27	江苏省兴化市
9	兴化市第四届草荡美食文化节	2023.4.29	江苏省兴化市
10	王干散文创作漫谈——以《人间食单》为例	2023.6.2	福州文艺家之家
11	安溪少年，书香青春——《人间食单》分享会	2023.6.4	福建安溪一中
12	书海听涛——《人间食单》分享会	2023.6.10	北京东城区图书馆
13	与泰州市高港区政协共商《人间食单》体验推广活动	2023.6.21	江苏省泰州市

为配合《人间食单》的出版,《散文海外版》杂志联合王干书友群于 2022 年 11 月起举办了全国性的《人间食单》书评有奖征文活动,截至 2022 年 12 月 31 日征文截止日,仅仅一个多月的时间就收到各类征文作品七十余篇,参与征文的作者既有国内读者,还有国外的读者,既有专业的作家、文学评论家,也有文学爱好者、大学在校生,《光明日报》《文艺报》《文汇报》《新华日报》《澳门文化旅游报》《海峡文艺评论》《青岛文学》等报刊及中国作家网、大众报业网、汪迷部落网等刊发和转发了关于《人间食单》的书评文章六十余篇,点击率及阅读量达几十万人次,在全国读者中掀起了一股《人间食单》热。经网络投票和专家评选,共评选出特别奖 2 名、特等奖 1 名、一等奖 1 名、二等奖 3 名、三等奖 5 名、优秀奖若干。2023 年 4 月 22 日世界读书日,在泰州王干书屋揭牌之际,举办了隆重的颁奖仪式,王蒙、王干等专程为获奖作者颁发了获奖证书。

　　征文活动结束后,《人间食单》热度持续,又有作者陆续在相关报刊发表关于《人间食单》的书评文章。

　　不仅如此,《人间食单》出版后,还催生了一系列美食文化活动,拉动了餐饮消费。泰州笔颖楼将《里下河食单》里的十六道美食全部还原并搬上了餐桌,同时成立了里下河食单研究小组,专注里下河美食的研究与开发;王干先生应邀出席了兴化市"2023 美食名厨大赛"暨"里下河美食文化"征文、陈堡镇"草荡十宝"美食文化节并担任总评委等职;青岛的读者还循着《人间食单》中的一篇《太平角的咖啡屋》——寻找文中的咖啡屋,感受青岛的咖啡文化;南京的随园餐厅专门邀请王干先生品尝、点评其开发的袁枚笔下的"随园食单"……

　　一本美食散文集为何能引起读者们的热捧?背后所隐藏的

神秘密码究竟是什么？一篇篇书评为我们揭开了答案。为了便于读者们更好地阅读、理解《人间食单》，也为了感谢书评作者们的辛勤创作，更为了呼应书评作者们关于编辑出版书评选集的建议，在征得王干先生的同意后，决定编辑出版《〈人间食单〉评论集》一书。

征文活动及该书的出版得到了百花文艺出版社、《散文海外版》杂志、王干先生、王燕女士、庞余亮先生、李昌鹏先生，以及全部征文参与者的大力支持，在此一并表示衷心的感谢！但因篇幅所限及出版的需要，我们在对全部书评作品进行谨慎而认真筛选的基础上，最终选出了六十余篇入选作品。对于未入选的作品，只能向作者表示深深的歉意。

围炉聚炊欢呼处，百味消融小釜中。美食，是人类永恒的主题。希望这本文集能和王干先生的《人间食单》一道，共同为您打开一段神妙的美食之旅。

《人间食单》书评有奖征文获奖名单

（排名不分先后）

自 2022 年 11 月《人间食单》书评有奖征文启事发布以来，共收到全国各地作者征文 72 篇。根据征文启事的规定，通过网络投票，69 篇征文进入终评。经征文评委的认真评选，共评选出特别奖 2 名、特等奖 1 名、一等奖 1 名、二等奖 3 名、三等奖 5 名、优秀奖 59 名。现将评选结果公布如下，并将于 4 月中旬在泰州王干书屋举行颁奖仪式。

特别奖： 汪朗、王兆胜

特等奖： 蒋　泥

一等奖： 法捷耶娃

二等奖： 苏　北、董小潭、王开生

三等奖： 薛静虹、雪樱、黄清水、老　克、李国清

优秀奖：

王一腾、王子怡、王伟民、王纪强、王德新、左朗诚、

冯巧岚、岂　几、朱天衢、朱海峰、刘凡荣、刘学正、

安文哲、纪福华、驰　父、李　晋、李树楚、时庆荣、

吴宁夏、何太贵、佟掌柜、邹仁龙、汪　立、张永军、

张泽峰、张晓霞、张家鸿、张新连、陈永光、邵焕雄、

周万亮、周宝贵、波　妞、房　军、赵德清、音　辉、

人间食单
评论集

姜利晓、姜利晓、洪砾漠、祝宝玉、祝桂丽、姚法臣、

姚添丁、袁正华、夏贤富、晓　宇、钱忠岭、徐之标、

唐应淦、黄子妍、黄鹤权、常　鱼、葛国顺、童　江、

谢伯康、雷红燕、路志宽、酷　狗、戴顺星

《散文海外版》杂志、王干书友群
二〇二三年三月五日